Eva-Maria Gassmann

Gestohlene Zuckerwürfel

edition 8

Eva-Maria Gassmann

Gestohlene Zuckerwürfel

Roman

edition 8

Verlag und Autorin danken der Burgergemeinde Bern für die Unterstützung.

Burgergemeinde
Bern

MIX
Papier | Fördert
gute Waldnutzung
FSC® C089473
FSC
www.fsc.org

Besuchen Sie uns im Internet: Informationen zu unseren Büchern und Autor*innen sowie Rezensionen und Veranstaltungshinweise finden Sie unter www.edition8.ch

Bibliografische Informationen der Deutschen Nationalbibliothek sind im Internet abrufbar unter www.dnb.de.

Die edition 8 wird im Rahmen des Konzepts zur Verlagsförderung in der Schweiz vom Bundesamt für Kultur mit einem Förderbeitrag für die Jahre 2021–2024 unterstützt.
 Lektorat & Typographie: Katja Schurter; Korrektorat: Jeannine Horni; Umschlagbild: Eva-Maria Gassmann; Druck und Bindung: Beltz, Bad Langensalza.
Verlagsadresse: edition 8, Quellenstrasse 25, CH-8005 Zürich, Telefon +41/(0)44 271 80 22, Fax +41/(0)44 273 03 02, info@edition8.ch

ISBN 978-3-85990-527-6

«Hätten Menschen keinen Geist, wären sie funktionstüchtige Primaten. Das Problem des Menschen ist sein Geist und seine rudimentäre Natur, vor allem aber die Tatsache, dass dieser Geist, wenn er sich angemessen entwickeln soll, jahrelanger Pflege und Achtsamkeit bedarf.»

Antonio Ferro

1

Steil fielen die Wiesen in die Tiefe. Fast auf jeder der in sattem Grün gewölbten Hügelkuppen ragte ein alter Baum in den Himmel. Manchmal war unter dem Baum eine Sitzbank zu finden. Wo die Sonne aufging, weit weg und noch im Schatten, reihten sich in bläulichen Farbstufen die schroffen Felsen der sieben Hengste aneinander, etwas südlicher waren die Schneespitzen der drei Viertausender Eiger, Mönch und Jungfrau zu sehen. Majestätisch, ewig und unverrückbar. Hinter den dazwischen liegenden Voralpen verbarg sich der See mit seiner Stadt.

Verena war auf dem Weg zur Arbeit. Traumähnlich formten die Eindrücke der Landschaft mit den Wechseln des Wetters, der Tages- und Jahreszeiten ihre Gemütslage. An diesem Augustmorgen glichen die in Rosa getauchten Voralpen mit den hingepinselten Nebelschwaden über dem Flüsschen einem romantischen Gemälde aus dem 19. Jahrhundert, und der Anblick liess sie sanft und wehmütig werden.

Aber jetzt öffnete sie das Seitenfenster ihres Wagens und suchte mit hinausgestrecktem Hals nach einer Möglichkeit, den Traktor zu überholen, der vor ihr bergauf tuckerte. Die Sicherheitslinie war dick durchgezogen, und wenn der Bauer sie nicht auf einer Ausweichstelle überholen liesse, müsste sie weiter dem tropfenden Ungetüm hinterherfahren. Die Kurven schienen kein Ende zunehmen.

Sie schraubte am Regler des Radios, der Empfang war schlecht, sie hörte nur Bruchstücke der Acht-Uhr-Nachrichten. Jauchegestank und von Diesel geschwängerte Luft drangen in das Innere des Wagens, sie verzog das Gesicht und schloss das Fenster wieder. Demnächst würde sich die Gülle über die frisch gemähten Matten ergiessen.

Als sie in Bad Bösbach angekommen war und den Wagen geparkt hatte, warf sie den Seidenschal auf den Sitz, ging über den Kiesweg zum Hauptgebäude, in dem die Wohngruppen und Therapieräume untergebracht waren. Die gläserne Schiebetüre öffnete sich, sie trat in den Vorraum. Es roch nach Kindergarderobe. Von jedem Kind hing ein Porträtfoto an der Wand, an einem Haken darunter baumelten die Jacke und die Turntasche, die Schuhe waren ordentlich nebeneinandergestellt. Die Garderobe hinterliess bei Verena ein zwiespältiges Gefühl, und sie konnte sich nie ganz daran gewöhnen. Vielleicht, weil der Geruch Erinnerungen an ihre eigene Schulzeit wachrief. An das Gefangensein in Regeln, Angst, Unterwerfung und Einsamkeit. Heute dachte sie an den Eingangsbereich bei ihr zuhause, wo immer Unordnung herrschte, obwohl Judith schon seit einem Monat in Amerika war. Demnach hatte Verena selbst das Chaos zu verantworten. Sie blieb einen kurzen Moment stehen, um das Foto von Tim zu betrachten, das neu angeheftet worden war. Ein hübscher Junge mit wachen Augen, der mürrisch dreinschaute.

Verena durchschritt den Flügel mit den Büros und den Therapieräumen. Durch die halb geöffnete Türe sah sie Brigitte mit nach vorn gebeugten Schultern in den Bildschirm starren. Sie war eine ältere, äusserst kompetente Sekretärin. Verena rief ihr ein paar Grussworte zu und richtete sich im Weitergehen unwillkürlich auf. Sie ging in ihr Büro, um bis zum Mittag Telefonate und Berichte zu erledigen.

Das prächtige Jugendstilgebäude beherbergte auf zwei Stockwerken Kinder mit psychischen Störungen, die hier stationär behandelt wurden. Verena Liechti war als die leitende Psychologin für die Kinder zwischen sieben und zwölf Jahren zuständig.

Der Nachmittag mit drei Psychotherapiesitzungen mit Jenny, Larissa und Alicia war anstrengend gewesen, und nun sollte sie noch Tim von der Wohngruppe abholen. Der Neunjährige war zur Abklärung und für einen Behandlungsaufenthalt überwiesen worden. Verena würde ihn heute für eine psychotherapeutische Abklärungssitzung sehen.

Sie öffnete seine Zimmertüre, nachdem sie angeklopft hatte, und sah den Jungen am Boden knien. Er sortierte Pokémon-Karten, was seine ganze Konzentration erforderte, denn er schien sie nicht zu bemerken. Sein Gesicht verbarg sich unter dem Schirmdach seiner Mütze. Juri, der Oberarzt, näherte sich mit schnellen Schritten aus dem Treppenhaus, als er Verena im Türrahmen von Tim bemerkte.

Er guckte ebenfalls in das Zimmer und sagte: »Hallo Tim, sag, bist du gut gestartet bei uns?« Tim rührte sich nicht und Juri fuhr fort: »Gell, du kriegst morgen beim Frühstück das Ritalin, und wir schauen, ob es dir nützt. Und übermorgen kommen deine Eltern zum Gespräch.« Tim liess nicht erkennen, dass er den Arzt gehört hatte.

»Willst du kurz dein Tschäppi abziehen, damit wir uns sehen können?« Juri hatte die halblangen Haare schneidig nach hinten gekämmt, Schalk lag in seinen Augen, und es gefiel Verena, wie er zum Jungen sprach, warmherzig, ohne sich anzubiedern.

Tim rührte sich nicht und schaute nicht einmal auf, als wäre er nicht gemeint. Juri blickte zuerst nachdenklich das Kind an, dann sah er abwartend zu Verena. Sie hob fragend die Schultern und presste die Lippen zusammen, als wollte sie einen Kommentar unterdrücken. Wie bedrohlich musste dieser Aufenthalt für Tim sein, dass er keinen Kontakt aufnehmen konnte? Juri entfernte sich wieder. Verena sagte jetzt mit Nachdruck: »Komm, Tim, wir gehen in mein Büro.«

»Muss ich wieder Tests machen?«

Der Widerwillen stand ihm ins Gesicht geschrieben.

»Nein, heute gehen wir in mein Therapiezimmer, und dort darfst du sagen, was wir spielen; so lerne ich dich am besten kennen. Ich will verstehen, was dich beschäftigt, und wir wollen gemeinsam herausfinden, was dir helfen könnte. Und du sollst natürlich auch mich kennenlernen«, sagte sie nach kurzem Innehalten. Tim stand auf, ging mal hüpfend vor ihr, mal trödelnd hinter ihr zum Therapieraum, seine Mütze zog er nicht ab. Im Zimmer inspizierte er alles genau, zog jede Schublade heraus, entdeckte die zahlreichen Sandspielfigürchen, sagte aber kein Wort. Dass es einen Sandkasten in ihrem Zimmer gab, schien ihn nicht zu überraschen. Vielleicht war er schon in anderen Therapieräume gewesen, dachte Verena.

»Hast du herausgefunden, was du spielen möchtest?«, fragte sie aufmunternd.

Tim entschied sich für den Doktorkoffer, dann griff er nach einer Klebebandrolle und suchte, immer noch wortlos, den Anfang des Klebebandes.

Bei Rollenspielen überliess Verena die Regie immer ihren kleinen Patientinnen und Patienten. Dabei beobachtete sie, wie gut sich das Kind auf den ersten Kontakt einlassen konnte und wie es die Beziehung gestaltete, welche Art von Konflikt es in Szene setzte, wie es mit seiner Fantasie etwas von seiner seelischen Innenwelt zum Ausdruck bringen konnte. Ihre langjährige Erfahrung hatte sie gelehrt, kaum einen Spielvorschlag abzulehnen, und so hielt sie es auch heute, in ihrer ersten Sitzung mit Tim.

Der Neunjährige forderte seine Therapeutin auf, im Sessel sitzen zu bleiben, während er mit geschickten und schnellen Bewegungen begann, Klebeband von der Rolle abzuwickeln und ihr Bein entschlossen ans Bein des Sessels zu kleben. Was machte der Bub da? Verena hoffte, dass Tim den Unterschied zwischen Spiel und Realität kannte. Was er tat, sprengte den Rahmen einer Therapiesitzung. Ob er mit dem Setting des freien Spiels überfordert war? Sie beschloss, vorerst abzuwarten. Aber sein Verbrauch des Klebebandes schien sehr grosszügig, sie wollte nicht, dass er das Klebeband komplett aufbrauchte, hatte keines auf Vorrat. Gleichzeitig war sie gespannt zu erfahren, worauf Tims Inszenierung hinauslaufen mochte. Unwillkürlich erinnerte sie sich, wie auch sie als Kind Klebeband in rauen Mengen benutzt hatte – für alles, was zusammengehalten werden sollte. Allmählich kam ein beunruhigendes Gefühl hinzu: Was, wenn sie Tims Klebebandkonstruktion so festhielt, dass sie sich nicht mehr befreien konnte?

Als Verena ungefähr sechs Jahre alt war, hatten die Nachbarsbuben sie beim Indianerspielen an den Marterpfahl binden wollen. Vor Entsetzen war sie nach Hause gerannt. Für einen kurzen Moment wurde sie wieder von jener Angst erfasst. Dann wurde sie gewahr, wie schmächtig der Junge war. Ich bin nicht das kleine Kind von damals, dachte sie und schüttelte die Angst ab.

Sie roch Tims schwitzende Kopfhaut und sah seine aufgeregten Hände hantieren, die vor Anstrengung oder von der Aufregung gerötet waren. Laut äusserte Verena ihre Gedanken und sah Tim an, der immer noch auf den Knien mit dem Klebeband beschäftigt war: »So, nun soll ich wehrlos hier festgehalten werden? Schöne Geschichte! Warum muss Frau Liechti in diese Lage gebracht werden?« Aber es fiel ihr nichts ein, was sie noch hätte anfügen können, denn eine Schläfrigkeit nahm von ihr Besitz. Vielleicht hing es mit Tims monotonem Abwickeln des Klebebandes und ihrem gefesselten Dasein im weichen Sessel zusammen, möglicherweise lag es daran, dass sie gestern zu spät ins Bett gegangen war. Aber sie wollte herausfinden, was hier vor sich ging. Sie nahm noch einen Anlauf, Tim zum Sprechen zu bewegen.

»Du willst mich hier für alle Ewigkeiten festhalten?«

»Ja«, sagte er, »damit du nicht weggehen kannst, wenn ich dich untersuche.«

»Aha, du untersuchst mich? Eigentlich kamen wir heute zusammen, damit ich dich untersuche, nicht wahr?«

Er blickte auf und schien ihren Gesichtsausdruck zu prüfen.

Statt zu antworten, riss er die Blechschachtel mit den Buntstiften vom Tisch und begann, diese am Boden kniend zu spitzen, einen nach dem anderen. Warum musste er jetzt ihre Buntstifte spitzen? Wollte er etwas zeichnen, während sie hier angebunden sass? Sie wartete ab und liess ihn Stifte spitzen, was er mit Gründlichkeit tat.

Die Strahlen der Sonne fielen auf das mit Ölfarbe blassgrün gestrichene Holztäfer und wärmten Verena. Sie schaute aus dem Fenster. Der Blick auf den stillen Bach, der von Korbweiden gesäumt war, wurde durch den hohen Drahtmaschenzaun gestört, der zum Schutz der Kinder vor dem schmalen Fluss hochgezogen worden war. Verena wusste, dass sie sich nie ganz daran gewöhnen würde, diese wunderschöne Umgebung durch Maschengitter betrachten zu müssen. Gerne hätten sie zudem den Bach in der einen oder anderen Therapiestunde mit Kindern genutzt. Wegen des Zauns musste man nun einen grossen Umweg in Kauf nehmen, um zu ihm zu gelangen. Dies hatte sie einige Male mit Tanja getan, dem Mädchen mit der schweren Verwahrlosungsgeschichte. Tanja hatte mit vier Jahren die an Drogensucht leidende Mutter verloren und war bei einer Pflegemutter untergebracht worden, bis diese innerhalb weniger Wochen an einem Hirntumor starb. Bevor Tanja zu ihnen auf die Station kam, hatte sie im Kinderheim gelebt. Sie wurde dort untragbar, weil sie sich weigerte, zu duschen, sich dazu einkotete und sich wie ein Baby benahm.

Als Tanjas Therapie etwas fortgeschritten war, bastelte sie in den Sitzungen schwimmende Objekte aus Holzresten, die sie mit Verena in den Fluss setzte, um zu sehen, wie sie in den Wellen weiter unten verschwanden. Später band sie die gebastelten Schiffe an eine lange Schnur und liess sie auf den Wellen tanzen, um sie schliesslich wieder an Land zu ziehen. Erstmals wurde es möglich, über Loslassen, Hierbleiben, über Abschied und Trauer nachzudenken und sich in die Nähe des Schmerzes zu wagen, der ihr zugefügt worden war, als sie ihre engsten Bindungspersonen verlor.

Verena schreckte aus ihren Gedanken auf, als Tim mit einem Stift vor ihren Augen herumfuchtelte. Er setzte die scharfe Spitze an die nackte Haut ihres Unterarms. Sie hätte sein bedrohliches Gebaren darauf zurückführen können, dass er ihre innere Abwesenheit bemerkt haben musste. Normalerweise achtete sie darauf, in den Sitzungen geistig ganz präsent zu sein. Aber sie war müde und zerstreut und ging wohl darum nicht auf seine Wahrnehmung und sein Erleben ein.

Stattdessen sagte sie: »Ach so, ich sehe, was du tun möchtest: Frau Liechti plagen.«

Er grinste nur und hörte nicht auf, mit dem Stift zu drohen.

»So, so, mich plagen! Ich hatte gemeint, du wolltest mit den Stiften etwas zeichnen. Aber ich will dir die Regeln wiederholen: Das hier ist ein Spiel, das ist nicht plagen und geplagt werden. Wenn du Frau Liechti einfach plagen willst, machen wir jetzt etwas anderes.«

Ihre Stimme klang bestimmt. Tatsächlich war sie durch das Tun des Buben aufgeschreckt. Der scheint zu tun, wonach ihm gerade der Sinn steht, der Bub kennt keine Grenzen und Hierarchien. Sie musste unbedingt den Rahmen ihrer therapeutischen Spielsitzung deutlicher festlegen. Daraufhin riss er sofort einen Streifen von der Rolle und machte Anstalten, es ihr auf den Mund zu kleben. Tim schien zu merken, dass er damit eine Grenze überschreiten würde, denn er führte seine Absicht nicht aus.

»Na, ja, wenn ich einen zugeklebten Mund hätte, könnte ich nichts mehr sagen. Das wäre sicher praktisch, eine Frau Liechti, die den Mund hält.«

Du meine Güte, dachte Verena im Stillen, mit dem Buben könnte es anstrengend werden.

Tim wollte weiterspielen. Er sei der Arzt, erklärte er, und sie müsse von ihm Spritzen bekommen. Gemäss seinen Anweisungen brachte sie im Spiel eine Weile fiktive Schmerzen zum Ausdruck.

»Na so was, jetzt bohrst du Löcher in Frau Liechti. Eine durchlöcherte Frau Liechti soll das werden«, kommentierte sie sein Spiel, als sie fand, sie habe genug erlitten. Er nickte zufrieden und beschrieb zuerst nüchtern und sachlich wie ein Arzt, was er in ihrem Körper alles gefunden hatte und beheben müsse. Er müsse nämlich eine Schlange aus ihrem Bauch herausoperieren, die habe sich durch den Arsch in sie reingefressen bis zu ihrem Kopf und wolle ihr Gehirn auffressen. Je länger er über seine Fantasien berichtete, desto mehr versetzten diese ihn in einen erregten Zustand. Und mit einem

Redeschwall fuhr er fort: Er habe auch Würmer gefunden, massenhaft lägen sie in ihrem Bauch, und die esse er mit Mayo auf. Er gestikulierte mit den zu Pinzetten geformten Fingern und schmatzte so laut, dass Verena echten Ekel empfand.

Sie versuchte zu verstehen, was die tiefere Bedeutung seiner Fantasien sein mochte, konnte aber kaum einen klaren Gedanken fassen und fand nicht die passenden Worte, um ihn zu beruhigen. Vielmehr war sie nun besorgt, dass er sich mit seinen wilden Fantasien in einen Zustand manövrieren würde, den sie nicht mehr regulieren könnte. Zunehmend kam sie selbst in eine innere Anspannung. Sie musste etwas unternehmen.

»Hör zu, Tim, wir stoppen das Spiel einen Moment«, unterbrach sie ihn, um wenigstens beschreibend zu benennen, was da vor sich ging: »Ich soll also etwas Furchtbares erleben. Ich bin krank und das, was du tust, ist mich durchlöchern; und dann soll etwas aus mir herausoperiert werden. Es gibt eine Schlange, die mich von innen durchbohrt und auffrisst, vielleicht bis zu meinem Kopf, damit ich nicht mehr denken kann?«

Letzteres kam ihr spontan in den Sinn beim Versuch, die Bilder zu lesen, die er ihr anbot. Sie ahnte vage, dass er ihr mitteilen wollte, was in seinem Kopf geschah. Vielleicht, wie quälend es war, wenn das Denken nicht mehr richtig funktionierte, weil man innerlich von einer Schlange verzehrt wurde. Aber sie sass immer noch mit Klebeband auf dem Sessel angebunden und musste dieses Spiel auflösen helfen, indem sie Tim zur Realität zurückführte.

Sie nahm einen neuen Anlauf: »Irgendwie soll das eine Behandlung sein, aber ob die mir wirklich helfen kann?« Und etwas leiser fügte sie hinzu: »Es muss eine ganz unerträgliche Krankheit sein, von der du berichtest.«

Verena war sich nicht sicher, ob Tim zugehört hatte. Dennoch musste er etwas verstanden haben. Brüsk begann er, mit der stumpfen Kinderschere die dicken Klebefesseln um ihre Hosenbeine durchzuschneiden.

Plötzlich hielt Tim im Schneiden und Aufreissen inne und richtete den Blick nach draussen. Dann sprang er mit der Schere in der Hand auf und befahl ihr: »Bleiben Sie sitzen!«

Er rannte hinaus auf den Kiesweg und rief: »Luc! Luc! Ich habe Frau Liechti gefesselt! Komm, schau, sie ist gefesselt!«

Er zog Luc, den Zivildienstler, der im August seinen Einsatz auf der Therapiestation begonnen hatte, an der Hand ins Zimmer und präsentierte mit offensichtlichem Hochgefühl seine Therapeutin auf dem Sessel.

Verena, die sich gerade aus den Resten des Klebebandes schälte, spürte, wie Röte sich auf ihrem Hals ausbreitete. Als wäre sie bei einem verbotenen Spiel überrascht worden.

»Tja, die Stunde ist an ihr Ende gekommen.«

Sie blickte die beiden an. Tim zwängte sich grusslos an Luc vorbei, der ihm folgte und die Tür behutsam hinter sich schloss.

Nachdem Verena das Durcheinander weggeräumt hatte, verfasste sie einen Eintrag in die Krankengeschichte, in dem sie ausführlich schilderte, was in der Sitzung passiert war. War Tim auf dem besten Weg, sadistische Muster zu etablieren? Oder waren diese ekelerregenden Bilder ein Zeichen für etwas Psychotisches? Sie versuchte das, was Tim gespielt hatte, mit dem in Zusammenhang zu bringen, was sie aus seiner Vorgeschichte wusste. Aber sie blieb verwirrt, und es war ihr auch noch mulmig zumute, nachdem das Kind gegangen war.

Sollte dies ein gelungener Anfang einer analytischen Kindertherapie sein? Oder hatte sie Tims Tun und seine Grenzüberschreitung zu lange zugelassen? Was würde Juri dazu sagen? Vielleicht war er noch da, sodass sie mit ihm besprechen konnte, was sich zugetragen hatte. Sie pflegten einen offenen Umgang mit schwierigen Sitzungen, und wenn sich Bemerkenswertes zutrug, erzählten sie einander davon. Juri hatte Verena gleich nach der Eröffnung auf die Psychotherapiestation geholt. Sie kannten sich schon eine Ewigkeit, weil sie während der Ausbildung am Freud-Institut gemeinsame Supervisionsgruppen und Semesterveranstaltungen besucht hatten. Verena hatte mit keinem Arzt jemals so gut zusammengearbeitet wie mit Juri.

Sie verliess den Therapieraum und blieb horchend vor Juris Behandlungszimmer stehen, um festzustellen, ob er sich darin befand. Obwohl sie von Beginn an schalldichte Türen gefordert hatten, war noch immer nichts passiert. Daran waren wohl die Auflagen des Denkmalschutzes schuld. Da sie keine Stimmen hörte, klopfte sie und drückte auf die Klinke. Die Tür war abgeschlossen. Sie durchquerte den Gang, um auf die andere Seite des Gebäudes zu gelangen, und trat ins Teamzimmer; aber auch hier war kein Juri. Schade, er war wohl schon gegangen. Aber Luc stand vor der Kaffeemaschine und schob eine dunkel gefärbte Kapsel hinein. Während die Maschine dröhnend den Kaffee in die Tasse drückte, schaute der Zivi Verena mit einem Lächeln an, das sie nicht zu deuten wusste. Mit einer Hand ergriff er die volle Tasse, holte mit der anderen Hand die Zigaretten aus seinem Fach, zog mit den Lippen eine Zigarette aus der Schachtel und zündete sie im Hinausgehen an. Verena sah ihm nach: ein Marlboro-Man, der sich in die Sozialpädagogik verirrt hatte.

Es war ein lauer Spätsommerabend, sie zögerte die Heimfahrt hinaus. Sie würde für die nächsten Monate allein wohnen, denn ihr Partner Max hatte eine Erfindung patentieren lassen und entwickelte mit einem Start-up in Shenzhen ein Produkt, das er in China auf den Markt bringen wollte. Seine Tochter Judith, die bei ihnen gelebt hatte, seit sie achtjährig war, war bereits ausgezogen und besuchte in Boston eine Grafik- und Designschule. Statt nach Hause zu fahren, ging Verena das kurze Stück Weg zu Fuss zum Hof von Hans und Renzo.

Unter dem Nussbaum bildeten die ersten heruntergefallenen, schwarz umrandeten Blätter einen Halbkreis. Knisternd zerbröselte das Laub unter ihren Füssen; sie liebte den herben Duft von trockenem Nussbaumlaub im Spätsommer. Sie hob eine frühreif heruntergefallene Nuss auf und schälte sie aus der aufgeplatzten Hülle. Niederkniend strich sie, so gut es ging, das an der Nuss klebende Schwarz am Randstein ab. Dann trat sie mit dem Schuh auf die Walnuss. Jedes Jahr hatte sie von neuem den Drang, die erste am Boden gefundene Nuss zu kosten, obwohl sie längst wusste, dass sie nicht schmecken würde. Der Kern war knackig und bitter. Trotzdem befreite sie auch die andere Hälfte von den Schalenresten, steckte sie in den Mund und fühlte sofort den pelzigen Belag auf der Zunge.

Verena sah durch die offene obere Hälfte der Stalltür ins Halbdunkel. Die Pferde standen reglos in ihren Boxen. Fliegen umkreisten Verenas Gesicht. In die Stille horchend, wurde ihr klar, dass Juri auch hier nicht auftauchen würde. Hinter dem Gehöft vernahm sie ein lautes Hämmern. Hans war wohl immer noch mit dem Einschlagen neuer Pfähle für den Zaun des Wollschwein-Geheges beschäftigt. Sie stieg die Holzstiege hinauf und betrat die Küche.

Dass die Therapiestation für Kinder nicht an einen Landwirtschaftsbetrieb angeschlossen war, fanden Juri und Verena beide schade. Aber im letzten Herbst lernten sie Hans kennen. Verena war der besondere Garten des Hofs schon früher aufgefallen. Zu jeder Jahreszeit war ein buntes Allerlei von Pflanzen zu sehen: Kräuter, Fenchel, Zwiebeln und anderes blühendes Gemüse, das sie nicht kannte. Um die Ecke wuchsen Ringelblumen, Wicken, Wegwarten, Mohn und Wildrosen; es sah auf den ersten Blick aus wie ein wildwachsendes Durcheinander. Daneben lag eine Pferdekoppel, und hinter den von der Brennnessel überwucherten Steinhaufen, hinter dem Sanddorn und der Kornelkirsche, war eine Weide mit Ziegen zu sehen.

An jenem Tag, als Verena und Juri nach einer Besprechung am Hof vorbeigegangen waren, um sich die Füsse ein wenig zu vertreten, trat Hans zu ihnen und bat sie, eine seiner Ziegen einfangen zu helfen. Eine *Nera Verzasca* aus dem Zuchtprogramm alter und schützenswerter Nutztierrassen. Es war eine lustige Aktion, weil die weggelaufene Ziege schnell und klug war. Am Ende erwischte Hans sie an einem Hinterbein und zerrte das bockige Geschöpf in einem Zweikampf rückwärts in den Stall. Der Ziege, die sich mit ihrem starken Körper wild wie das dunkle Wasser der Verzasca gebärdete, war es zu verdanken, dass Hans sie in die Stube bat, wo sie seinen Most tranken. Das war der Beginn einer wachsenden Freundschaft. Hans war ein stattlicher etwa vierzigjähriger Mann in groben Leinenhosen, die aussahen, als hätte er sie selbst genäht. Er hatte einen dichten braunen Bart, aus dem Gesicht schauten zwei kluge Augen.

Bei dieser ersten Begegnung erzählte Hans seine Geschichte: Mit seinem Partner Renzo lebte er seit zehn Jahren auf dem Hof am Rande des kleinen Dorfes. Sein Erstberuf war Zimmermann; er hatte ihn nach der Lehre aufgegeben, war um die halbe Welt gereist, hatte als Volontär einige Zeit in einem buddhistischen Kloster verbracht, hatte die Matura nachgeholt und schliesslich Germanistik studiert. Das erklärte, warum die Wände seiner Stube von unten bis oben mit Büchern vollgestopft waren. Vom Erbe seines Vaters konnte er mit seinem Partner dieses Gehöft kaufen, das mit dreizehn Hektaren Land nicht rentabel war. Sie lebten vornehmlich von Renzos Verdienst. Er arbeitete bei der Direktion für Entwicklung und Zusammenarbeit und war oft monatelang im Ausland, vor allem in Madagaskar. So auch an jenem Abend, als sie Hans mit den Geissen zufällig kennenlernten. Die Zeit verflog schnell, und Hans lud sie und Juri ein, zum Nachtessen zu bleiben. Er servierte eine Busecca, eine Kuttelsuppe nach einem italienischen Rezept von Renzos Grossmutter. Die Suppe war schon zwölf Stunden am Köcheln. Zuerst versorgte Hans noch die Geissen und die beiden Pferde. Juri half ihm dabei und berichtete von den Pferden, die er in seiner Jugend in Tschechien zu reiten pflegte. Hans freute sich offensichtlich über die spontanen Gäste.

Das war jetzt fast ein Jahr her. Damals erhielten sie von Hans eine Hofführung mit vielen Details zur Geschichte des Gebäudes. Das Gehöft war ursprünglich Teil von Bad Bösbach. Der Trakt, in dem Hans und Renzo wohnten, hatte früher als Mühle gedient. Hans zeigte ihnen die Stelle, wo man noch Spuren der alten Mahlmaschinen auf den dunklen Holzdielen sah. Sie waren also nicht nur Nachbarn, sondern bildeten mit der heutigen Klinik für Kinder eine historische Einheit. Verena empfand damals für einen Augenblick Scham, dass sie sich als Co-Leitung von Bad Bösbach nie bei den Nachbarn persönlich vorgestellt hatten.

Aber an jenem Abend hatte sich Verena beim Rundgang durchs Haus für jedes Detail der vielen Zeugnisse alter Bauweise und Kultur begeistert. Zum Beispiel für den gusseisernen Holzkochherd, der vor allem im Winter zum Kochen gebraucht wurde. Sie blieb auch jetzt vor ihm stehen und fuhr mit der Hand über die kühle und leicht angerostete Oberfläche. Auf dem kalten Herd stapelten sich Einmachgläser, die sie vorsichtig inspizierte. Da waren winzige Birnen in Essig eingelegt, und in anderen war etwas, das wie rote Grütze aussah. Sie las »Kornelkirschen«. Daneben lagerten Büschel von getrockneten Gewürzen oder anderen Pflanzen, die sie nur teilweise kannte. Sie schritt über die Türschwelle in die Stube, in der einige Fliegen nervöse Tänze über ihrem Kopf aufführten. Auch hier gab es unzählige beschriftete Pflanzenbündel, die meisten lagen auf dem Kachelofen, der unter dem Sammelgut fast verschwand. Der Ofen aus dem frühen 19. Jahrhundert war der Stolz von Hans und Renzo, gefertigt oder restauriert von der Hafnerei Staub im Emmental. Es war ein mehrstufig gebautes Prachtstück mit glänzenden farngrünen Kacheln, welche das Licht warm reflektierten. Die gedrechselte Holzbank, die den Ofen einfasste, lud zum Absitzen ein. Sie setzte sich hin.

Verena nahm wieder die eigentümlichen Gerüche in diesen Räumen wahr, die von den getrockneten Pflanzen herrührten. Sie erinnerte sich an die Übelkeit, die sie beim ersten Treffen überkam. Von der Mischung des Geruchs aromatischer Pflanzen und Kutteln glaubte sie, sich übergeben zu müssen. Schon als Kind hatte sie mit dem Würgen gekämpft, wenn ihre Mutter Kutteln gekocht hatte. Sie wusste nicht mehr, ob es der Anblick des weissen Fleisches war oder eher der eigenartige Geruch, der sie ekelte. Aber als sie damals von Hans zu Busecca eingeladen worden waren, versuchte sie sich nichts anmerken zu lassen und ass tapfer von der Suppe. Wider Erwarten fühlten sich die Kutteln beim Zerbeissen zart an auf der Zunge, und die Suppe schmeckte hervorragend. Beim Abschied versprach Juri, Hans wieder zu besuchen. Er habe schon lange davon geträumt, wieder einmal ein Pferd zu reiten. Als sie den Hof verliessen, waren sie beide beglückt von der Begegnung, und Verena dachte – und konnte dabei das leichte Herzklopfen nicht ignorieren –, dass sie seit jenem ersten Besuch Juri mit anderen Augen sah.

Verena wusste nicht, was sie heute in der Bauernstube von Hans und Renzo suchte; vielleicht hoffte sie, dass ihr jemand Gesellschaft leisten würde. Da weder Hans noch Juri auftauchten, machte sie sich auf den Rückweg. Sie spürte plötzlich ihre Müdigkeit und wollte nun doch heimfahren.

Als Verena zu ihrem Auto kam, sah sie Luc, der mit dem Rücken gegen die Hausmauer des Therapieflügels lehnte, eine Zigarette rauchte und in der anderen Hand eine leere Tasse hielt. Die Kinder waren offensichtlich abwesend.

»Was ist das für eine Art Therapie, die du mit Tim machst?«, fragte Luc.

Sie glaubte einen spöttischen Unterton zu hören, war sich aber nicht sicher; vielleicht war es nur ihre Angst, Rechenschaft ablegen zu müssen. Verena mochte Lucs offene Art. Sie war in seinem Alter selbst viel schüchterner gewesen.

Sie war entschieden dagegen, die psychoanalytische Therapie mit der Aura des Mysteriösen zu umgeben – und damit Laien zu verstehen zu geben, dass dabei derart komplizierte Prozesse stattfinden, dass sie nicht erklärbar seien. Vor Jahren hatte sie einmal an einem Kongress in Anwesenheit einer ihr nicht bekannten älteren, säuerlich dreinschauenden Psychoanalytikerin über einen eigenen Therapiefall gesprochen. Diese hatte Verena ungeniert nach ihrem Alter gefragt, sie darauf mit einem Blick tiefster Verachtung taxiert und sie dann wissen lassen, dass es sich unmöglich um eine analytische Therapie handeln könne, die sie da präsentiert hatte. Erst Jahre später verstand Verena, warum sie das Ziel von so viel Verachtung geworden war: Wer in die Psychoanalytische Gesellschaft aufgenommen werden wollte, musste nicht nur eine mehrere hundert oder gar tausend Stunden dauernde eigene Analyse gemacht haben, sondern nach deren Abschluss auch selbst sehr zeitaufwendige, hochfrequente Therapien durchgeführt haben. Weil es schwierig war, Menschen zu finden, die sich jahrelang viermal pro Woche auf die Couch legen wollten, vergingen oft Jahrzehnte, bis analytische Psychotherapeuten die nötige Anzahl Therapiestunden vorweisen konnten, um in die Gesellschaft Sigmund Freuds aufgenommen zu werden. Anerkannte Analytikerinnen und Analytiker standen meist kurz vor der Pensionierung, ihre Lehranalytiker waren Greise. Alle anderen verstanden aber in den Augen derer, die es geschafft hatten, von Psychoanalyse nicht das Geringste.

Luc wartete geduldig auf ihre Antwort.

»In einer analytischen Psychotherapie«, sagte sie endlich, »entscheidet das Kind, was es machen möchte. Es erfindet und spielt eine Geschichte, es malt, eher selten erzählt es etwas von seinen Gedanken. Als Therapeutin gehe ich davon aus, dass dabei Wichtiges zutage tritt. Auch eine erwachsene Patientin, die sich auf die Couch legt, darf ihrem inneren Gedankenstrom folgen und unzensiert davon erzählen. Freud nannte diese Technik freies Assoziieren. Im Unterschied zu anderen Therapieformen, wo zu Beginn vereinbart wird, was die Therapieziele sind und woran in der Sitzung gearbeitet werden soll, wird bei der psychoanalytischen Therapie dem Ausdruck des Unbewussten höchste Bedeutung geschenkt. Das Unbewusste zeigt sich aber nur in träumerischem, absichtslosem Nachsinnen.«

Luc drückte den Zigarettenstummel aus und liess sich, immer noch mit dem Rücken zur Wand, auf den Boden sinken. Verena, die erfreut feststellte, dass er sich auf ein längeres Gespräch einlassen zu wollen schien, setzte sich im Schneidersitz zu ihm auf den Boden und fuhr fort: »Kinder legen sich natürlich nicht auf eine Couch. Sie drücken sich, wie gesagt, über das Spielen und Zeichnen aus. Und falls sie nicht spielen können, ist die erste Aufgabe, die eine analytische Therapie zum Ziel hat, dass ein Kind spielen lernt.«

»Wie meinst du das; Kinder, die nicht spielen können?«

»Kinder, die nur Spielzeugautos zusammenprallen lassen, Klötze herumwerfen oder den ganzen Tag rumrennen, aber kein symbolisches Spiel mit einer Bedeutung entwickeln können.«

»Ach so.«

Luc stellte die Tasse neben sich auf den Boden.

»Ein spielendes Kind gestaltet seine Spielhandlung so unbeschwert und oft, wie wir nachts träumen, ohne einer rationalen Logik zu folgen. Therapeutinnen greifen nicht in die Ideen ein, sondern helfen während des Spielens beim Entdecken und Ordnen der Fantasien. Jedes gesunde Kind spielt Geschichten und verarbeitet dabei vieles, aber bei traumatisierten Kindern sind diese Geschichten meist voller furchtbarer Inhalte.«

Luc nickte.

»Je schlechter es dem Kind geht, desto zerstückelter sind die fantasierten Inhalte. Es braucht Zeit und Geduld, um sich da hineinzudenken, um etwas von den wirren Inhalten auch nur annähernd zu verstehen. So etwa in der Art hat Tim vorher gespielt.« Da Luc die Augenbrauen hob, setzte Verena hinzu: »Natürlich wählen die Kinder in den teilweise brutalen Fantasien nicht die Opferrolle, sondern sie wollen die Therapeutin in die Position des Opfers setzen. Das Kind identifiziert sich mit dem Täter, das heisst, es spielt die Rolle des Täters.«

Luc schien immer noch aufmerksam zuzuhören, während er mit einem Grashalm über seine behaarte Hand fuhr. »Ich als Therapeutin«, fuhr sie fort, »tauche in die Gefühle des Opferseins ein, so wie du es eben gesehen hast.«

»Hmm«, sagte Luc jetzt und runzelte die Stirn. »Bloss, wenn der Bub einfach die Rolle tauscht, und du bist das Opfer und er wird zum Täter, was hat man dann davon?« Er schüttelte mit einer entschiedenen Geste den Kopf und zerriss den Grashalm. »Ich habe Tim beobachtet, wie er bei uns auf der Gruppe eine Katze schikaniert hat. Das ging gar nicht, ich musste ihn davon abhalten.«

»Ja klar, unbedingt musst du eingreifen. Die Katze ist in der Tat hilflos. Aber ich bin keine Katze!«

Er lachte.

»Und das mit der Katze war kein Spiel. Aber du hast recht, es ist nicht das Ziel, dass das Kind zum sadistischen Täter wird.«

Luc zündete eine neue Zigarette an. Verena hatte ein dürres Ästchen am Boden gefunden und zerbrach es in kleine Stücke.

»In den Sitzungen nutzt das Kind meine Präsenz und meine Bereitschaft, mit ihm zusammen etwas von seinem Inneren darzustellen. Das sind Gefühle der Angst, zum Beispiel, Schmerz oder der Ohnmacht. All das, was das Kind bedrängt und was es nicht fühlen will. Angst und Hilflosigkeit will niemand fühlen, das wird abgewehrt. Das Kind deponiert den Schmerz und die Angst vorerst mal bei mir. Ich als Frau Liechti soll am eigenen Leib begreifen, wie es gelitten hat, was ihm widerfahren ist. Tim zeigt mir, wie es ihm ergangen ist. Im Unterschied zum sadistischen Quälen ist es in der Therapie wichtig, dass ich Frau Liechti bleibe. Tim soll merken, dass ich nicht real leide, sondern dass wir spielen; ein Spiel ist immer Fantasie, ein Als-ob. Wenn ein Kind zu spielen aufhört und stattdessen richtig sadistische Handlungen ausführt, dann muss ich das Spiel abbrechen.« Nachdenklich fügte sie an: »Offen gestanden hätte ich bei Tim das Spiel wohl frühzeitig beenden sollen.« Verena hielt einen Moment inne und Luc meinte: »Aber ich verstehe nicht, was daran Therapie ist. Der muss doch wegkommen von seinem gestörten Verhalten und auch von seinen gestörten Fantasien!«

»Auf jeden Fall! Aber zuerst muss das Kind einen Resonanzraum haben, jemand, der mitschwingt, wenn es etwas von seinem Inneren zeigt. Ein Kind kann sein Erleben und sein Selbsterleben nur entwickeln, wenn es jemanden hat, der sich anrühren lässt von diesem Unbewussten. Ich fühle und denke mich in das Kind ein. Dann beschreibe ich ihm das, was es selbst vermutlich so oft gefühlt hat. Also mein Erleben der Hilflosigkeit. Vorher, als ich gefesselt war, hörte Tim, wie ich eine Erfahrung beschreibe, die er selbst zutiefst kennt. Er kennt diese Gefühle, sie sind ihm aber nur schwer zugänglich, weil er immer versucht, die Ohnmacht nicht zu spüren, aus Selbstschutz. Anders gesagt: Bevor wir uns mit dem Tim beschäftigen können, der andere plagt, müssen wir den Tim verstehen, der gelitten hat.«

Luc schaute nachdenklich und fragte dann: »Wie hat er gelitten?«

»Die Eltern haben ein paar Dinge berichtet, die auf Misshandlungen hinweisen. Aber ich denke, wir wissen höchstens einen Bruchteil. Häufig vergessen oder verdrängen die Eltern vieles, was sie getan haben. Fast alle Eltern wollen aufrichtig gute Eltern sein. Vieles von dem, was Schaden angerichtet hat, ist ihnen nicht einmal bewusst. In ihren Augen wird das Kind im Lauf der Entwicklung zum Monster, und sie haben keine Ahnung, warum. Ihre Erziehung fassen sie daher nicht als Misshandlung auf, sondern als verdiente Strafe für Regelverletzungen. Tims Eltern haben ihm beispielsweise einmal die Finger verbrannt als Strafe dafür, dass er mit dem Feuerzeug gespielt hat. Tim muss vor allem die Mutter oft an ihre Grenzen gebracht haben. Er hat so lange ›blöd‹ getan, bis sie ihn schlug. Aber er wurde auch eingesperrt, weil die Mutter eine ungestörte Mittagspause brauchte und er immer dann am meisten Unsinn machte. Als Tim noch klein war, beschmierte er die Wände des Zimmers mit Kot. Ob er Teppiche zerschnitt, mit einem Sackmesser das Bett malträtierte oder sein Kinderzimmer unter Wasser setzte – es schien ihm egal zu sein, entdeckt zu werden. Daher hatten die Eltern immer mehr den Eindruck, er lege es darauf an, bestraft zu werden. Diese Symptome zeigen Kinder, die vernachlässigt werden.«

Verena bemerkte, wie Luc mit der Fussspitze auf und ab wippte. Niemand befasste sich gern mit Misshandlungen. Jeder normale Mensch wäre nervös geworden und hätte zu zappeln begonnen, weil die Vorstellung unerträglich und zum Davonlaufen war.

»Also«, sagte sie unvermittelt und stand auf. Sie wollte Luc mit ihren Gedanken nicht überfordern, »ich mach mich mal auf den Heimweg.« Sie schüttelte ihr eingeschlafenes Bein.

»Schönen Abend dir!«

»Dir auch!«

Luc winkte mit einer lässigen Handbewegung.

Es ist doch nicht so einfach, den Kern der psychoanalytischen Therapie zu erklären, dachte Verena. Sie drehte sich noch einmal um und sagte: »Falls du dich für die Psychoanalyse interessieren solltest, dann sprich mit Juri, der kann dir noch einiges zu den wichtigen Theorien von Freud sagen, zum Beispiel zum Verhältnis von Sexualität und Psyche. Davon versteht er mehr als ich.« Dies war jedenfalls ihr Eindruck.

Sie ergriff die Tasche und ging zum Wagen. Wie angenehm Luc war, aufgeschlossen, interessiert, und gleichzeitig fand er sich im Alltag in seiner bescheidenen Rolle zurecht. Zivis waren selbstverständlich jeden Tag da, um da zu sein, wo man sie brauchte; sie waren auch da, wenn man sie nicht brauchte. Eine Rolle beanspruchten sie nie. Und sie vertraten im weiblich dominierten Klinikumfeld das männliche Geschlecht. Was würden sie auf der Station ohne die Zivis tun?

2

Erst als sie am nächsten Tag zur Arbeit fuhr, fiel Verena wieder ein, warum Juri gestern nirgendwo anzutreffen war. Er hatte eine Sitzung mit den Kostenträgern, mit der Invalidenversicherung, den Krankenkassen und dem Kanton gehabt. Juri war häufig damit beschäftigt, die Arbeit der Therapiestation zu vertreten oder vielmehr zu verteidigen, denn ihre Therapiestation war zu wenig rentabel. Er tat es ungern, viel lieber arbeitete er mit seinen Patienten, und Verena war ihm dankbar für seinen institutionellen Einsatz. Die Klinik-Direktion bestand aus Männern. Selbst wenn Verena mehr Leitungsfunktionen hätte übernehmen wollen – die Sicht des leitenden Arztes hatte nach wie vor mehr Gewicht. Verena diskutierte hin und wieder mit ihrer Freundin, ob sie in den Gremien unbeherrscht auftrat, weil sie nicht angehört wurde, oder ob sie nicht angehört wurde, weil sei unbeherrscht auftrat. Wenn sie einen Funktionär vor sich hatte, der den Eindruck erweckte, viel Macht, aber keinen Sachverstand zu haben, konnte sie sich nur schlecht beherrschen und bestätigte so das Bild, das Männer von Frauen hatten.

Auch mit Juri geriet sie öfters in heftige Diskussionen. Sie war experimentierfreudig, machte immer wieder Weiterbildungen, auch ausserhalb der Psychoanalyse. Sie hatte die vierzehntäglichen Familientherapietage eingeführt. Dann arbeiteten die Eltern in Gruppen gemeinsam mit den Therapeutinnen an den familiären Themen, in Anwesenheit der Kinder.

Er war hingegen der herkömmliche Analytiker. Er sorgte für Kontinuität und dafür, dass das Team Zeit erhielt, die Arbeit mit den Patientinnen und Patienten gründlich zu reflektieren. Was die Therapien anging, war er kompromisslos. Jedes der zwölf Kinder und Jugendlichen, die bei ihnen in zwei Wohngruppen wohnten, erhielt drei Einzelsitzungen pro

Woche. Sie waren weit und breit die einzige Therapiestation, die sich diese hochfrequenten Therapien trotz des ständigen Kostendrucks leisteten. Sie stellten jedes Jahr eine postgraduierte Psychologin ein. Diese arbeitete hundert Prozent und kostete mit achthundert Franken Monatsgehalt praktisch nichts. Von diesem Geld konnten die jungen Leute nicht leben. Dieses Jahr hiess ihre junge Psychologin Connie; sie arbeitete seit April mit Elan auf der Station.

In den meisten anderen kinderpsychiatrischen Kliniken hatten die jungen Patienten mit Glück wöchentlich eine halbstündige Sitzung mit dem Assistenzarzt, der mit Notaufnahmen, Kriseninterventionen, Medikationssitzungen hoffnungslos überlastet war. Die Assistenzärztinnen waren jung und kamen oft aus dem Ausland. Sie verstanden kein Schweizerdeutsch und hatten noch keine Therapieausbildung begonnen, falls sie überhaupt im Sinn hatten, sich psychotherapeutisch ausbilden zu lassen. Daher wurden die Elterngespräche von den Betreuerinnen und Betreuern durchgeführt, die im besten Fall einen Kurs für Familientherapie besucht hatten.

Verena hatte einen guten Draht zu den Sozialpädagoginnen, welche die Gruppen leiteten, weil sie deren Arbeit zutiefst schätzte – denn diese machten einen Knochenjob, den sie selbst nie so gut hätte leisten können. Gemeinsam entwickelten sie Ideen. Die Lehrkräfte und die Sozialpädagoginnen nahmen an regelmässigen Gruppen-Supervisionen teil, Juri und Verena holten dafür versierte Supervisorinnen ins Haus. Schon im zweiten Jahr waren sie ein zusammengeschweisstes Team. Zum Glück hatten sie ihre überaus fähige Sekretärin Brigitte. Sie war die Einzige, die wirklich Deutsch beherrschte, und bearbeitete Berichte wie eine professionelle Lektorin. Dank ihrer Art und Weise, Telefone abzunehmen, hatten sich erhitzte Gemüter am anderen Ende des Drahtes schon ein bisschen beruhigt, wenn sie weitergeleitet wurden. Sie organisierte Termine so hervorragend, dass allen schon vor dem Moment graute, wenn sie nicht mehr da sein würde. Denn sie hatte die Sechzig längst überschritten. Dänu, der Hauswart auf Bad Bösbach, wohnte gleich nebenan und kümmerte sich gewissenhaft um das nicht ganz pflegeleichte Jugendstilgebäude, das unter Denkmalschutz stand.

Ein Bad dürfte es hier schon fast ein halbes Jahrtausend gegeben haben, die eisenhaltige Quelle wurde seit dem 15. Jahrhundert zu Heilzwecken genutzt. In der Region gab es einige ähnliche Bäder, die im reformierten Kanton eine wichtige Funktion hatten: Hier konnte man sich ungezwungener geben als in der Stadt, weil das »Comme il faut« nicht ganz so streng befolgt wurde. Ganze Familien mit Belegschaft fanden sich ein, um sich zu vergnügen; die Bäder dienten auch als Heiratsmarkt. Doch die Kirche schaute diesem Treiben nicht lange zu. Aus den Bädern wurden Sanatorien, wieder mit strengen Regeln und Vorgaben zur Abstinenz von allem, was als ungesund beziehungsweise unchristlich galt. Wie die meisten dieser Kurhäuser rentierte Bad Bösbach während der Kriegsjahre nicht mehr und wurde geschlossen.

Irgendwann übernahm eine Familie Glaser das Anwesen und führte bis in die 1980er Jahre eine Gastwirtschaft. Dann stand das Bad wiederum drei Jahrzehnte leer, bis der Kanton es mit der Absicht kaufte, hier die dringend benötigte Therapiestation einzurichten.

Unvermittelt riss Verena das Steuer herum. Auf der Strasse lag ein undefinierbares Fellbündel. Den Anblick eines überfahrenen Tieres ertrug sie schlecht und wollte weiterfahren, aber das hätte sie ebenso wenig ertragen. Sie lenkte den Wagen an den Strassenrand, stieg aus und ging zurück. Die Katze zuckte mit den Ohren.

»Ach, du armes Ding«, entfuhr es ihr. Die Katze schaute sie an, Hoffnungslosigkeit im Blick. Ob sie innere Verletzungen hatte?

Verena mochte Katzen eigentlich nicht. Ihr gefiel nicht, wie sie herumschlichen und tagelang auf den Feldern in ein Mäuseloch starrten. Und dann gab es die Katzenbesitzer, die ihrem Liebling flüsternd übers Fell strichen, während sie nicht in der Lage waren, ihren eigenen Kindern das Nötigste an Aufmerksamkeit angedeihen zu lassen. Und ausserdem setzten die Katzen die ohnehin bedrohten Vogelarten noch mehr unter Druck.

Verenas Aversion verschwand in dem Moment, als die Katze sie mit flehendem Blick um Hilfe bat. Sie hob das Tier auf, ging zum Wagen zurück und legte es auf den Beifahrersitz. Nur noch einen Kilometer, dann war sie bei Hans. Sie glaubte sich zu erinnern, die Katze bei ihm gesehen zu haben.

Hans stand im offenen Torbogen und hantierte mit Harassen und leeren Flaschen. Es roch süss und vergoren nach Äpfeln. Bevor er Verena seine grosse trockene Hand zum Gruss reichte, wischte er Staub und Spinnweben an den Hosen ab.

»Eine angefahrene Katze, magst du sie dir ansehen? Sie lag nicht weit von hier auf der Strasse, es könnte eine von deinen sein.«

Er schaute durchs Autofenster ins Innere und nickte.

»Warte bitte.«

Er verschwand in der Scheune und kam mit einem Katzenkörbchen zurück. Behutsam hob Hans das Tier in den Korb. Er stellte ihn vor die Scheune und betrachtete die Katze eine Weile stumm. Sie begann sich ein bisschen aufzurichten und leckte das Fell.

»Der Tierarzt kommt sowieso um zehn wegen des Pferdes, da kann er sich die Katze auch gleich anschauen. Vielen Dank.«

Eine leichte Handbewegung deutete den Gruss an. Verena wendete den Wagen, um drüben bei der Klinik zu parken.

3

Tim wartete schon auf der Türschwelle zu ihrem Therapieraum. Als Verena die Tür aufschloss, schlüpfte er ungeduldig vor ihr hinein.

»Wie war dein Tag gestern?«

Er antwortete nicht, sondern machte sich am Regal zu schaffen, aus dem er das Doktor-Köfferchen hervorsuchte.

»Gell, heute kommen deine Eltern und wir besprechen, ob du die nächsten Monate hierbleiben wirst. Wie gefällt es dir eigentlich bei uns?«

Keine Antwort.

»Hast du dir darüber Gedanken gemacht, wie es für dich wäre, bei uns zu bleiben?«

»Jetzt spielen wir!«

In der fast gebrüllten Antwort lag sein ganzer Widerwille oder auch sein Unvermögen, ein Gespräch mit Erwachsenen zu führen – über sich selbst, über seinen Alltag, über sein Erleben und seine Sicht der Dinge.

Er wies sie zu einem Stuhl. Er setzte seine gestrige ärztliche Untersuchung fort: Verena war seine Patientin mit Ebola. Wieder folgten »quälende« Spritzen, die alles Mögliche bewirken sollten, das sie nicht verstand. Dann kündigte Tim eine Operation an. Sie erhielt diverse Einschlaf- und Aufwachspritzen, wie er sie nannte. Das probierte er einige Male aus und genoss sichtlich den Effekt, sie einmal wach und aufrecht, dann wieder eingefallen mit geschlossenen Augen vor sich sitzen zu sehen. Zwischen Einschlafen und Aufwachen wurde sie aber zunehmend vergessen, weil Tim nun mit anderen fiktiven Patienten beschäftigt war. Er spielte in der entfernten Zimmerecke unter dem Bürotisch weiter, sodass sie verlassen wartete. Für eine Weile tauchte sie in diesen Zustand ein und hielt sich still. Tim zeigt mir etwas in Bezug auf das Wartenmüssen, sagte sie sich, fühlte sich aber mit der Zeit sowohl gelangweilt als auch genervt.

Schliesslich reklamierte sie laut: »Ich warte auf eine Operation, und kein Schwein kümmert sich um mich!« Ihre Kritik führte dazu, dass er sie per Narkosespritze sofort wieder einschlafen liess. Mit Genugtuung stellte er fest, dass er im Spiel die Kontrolle hatte: Seiner Regieanweisung folgend, schloss seine Patientin folgsam die Augen. Endlich hatte er Zeit für die anstehende Operation und tat so, als schneide er ihr mit der Plastikschere den Bauch auf. Dann erhielt sie eine Aufwachspritze, um sofort aus dem Spital entlassen zu werden.

»Oh, aber das darf nicht wahr sein, Herr Doktor, du hast vergessen, den Bauch wieder zuzunähen!«

Ja, sagte er, es tue ihm leid, aber es seien zu viele Leute hier, die alle operiert werden müssten. Sie solle aufhören zu reklamieren und nun einfach bezahlen und gehen.

Dieses Spiel war viel deutlicher strukturiert als die chaotische Inszenierung von gestern. Es fiel Verena nicht schwer, eine mögliche Deutung für Tims Bilder zu finden.

»Tja, es ist nicht schön, wenn man hofft, behandelt zu werden, aber in der Hälfte der Operation schon wieder gehen muss. Wir sollen uns richtig gut um dich kümmern und dich nach dieser Woche nicht wieder nach Hause schicken.«

Seine Mimik verhärtete sich, und es war deutlich, dass er nicht länger zuhören mochte. Sie fügte trotzdem an: »Vielleicht ärgert es dich, dass es ausser dir noch andere Patienten gibt und wir nicht nur Zeit für dich haben.«

Natürlich war es nicht so, dass ein Kind nach einer solchen Deutung je gesagt hätte: »Ja genau, Frau Liechti, vielen Dank, dass Sie mich so gut verstehen.« Doch es gab Zeichen dafür, dass sie als Therapeutin etwas verstanden hatte und das Kind sich wahrgenommen fühlte: Es schloss eine Spielhandlung ab und wechselte zu einer neuen Szene.

Das tat jetzt auch Tim. Er ging zum Sandkasten, der beim Fenster stand, öffnete mit aller Kraft den schweren Deckel, der für seinen schmächtigen Körper zu wuchtig schien, und sagte: »Ich mache etwas da drin.« Offenbar erwartete er von den Erwachsenen keine Hilfe. Oder er wollte Verena zeigen, dass er gross und stark war. Tim bediente sich des bereitstehenden Wasserkrugs, mischte mit schnellen Bewegungen den Sand und das darin ausgeleerte Wasser zu einer feuchten Masse und schaufelte den Sand mit den Händen in der Mitte des Kastens zu einem Berg. Verena sass auf einem Hocker still daneben und schaute zu. Seine Anspannung und sein Tempo liessen ein bisschen nach. Geschickt grub er eine Höhle in den Sand, wählte aus dem Regal einen Playmobil-Mann, schob ihn in die Höhle und schaufelte den Eingang wieder zu.

»Der sitzt da drin, weil er nicht will, dass die Leute sehen, was er gemacht hat.«

Verena war beeindruckt von der Stärke des Bildes, das Tim für das Gefühl der Scham gefunden hatte, nachdem er in der vorherigen Szene ebenfalls metaphorisch erklärt hatte, welche Wünsche er an die Therapiestation hatte: nämlich ein Patient zu sein, der nicht fallen gelassen und sozusagen mit offener Wunde nach Hause geschickt wird. Seine Inszenierung hätte sie unkommentiert stehen lassen können, denn sie sprach für sich. Sie beschloss, trotzdem etwas zu sagen, um auch diese zweite Szene zu würdigen.

»Vielleicht wäre es dir lieber, wir würden heute mit deinen Eltern nicht über dich sprechen?« Er nickte. »Vielleicht fragst du dich manchmal, was du Schlimmes getan hast, dass du bei uns sein musst?« Der Satz war offensichtlich zu viel für ihn, denn noch bevor sie zu Ende gesprochen hatte, hatte er den Sand, der an seinen Händen klebte, über dem Fussboden abgeschüttelt, mit verächtlichem Unterton »Die Stunde ist fertig« gesagt und war grusslos aus dem Zimmer gestürmt.

Sie hatte falsch interveniert, dachte die allein zurückgebliebene Verena. Mit einer kleinen sprachlichen Nuance hätte sie etwas von seinem Spiel aufgreifen können, ohne an die schmerzhafteste aller Wunden zu rühren, seinem Gefühl, an allem schuld zu sein, was nicht gut lief: dass seine Eltern ihn weggaben, dass seine Mutter erschöpft war, schuld am ganzen Unwert, den die Eltern mit sich herumtrugen und den er bereits übernommen hatte. Ganz zu schweigen von der realen Schuld, die Scheune in Brand gesetzt zu haben. Sie fragte sich, was Juri zu diesem Ende der Stunde gesagt hätte, und sie glaubte es zu wissen: Man muss den Jungen mit dem, was er getan hat, konfrontieren. Man kann einem Kind nicht vermitteln, dass es hier einfach spielen darf und dann alles irgendwie gut kommt, man muss es auch in die Verantwortung nehmen. Wahrscheinlich hatte Juri recht, aber hätte sie das schon in der zweiten Sitzung tun müssen? Vor ihrem inneren Auge sah sie Juri nicken.

4

Juri wartete in seinem Büro auf Verena. Es war früher Nachmittag, und sie wollten das Erstgespräch mit den Eltern von Tim vorbereiten, das gleich stattfinden würde. Verena platzte verspätet herein, setzte sich ihm gegenüber an den Schreibtisch und rückte den Stuhl laut zurecht, was ihn in den Ohren schmerzte. Sie begann, von den Sitzungen mit Tim zu berichten, während sie zerstreut einen Stift in ihrer Tasche suchte. Juri streckte ihr den Kugelschreiber hin, den er in der Hand hielt. Sie tauschten einige Punkte aus, dann war es bereits Zeit, die Eltern abzuholen. Verena schritt eilig voran. Auf dem Weg zum Wartezimmer sagte sie mit ironischem Tonfall: »Tim wird später vielleicht wirklich Arzt werden, er passt schon heute bestens in eine Chirurgie. Er hat keine Zeit, keine Empathie und spricht schnodderig mit den Patientinnen. Alle Ärzte sind doch auch mal Kinder gewesen, nicht wahr?« Juri war sich bei solchen Bemerkungen nicht immer sicher, ob Verena eine Wut auf Ärzte hatte wie die meisten Psychologinnen, oder ob sie diese vielleicht beneidete. Warum würde sie sonst diese Dinge zu ihm sagen? Schliesslich war er Arzt. Er antwortete nicht.

Von weitem sah er, dass die Eltern Tims Schwester mitgebracht hatten. Juri stellte sich vor, sprach das Mädchen an, Letizia hiess sie, und überlegte, wie sie während des Gesprächs beschäftigt werden könnte. Gleichzeitig fragte er sich, ob die Eltern so isoliert lebten, dass sie die grössere Schwes-ter nicht anderswo unterbringen konnten. Die Mutter reichte ihrer Tochter den Comic, den sie, wie es schien, zuvor selbst gelesen hatte. Tim und Struppi, schoss es durch seinen Kopf. Tatsächlich erinnerten ihn Tims Äusseres, und vielleicht auch seine Streiche, an den Comichelden. Tims Vater sass vorn-übergebeugt und hielt seinen Kopf auf die Hände gestützt. Als Juri die beiden nach der Begrüssung in sein Büro führte, nahm er den Schweissgeruch der Mutter wahr. Auch er fühlte sich angespannt nach dem Telefongespräch, das er mit ihr am Dienstag geführt hatte. Sie hatte einen Kuchen gebacken, den sie Tim vorbeibringen wollte. Offensichtlich fiel es ihr schwer, nur schon drei Tage ohne ihren Jungen zu sein. Juri bemerkte ihr verschämtes Lächeln und erwiderte es mit schief verzogenen Lippen. Der Vater schlurfte hinter seiner Frau durch die Tür. Es war wichtig, dass sich die Eltern auf eine Behandlung von Tim einlassen konnten, und Juri wusste, dass dies nicht leicht zu erreichen war. Die Zusammenarbeit mit den Eltern entschied massgeblich, ob die Therapie bei ihnen gut verlaufen konnte.

Alle setzten sich. Juri wählte seine Worte sorgfältig und nahm sich Zeit zum Zuhören. Verena dabeizuhaben, vermittelte ihm Sicherheit, sie führten alle Aufnahmegespräche zu zweit. Freundlich ging er auf den Vater ein, der Tim zu gleichen zu schien. Sein Gesicht war übersät mit Sommersprossen, er hatte die Sonnenbrille auf den Kopf geschoben, wo sie nicht mehr viele zur Seite gekämmte blonde Haare festhielt. Er sah älter aus, als er war, vielleicht wegen des gekrümmten Rückens und der von der Sonne gegerbten Haut. Vielleicht wegen des Nikotins, er roch stark nach Tabak. Wortreich und mit Ärger in der Stimme äusserte der Vater seine Zweifel am Sinn einer Behandlung auf der Therapiestation.

Juri versuchte herauszufinden, woher der Ärger stammte. Immer war es ein Moment tiefster Kränkung, wenn sich eine Mutter und ein Vater eingestehen mussten, dass sie in ihrer Elternrolle versagt hatten. Auch dieses Mal war es nicht anders. Die Gereiztheit des Vaters liess ein wenig nach, als Juri eine Verbindung zu seiner tragischen Lebensgeschichte herstellte. Ja, sagte der Vater, es stimme, dass er sehr ähnlich gewesen sei. Er hätte wohl sogar eher Hilfe gebraucht als Tim heute. Sein Vater sei Alkoholiker gewesen, die Mutter überarbeitet und erschöpft. Er erzählte, wie er aufgewachsen war: In den Augen des Vaters habe er meistens gar nicht existiert, seine Mutter sei faktisch für die vier Kinder allein zuständig gewesen, der Vater sei nur in der Rolle des Strafenden erschienen.

Richtig lebendig wurde der Mann, als er von seinem Leben als Kleinkrimineller erzählte, das er geführt hatte, bevor er seine Frau kennenlernte. Er war Handlanger einer grösseren Bande, die auf das Aufbrechen von Garagen spezialisiert war und die gestohlenen teuren Autos im Ausland weiterverkaufte. Er habe nur ein paar Monate in der Kiste gesessen, sei vorzeitig entlassen worden und habe dann, vor allem dank der Familiengründung, ein ganz neues Leben begonnen. Seine Kinder wüssten nichts von seiner Vergangenheit, auch die Tatsache, dass sein Bruder an Drogen gestorben war, hätten sie vor den Kindern verbergen können. Juri beobachtete, wie Verena die Augen zusammenkniff, und wusste, was sie dachte: Eltern glauben, dass sie Geheimnisse verbergen können, aber die Kinder spüren unbewusst, dass es ein Familiengeheimnis gibt. Juri versuchte, wieder dem Vater zu folgen. Er habe sich hochgearbeitet und leite heute den Abbruch von Bauwerken in einer schweizweit tätigen Firma. Am Ende des Gesprächs konnte der Vater schliesslich seine Einwilligung geben, und zuletzt sprach er gar offen aus, welche spürbare Entlastung er sich davon erhoffe, sich nicht mehr jeden Abend mit familiären Dramen herumschlagen zu müssen.

Grosse Tränen rollten während des ganzen Gesprächs über die Wangen der Mutter. Sie wirkte wie ein kleines bedürftiges Kind. Brauchte sie ihren Sohn, um selbst stabil zu bleiben? Empfand sie die Ehe ohne ihr Kind als unerträglich? Trotz ihrer Erschöpfung und ihrer Wut auf ihren Sohn machte Tim den ganzen Sinn ihres Lebens aus. Sie liebte ihn vermutlich mehr als ihre Tochter Letizia, die ihr auffallend ähnlich sah. Juri verspürte ein Bedauern darüber, dass das Mädchen der Mutter nun ganz allein ausgesetzt war.

Ihr Kind hier zu lassen, schien für die Mutter ein unvorstellbares Drama zu bedeuten. Mehrmals wiederholte sie, für ihre Kinder da zu sein, sei immer ihr grösster Wunsch gewesen. Darum habe sie nie gearbeitet, auch nicht, als sie schon zur Schule gegangen seien. Es schien, als halte sie an dieser Idee so sehr fest, dass kein anderer Gedanke Platz fand. Juri spürte, wie sich in ihm eine Mauer des Widerwillens aufbaute, eine körperliche Verhärtung, die sich in seinen Schultern festsetzte, und einen Druck, den er in der Magengegend wahrnahm. Darum war er dankbar, als Verena für einen Moment das Gespräch übernahm. Er versuchte, diesen Unmut besser einzuordnen. Er durfte sich nicht von seinen Gefühlen gefangen nehmen lassen, sondern musste den Funken Einfühlung für die Mutter wiederfinden, damit der Dialog fruchtbar werden konnte. Noch immer weinte die Frau still vor sich hin.

Indem er sich ihre Geschichte aus dem Erstgespräch vergegenwärtigte, konnte er sich von den spontanen Gefühlen der Abneigung lösen. Er sah das verlassene Kind, das die Mutter damals gewesen war. Ein kleines Mädchen, das viel zu früh allein zuhause gelassen wurde, am Fenster stand und Stunden darauf wartete, dass seine Mutter zurückkam. Ein Mädchen, das auch keinen anwesenden Vater hatte, weil dieser Fernfahrer war. Sie hatte keine einzige Freundin, besorgte daheim den Haushalt und hütete ihre kleinen Geschwister. Als er sich vorstellte, wie tief verlassen sie als Kind war, gelang es ihm, sich wieder in sie einzufühlen.

Hatte die Frau die Veränderung in seinem Inneren wahrgenommen? Jedenfalls zeigte sie einen unerwarteten Gesinnungswandel: Dankbar nahm sie zur Kenntnis, in welcher Form ihr Mitwirken gefragt war. Sie wurde sogar etwas zuversichtlich bei der Vorstellung, dass alle zwei Wochen ein Therapietag mit allen Familien stattfinden würde. Vielleicht wurde die alte Sehnsucht in ihr geweckt, Zugehörigkeit zu finden und damit das Gefühl, aufgehoben zu sein.

Nach dem Gespräch packte Juri seine Unterlagen zusammen und ging mit Verena ins Teamzimmer. Er lehnte sich an das Sideboard, verschränkte die Hände im Nacken und streckte sich tief atmend durch. Zu Verena gewandt sagte er empört: »Sie verschlingt Tim. Sie ist keine eigene Person. Es ist, als wäre sie sein Zwilling und auch gerade neun Jahre alt geworden.«

Er schüttelte sich, als komme er aus dem Wasser.

»Wir könnten ebenso gut die Mutter bei uns aufnehmen«, ergänzte Verena.

»Ja«, meinte Juri, »sie sass wie ein kleines Kind mit dem Comic im Wartezimmer und weinte dann fast während des ganzen Gesprächs. Vielleicht könnte sie bei uns ein Stück Kindheit nachholen.«

»Und was sagst du zu Tims Vater?«, fragte Juri nach einer Pause des Nachdenkens.

Sie drehte sich zu ihm, während sie einen Schluck Wasser aus dem Glas nahm.

»Ich kann mir vorstellen, dass er oft auch das Kind seiner Frau ist. Dann ist sie Mutter von drei Kindern. Hast du bemerkt, wie sie ihn ständig entwertet, als liege der Grund des Unheils allein bei ihm?«

»Sie ist sicher, dass sich seine Schwierigkeiten als genetisches väterliches Erbe im Sohn niedergeschlagen haben und Tim kriminell werden muss.«

»Vielleicht hat sie recht«, erwiderte Verena ernst. »Ich denke, sie fühlt sich in dieser Ehe auch sehr allein gelassen – wenn ihr Mann nach Hause geschlurft kommt, auf dem Sofa sein Bier trinkt, auf dem Handy surft, so wie sie es beschreibt. Und sie überhaupt nicht unterstützt.«

»Und was denkst du, wie wird es diesen drei zusammen ergehen, wenn Tim nicht mehr zuhause wohnt?«

Er war dankbar für diesen kurzen Austausch. Wie gern er mit Verena zusammenarbeitete! Juri fühlte sich durch sie angeregt und verstanden. Und er dachte für einen kurzen Augenblick, dass er sich immer mit Verena austauschen wollte.

»Hast du die Tochter angeschaut?«, fragte er.

»Ja, Letizia wurde vielleicht nach einer Königin benannt, aber sie neigt zu Übergewicht und hat diesen glanzlosen Blick von Kindern, die nicht geliebt werden. Jetzt schlägt sich die Mutter mit ihrem jungen Spiegelbild zuhause herum, und ihr ganzer Selbsthass liegt schwer auf dem traurigen Mädchen. Ich bin gespannt, wie sich das Gleichgewicht verändert, wenn Tim, der so viel Raum in Anspruch genommen hat, nicht mehr anwesend ist.«

»Wer weiss, vielleicht wird Letizia aufblühen. Vielleicht werden Vater und Mutter sich ihrer Tochter etwas mehr zuwenden. Das darfst du nicht von vornherein ausschliessen. Die Leute kriegen das vielleicht hin.«

So war es oft zwischen ihnen. Er versuchte sich die Defizite vorzustellen, und sie wollte die Entwicklungschancen ins Licht zu rücken.

»Weisst du, als die Frau still weinte und ich mir fast sicher war, dass sie Tim noch heute mit sich nach Hause nehmen würde …«

»… war es«, unterbrach sie ihn, »als wärst du einen Augenblick lang Tim. Und die Frau ein bisschen deine Mutter.«

Juri sah sie an, als wollte er ihre Worte prüfen.

»Okay«, sagte Verena, als sie seinen verwirrten Blick sah, »nicht genau deine Mutter, aber so ungefähr … dich auf ähnliche Art brauchend, dich aussaugend, dich in ihre Liebe verstrickend.«

Juri nickte geistesabwesend. Hastig packte er seine Tasche.

»Bis Morgen, Verena, ich bin spät dran.«

5

Nach wenigen hundert Metern Fahrt tauchte Juri mit dem Wagen in dichten Nebel. Das hatte es früher oft gegeben, diese dicken Nebel im Spätsommer. Er wollte pünktlich sein und fuhr etwas schneller als die erlaubten Achtzig. Die trostlosen Wohnblocks aus den Siebzigern, die knallrote Tankstelle und Aldi, der sich inzwischen auch in der Schweiz etabliert hatte, waren von dichtem Nebel eingehüllt. Von ihm aus hätte diese Agglomeration immer von Nebel verhüllt bleiben können. Er war verstimmt und wusste nicht weshalb. Während er auf der Autobahn fuhr, hörte er das *Echo der Zeit*, doch nach wenigen Minuten drehte er das Radio ab. Innerlich sprach er mit Verena über die Mutter-Kind-Symbiose.

Er öffnete die Haustüre. Köstlicher Duft stieg in seine Nase. Er spürte seinen Hunger erst jetzt und freute sich auf das Essen. Gisela schmeckte gerade mit umgebundener Kochschürze die Weissweinsauce ab.

»Fein, dass du da bist, ich habe gut gekocht für uns.«

Sie kochte immer gut. Sie band die Schürze los und hängte sie auf. Juri wusch sich die Hände und drückte ihr einen Kuss auf die Lippen, bevor er sich setzte. Sie schöpfte von der selbstgemachten Gemüsesuppe auf die vorgewärmten Teller. Es fiel ihm auf, dass eine frisch gebügelte Stoffserviette bereit lag, er sagte aber nichts dazu. Sie löffelten die Suppe schweigend, dann begann sie von ihrem Kätzchen zu sprechen, wie froh sie sei, dass es immer drinnen blieb. Sie habe am Nachmittag die Nachbarin spontan zu einem Kaffee eingeladen und diese habe erzählt, wie sie am Morgen mit ihrem Kater beim Tiernotfall gewesen sei, weil sie ihn in der Früh halb tot vor der Haustür aufgefunden habe; er solle vergiftet worden sein. Juri hörte kaum zu und nickte mechanisch. Sie gingen zu Risotto und Fisch über. Beide schwiegen und hingen ihren Gedanken nach. Einerseits interessierte es ihn nicht, wer wessen Katze vergiftete – diese Nachbarin war sowieso paranoid, man konnte ihr kein Wort glauben –, andererseits fand er es absurd, dass Gisela ihre Katze im Haus eingesperrt hielt; er wusste aber, dass eine Diskussion darüber sinnlos war.

Er hatte im Laufe der Jahre gelernt, keinen Streit anzufangen, der in die Nähe ihres verstorbenen Kindes führte. Als Natascha vor vier Jahren auf der Quartierstrasse von einem Auto angefahren wurde und an den Unfallfolgen starb, hatte Gisela beschlossen, dass aus dem Kätzchen, das sie kurz zuvor für ihre Tochter gekauft hatten, eine Hauskatze werden würde und sie diese nie mehr hinauslassen würde. Gisela blieb lange Zeit gefangen in ihrer Trauer, viel länger und heftiger als Juri, der damals das Glück hatte, immer noch in einer Psychoanalyse zu sein, und dank seiner Selbsterfahrung einen Raum fand, mit der Trauer umzugehen.

»Du hörst mir überhaupt nicht zu.«

Sie waren fertig mit dem Hauptgang; niemand bereitete Risotto köstlicher zu als seine Frau. Sie schob energisch die Teller zusammen und ging zur Spülmaschine.

»Ja, ich habe nicht richtig zugehört.«

Ein Gespräch über das Kind konnte dazu führen, dass Gisela für Stunden in tiefes Schweigen fiel. Noch weniger konnte er ihr erzählen, dass Verena heute eine angefahrene Katze zu Hans gebracht hatte, die gestorben war, noch bevor der Tierarzt kam. Verena zu erwähnen war sowieso selten ratsam. Er war zu müde zum Streiten und sah keinen Sinn darin, Gisela zu provozieren. Sie kehrte nicht vom Spülbecken zurück, sondern hantierte weiter in der Küche; er sah nur ihren Rücken. Er hätte jetzt aufstehen und seinen Arm um ihre Schultern legen können. Dann wäre der kleine Bruch repariert gewesen. Aber die Gereiztheit, die er bereits im Auto empfunden hatte und deren Ursprung er nicht kannte, hielt ihn davon ab. Stattdessen bot er ihr an, einen Spaziergang zu machen, im Wissen, dass sie ablehnen würde. Sie hasste Spaziergänge im Nebel.

Schnellen Schritts ging er hinunter zum Wasser. Wie damals, als er als Gymnasiast oft abends allein spazieren gegangen war, um der Enge der Wohnung für kurze Zeit zu entfliehen. Verena hatte recht mit ihrer Bemerkung über seine Mutter, aber es war ihr nicht gestattet, seine familiären Zusammenhänge in Bezug auf seine Übertragungsgefühle gegenüber den Patienten zu deuten, auch dann nicht, wenn sie recht hatte. Was masste sie sich an? Manchmal überschritt sie jede Grenze.

Seit er vor rund dreissig Jahren in die Schweiz gekommen war, hatte er sich angewöhnt, niemandem allzu viel von sich zu erzählen. Als er studierte, hatte er zuhause gewohnt. Die Familie bildete eine verschworene Schicksalsgemeinschaft. Die Mutter erhoffte sich, dass die Versprechen des Westens wahr werden würden: eine blühende Zukunft für ihre Kinder, aber auch mehr Wohlstand, Freiheit und Vergnügen. Weil er 1990 derjenige war, der am besten Deutsch konnte, musste er die Eltern auf jedes Amt begleiten und übersetzen. Besonders die Mutter genoss es, auf den Ämtern ihren hübschen Sohn zu präsentieren. Sie strengte sich sehr an, ihm immer wieder eine kleine Freude zu machen. Sie schenkte ihm einen Kaschmir-Pullover, den sie im Ausverkauf gefunden hatte, und sagte seinem Vater nichts davon. Sie machte für ihn Semmelschmarren, denn sie wusste, wie sehr er dieses Gericht mochte, das sie in Tschechien im Winter häufig zubereitet hatte. Sie mahnte zur Ruhe, wenn er lernte. Er war der einzige Sohn und hatte den begehrten gesellschaftlichen Aufstieg im Westen zu realisieren vermocht. Es war eine schwere Bürde, die damals auf ihm lastete. Der Vater war ihm keine Hilfe dabei. Dieser sprachlose Mann, der seine Heimat nur auf das Bitten seiner Frau verlassen hatte, der misstrauisch Juris Studium verfolgte und kaum einen Wunsch äusserte.

Juri war gerne allein. Als hätte es nicht nur eine Bruchlinie zwischen Ost und West, sondern auch zwischen innen und aussen gegeben. Oder war er in Tschechien auch ein Einzelgänger gewesen?

Als er nach seinem Spaziergang zurückkam, fand er niemanden im Wohnzimmer. Er stieg die Treppe hoch; Gisela lag im Bett und las in ihrem Buch. Er kroch zu ihr unter die Decke und drückte sie an sich und spürte ihre warme weiche Haut. Sie hatte die zarteste Haut, die man sich denken konnte. Er legte seine Hand auf ihre nackte Hüfte, lehnte die Stirn an ihr Schulterblatt und schloss die Augen; sie roch gut. Er entspannte sich und überlegte, welches Buch er zur Hand nehmen wollte, als sie sagte: »Es wäre günstig heute.«

Überrascht drehte er sich zu ihr. Das war ihr Losungswort für die Zeit der möglichen Empfängnis. Gisela führte exakt Kalender, er konnte sich auf sie verlassen. Sie waren sich auch nach dem schweren Verlust einig, Kinder haben zu wollen. Für ihn war die Vaterschaft ein tiefer Wunsch, und er hätte gerne drei oder vier Kinder gehabt, aber dafür war es eindeutig zu spät. Und Gisela hatte ihre Arbeit als Buchhändlerin aufgegeben, um sich ganz der Familie widmen zu können; sie verspürte nicht die geringste Lust, wieder zu arbeiten. Vor dem Tod ihres Kindes war sie in ihrer Mutterrolle erfüllt gewesen.

Er lag auf dem Rücken und betrachtete den riesigen schwarzen Nachtfalter, der reglos an der Decke klebte. Gestern hatte er den Falter mit derselben Reglosigkeit unten im Wohnzimmer am Vorhang sitzen gesehen. Oder war es ein anderer gewesen? Gisela betrachtete den Falter ebenfalls. Vielleicht wollte sie keinen Falter im Zimmer haben, während sie zusammen schliefen. Sie stand jedenfalls auf, kam mit einem Trinkglas zurück, stieg aufs Bett, und positionierte ihr Bein zwischen Juris Beinen, sodass in der Matratze eine starke Delle entstand. Sie platzierte das Glas behutsam unter dem Falter, klopfte daran und brachte das stille Nachttier zum Flattern. Während es einen Ausweg suchte, verschloss sie mit ihrer Hand rasch die Falle. Juri betrachtete seine über ihm stehende Frau. Im warmen Licht schimmerte ihre Haut bronzen. Die Silhouette ihres weiblichen Körpers mit den ausladenden Hüften, das Geschlecht unter dem dunklen Schamhaar versteckt, die nach oben gestreckten Arme und die Brüste, die sich dadurch etwas aufrichteten – der Anblick erregte ihn. Sie trat mit dem Falter im Glas nackt auf den Balkon und liess ihn fliegen. Er mochte ihre behutsame Art, ein kleines Tier zu retten. Das alles hätte er ihr gerne gesagt, stattdessen sagte er: »Geschickt machst du das.«

Sie brachte das Glas zurück und legte sich unter die Decke zu ihm. Er zog sie liebevoll an sich und wärmte ihren abgekühlten Leib. Von oben bis unten spürte er Wohlbefinden, während er seine zarte Frau schützend in den Armen hielt. Er küsste sie auf den Hals und dann auf den Mund, aber sie folgte seiner Einladung nur halbherzig. Giselas Küsse enthielten seit einiger Zeit eher eine beschwichtigende als begehrende Botschaft. Seine Zärtlichkeiten bewirkten auch heute nicht viel, es fühlte sich an, als wäre sie nicht richtig da, und er hätte meinen können, dass sie sein sexuelles Begehren zu meiden schien. Sie richtete sich auf und suchte eine Tube mit Gleitgel auf dem Nachttischchen, dann presste sie den Inhalt der Paste von ihm abgedreht unter der Decke in die Scheide. Die Vorfreude in ihm brach weg. Er mochte es nicht, wenn sich die Sexualität auf den Zeugungsakt reduzierte. War er ein Zuchtstier? Gisela sagte entschuldigend, sie sei zu trocken gewesen. Er nahm sie in den Arm und versuchte einen Anschluss an seine eben noch starken Gefühle zu finden. Gleichzeitig spürte er eine tiefe Traurigkeit, die ihn matt werden liess. Er wollte diese Traurigkeit nicht, er wollte das Gefühl von vorhin zurückhaben. Einmal mehr bediente er sich einer Fantasie, um die Enttäuschung zu überwinden. Er schloss die Augen, streichelte seine Frau und stellte sich vor, er sei in einer fremden Stadt, die fremde Stadt war immer Florenz. Und er hatte soeben eine schöne Italienerin erobert, eine Frau mit langem, offenem schwarzem Haar, deren Sprache er nicht verstand. Sie begehrte ihn und sie wand sich mit kräftigen Schenkeln voller Lust unter ihm. Dann kam ihm Verena in den Sinn, aber er schob ihr Bild weg. Gisela lag still, und er bemühte sich, vorsichtig zu sein, weil er ihr keine

Schmerzen zufügen wollte. Indem er ihre Resignation akzeptierte, akzeptierte er auch die Distanz, die sich zwischen sie und ihn legte. Schnell und schonend, sich nur noch auf seine sexuelle Erregung konzentrierend, brachte er den Zeugungsakt zu Ende. Auf der Abteilung für Fortpflanzungsmedizin hätte er sich kaum schlechter gefühlt. Dieser Gedanke war nicht neu, und er verachtete sich dafür. Er fühlte sich müde. Morgen musste er um halb sechs aus dem Haus, weil er Hans und Renzo versprochen hatte, die Pferde zu versorgen. Juri gab Gisela einen Gutenachtkuss und schlief schnell ein.

6

Tim konnte die Mittagsruhe nicht ausstehen. Er hasste es, im Zimmer bleiben zu müssen, hier genauso wie zuhause. Schon in der zweiten Woche nach dem Aufnahmegespräch fand er einen Weg, diese Zeit der Erholung, wie sie es nannten, zu umgehen. Er brauchte absolut keine Erholung, er wusste nicht einmal, was das Wort bedeutete, ausser endloser Langeweile. Die Betreuer wollten ihren Kaffee in Ruhe trinken, das war der wahre Grund, davon war er überzeugt. Kevin musste er einweihen. Darum erfand er eine Drohung, um sicherzugehen, dass sein Zimmerkumpane nicht petzen würde.

»Ich schneide deinem Teddy die Beine ab, wenn du jemandem etwas erzählst.«

Tim fuchtelte mit seinem Sackmesser. Kevin erstarrte am ganzen Körper, wagte kein Wort zu sagen, biss mit den Zähnen auf die Lippen, würgte und schluckte. Tim wusste, dass Kevin ohne seinen Teddy nicht leben konnte und liess darum von weiteren Drohungen ab. Er bereitete seine Tat vor, indem er das Fenster öffnete und die Distanz kalkulierte. Auf seiner alten Schule hatte er mit seinem Freund Marco, der ein Jahr über ihm zur Schule ging, Parkour geübt. Sie schauten Parkour-Filme von Youtubern und imitierten ihren Lieblingstraceur, während sie sich Routen auf dem Schulhof ausdachten. Vieles war Wunsch geblieben, aber mit der Zeit hatten sie begonnen, mit Marcos Handy ihre Versuche zu filmen. Tim hatte Stunden und Tage damit verbracht, es war seine allerliebste Beschäftigung, aber sie mussten immer auf der Hut sein, damit der Hauswart sie nicht erwischte, denn die Hausordnung der Schule verbot Fassadenkletterei, und zuhause kriegte er deswegen nicht nur einmal Prügel oder Hausarrest von einer oder gar mehrerer Wochen. Aber wenn er auf Marcos Zimmer mit seinem Freund darüber fachsimpelte, ob beim gefilmten Hindernis der »Lazy Vault« oder der

»Dash Vault« angemessener und praktischer sei, war er glücklich.

Kevin, der nur ein Jahr jünger als Tim war, schaute aufgeregt aus dem Fenster und sagte immer wieder: »Mach's nicht, bitte mach es nicht, du fällst runter«, und begann zu weinen.

»Wart nur, ich falle nicht runter, höchstens du fällst runter, wenn du so heulst, du Baby.«

Tim kannte keine Angst, im Gegenteil, dies war die Art von Abenteuer, die er liebte. Er spürte seine gespannten Muskeln, als er sich am Fensterbrett bis zum kleinen Steinabsatz hinuntergleiten liess. Was er mit den Augen vermessen hatte, stimmte: Er konnte leicht den Birnbaum erreichen, der neben seinem Fenster als Spalier in die Höhe rankte. An seinem Stamm gelangte er mit wenigen Griffen hinunter, es war kinderleicht. Aber er musste am Teamzimmer vorbeiklettern, daran hatte er nicht gedacht. Die Fenster standen offen, und er konnte einen Blick ins Zimmer werfen; es war niemand im Raum. Aber da lag das Zigarettenpäckchen von Luc auf dem Tisch und daneben ein Feuerzeug. Zwar wollte er so schnell wie möglich zum Flüsschen hinunter, was sie ihm ganz zu Beginn auf Bad Bösbach verboten hatten. Aber vorher könnte er sich das Feuerzeug vom Tisch schnappen. Er warf die Beine ins Innere des Raumes, ging zum Tisch, steckte das Feuerzeug in den Hosensack und schwang sich über den Fenstersims wieder nach draussen. Er sprintete in den Socken den Zaun entlang, denn der war zu hoch, als dass er ihn hätte überklettern können. Er stellte sich vor, wie er als Häftling bei Nacht und Nebel ausbrechen würde. Mit Nagelschuhen würde er wie ein Affe am Zaun hochklettern, so hatte er es am vergangenen Wochenende mit seinem Vater in einem Thriller im Fernsehen gesehen.

In Wirklichkeit ging er den recht langen Zaun entlang. Ganz vorne bei der Brücke endete er, weit ausserhalb der Gartenanlage. Die Böschung war mit Brennnesseln überwachsen; er versuchte auszuweichen, so gut es ging. Tim nahm das Brennen an den Beinen unterhalb der kurzen Hose kaum wahr.

Unter der ersten Weide hockte er sich ans Wasser und sah die weisslichen Buckel auf der roten Haut. So gut es ging, rieb er das Jucken weg; seine Nägel waren bis zur Fingerkuppe abgekaut. Endlich drang eine durchsichtige Flüssigkeit aus den Pusteln, die das Brennen linderte. Dann kletterte er die Böschung hinunter, zog die Socken aus und trat ins Wasser. Der Bach war nicht besonders tief. Das kühle Wasser tat gut. Er wollte nicht ausrutschen und hielt sich deshalb still, betrachtete seine weissen Füsse, die durch die Wellenbewegungen ständig die Form veränderten. Ein kleiner Fisch, kaum zu sehen, bewegte sich stromaufwärts.

Glücklich stieg Tim wieder ans Ufer, indem er sich mit den Händen an weichen Grasbüscheln festhielt. Mit gekreuzten Beinen setzte er sich unter den Weidenbaum. Hier wollte er einen Fisch fangen; er würde ihn braten und essen, nun hatte er ja sogar ein Feuerzeug. Er stand auf und sah nach, ob es noch da war. Es war noch da, er klaubte es aus dem Hosensack, in dem sich noch andere Kostbarkeiten befanden, wischte die Krümel am Hosenbein ab und liess es einige Male aufflammen. Glücklich und erfüllt von diesem Erkundungsgang, steckte er das Feuerzeug wieder ein. Er musste sich auf den Rückweg machen, wenn er nicht riskieren wollte, dass seine Abwesenheit bemerkt wurde. Da entdeckte er eine Spinne auf seiner Hose. Er hasste Spinnen.

»Oh, wart nur, du!«

Er fasste sie an zwei Beinen zwischen Daumen und Zeigefinger, wo sie vergeblich zappelte. Er verzog seinen Mund zu einem grimmigen Grinsen. Mit der anderen Hand zog er das Feuerzeug hervor, liess es aufflammen, näherte die Flamme der Spinne; die Spinnenbeine versuchten sich aus dem Griff zu winden. Sofort fing der kleine Körper Feuer und zerkrümelte zu nichts, während er die heissen Finger schüttelte. Stinkender Rauch blieb in der Luft hängen. Er spuckte ins Gras. Nun musste er sich aber sputen.

Tim sah von weitem, dass die Flügeltüre im Parterre offenstand. Die Betreuer standen draussen beisammen, Luc rauchte. Niemand beachtete ihn, und er stahl sich ohne den Umweg über den Birnbaum zurück in den ersten Stock zu Kevin, der auf dem Bett lag und mit dem Handy spielte. Tim beschloss, morgen wieder zum Bach zu gehen.

7

Es war Montagmorgen. Tim stand bereits vor dem Therapiegebäude und schoss kraftvoll Rosskastanien auf die Eingangstür, ohne Frau Liechti zu beachten. Bum, bum.

»Ha, da will jemand rein«, sagte sie wohlwollend zu ihm. Er schleuderte Kastanien gegen die Türe, bis die Munition aus dem ausgebeulten Shirt verschossen war.

»So, so.«

Sie wartete daneben und klimperte mit dem Schlüsselbund.

»Schliesslich musstest du auch auf mich warten, nicht wahr, ich bin ein bisschen zu spät! Und jetzt willst du unser Zimmer im Sturm erobern, als wäre es eine Burg? Für diese Türe braucht es aber einen Schlüssel«, meinte sie lachend.

Er warf seine Schuhe achtlos in eine Ecke, sie waren so schmutzig, als hätte er schon am Morgen den Garten umgegraben. Voller Tatendrang packte er die an der Wand aufgereihten Stoffwürfel und begann eine Mauer aufzubauen, hinter die er die Spielzeugwaffen schleppte und verstaute. Verena setzte sich und sah ihm dabei zu. Er sei der Besitzer dieser Burg, sagte Tim. Dann drückte er ihr die Puppe in die Hand und meinte, diese Puppe sei ihr Kind. Er wolle, dass sie sich begegneten und begrüssten. Auch er hatte ein Baby; allerdings war sein Baby ein Tyrannosaurus rex, und zwar der Furchterregendste aus Verenas Sammlung. Sie begrüsste auch sein Baby freundlich und nannte es gross und stark. Für sie völlig überraschend, riss er ihr jedoch die Puppe aus den Händen und verschwand damit hinter seiner Burgmauer. Kidnapping. Verena hätte gerne versucht, ihr Kind zurückzuerobern, aber es blieb hinter den Mauern bei Tim. Mit dem fiktiven Fernrohr, das er ihr in die Hand drückte, ermöglichte er ihr allerdings einen Einblick. Sie sah, dass ihr Puppenkind in einen Keller voller Krokodile gelegt wurde, sein Dino-Baby hingegen war warm in ein Fell gehüllt und bei ihm gut aufgehoben.

Verena jammerte und wehklagte, ihr Baby müsse nun sterben, werde von Krokodilen aufgefressen. Und sie würde es nie mehr sehen. Sie imitierte ein Schluchzen.

Tim sagte: »Nein, du musst nur besser hinschauen, sie sind ganz lieb zu ihm.«

»Du meinst etwas, was ganz schlimm aussieht, ist gar nicht so schlimm?«

Er wurde wütend, sie solle spielen, nicht reden!

»He, he, Tim, hier spielen wir, und wir denken auch darüber nach, was wir spielen. Es ist harte Arbeit, was wir hier tun.«

Verena dachte nach: Da paarte sich ein Schrecken mit etwas Gutem. Wollte nicht er das gut umsorgte Dino-Baby sein, das sich, in ein Fell gewickelt, in lieben Händen befand? Und sollte sie mit dem Fernrohr Zeugin werden davon, wie es ihrem Baby ging? Weit weg, wo niemand hingucken konnte, ausser man hatte ein Fernrohr. War der Tim im echten Leben das Puppenbaby, schutzlos und voller Angst einem Krokodil ausgeliefert? Und wer war das Krokodil?

Was Verena bereits ahnte, sollte sich bald bewahrheiten: Tims Fundus an schrecklichen Fantasien war noch lange nicht erschöpft. Der Spätsommer zog sich mit Grässlichkeiten dahin. Und obwohl sie nur spielten, strengten sie diese Sitzungen sehr an. Es war jedes Mal ein Horrortrip, ein nicht enden wollender Actionthriller. Sie wohnten im Gruselwald, und Verena sollte ununterbrochen Angst haben. Tim hatte nie Angst. Häufig gelang es ihm, mit seinen Bildern etwas über die heftigen Erregungszustände auszudrücken, mit denen er in seinem Inneren fertig werden musste. Spielend schlitzte er den Babybauch der Puppe auf, damit kleine Waffen in den Bauch genäht werden konnten. Wenn Tim das Puppenbaby pflegte – das eigentlich ihr Kind war –, kam der Puder gegen den wunden Po aus dem Schaft der Spielpistole. Er thematisierte, wenn man die Sitzungen in grossem Bogen betrachtete, eine Beziehungswelt, die gefährlich war. Die Erfahrung, umsorgt zu werden, war durchsetzt von Aggressionen und

Gewalt. Episoden zärtlicher Pflegehandlungen wechselten abrupt mit Misshandlungen. Das mussten die aufgrund seiner Erfahrungen in ihm verankerten Vorstellungen sein, die er von sich selbst und der Beziehung zu seinen engsten Bindungspersonen hatte.

Manchmal sagte Verena zu ihm, sie denke, er selbst kenne all das ebenfalls. Er gab ihr nie eine Antwort darauf.

8

Juri kam schnellen Schritts den Gang entlang und war ausser Atem, als er sich zur Gesamtsitzung einfand, bei der heute Tim und Leonie besprochen werden sollten. Er kam zu spät, weil er auf dem Weg zur Sitzung Luc und Tim geholfen hatte, die neue Slackline anzuspannen. Solche Handreichungen machte er gerne, und am liebsten hätte er noch länger zugeschaut, wie Tim zittrig und hochkonzentriert die Balance darauf übte. So leise wie möglich schloss er die Türe hinter sich und setzte sich auf einen freien Platz in der Teamrunde. Marie-Louise, Tims Bezugsperson in der Wohngruppe, wurde durch sein Hereinkommen in ihrer Schilderung unterbrochen. Sie sah nur kurz zu ihm hin, sagte, sie hätten schon begonnen, und fuhr weiter. Marie-Louise war eine erfahrene, ungefähr fünfzigjährige Sozialpädagogin. Sie hatte ein liebes, weiches Gesicht. Es war noch mehr als das, dachte Juri, Marie-Louise wohnte in ihrem Körper und strahlte Wärme und Wohlbefinden aus. Juri konnte sich gut vorstellen, wie es für ein Kind wäre, sich an sie zu lehnen und von ihr gehalten und getröstet zu werden. Sie war eine Mutter für die Kinder; bisweilen dürfte sie auch eine Mutterfigur für die jüngeren Sozialpädagoginnen sein, vermutete Juri. Mit ihrer dunklen, fast rauchigen Stimme und den gefalteten Händen, die ruhig auf dem Tisch lagen, berichtete sie, ohne auf die vor ihr liegenden Notizen zu schauen: Tim sei ununterbrochen in Bewegung, nicht unbedingt immer in Form eines Störmanövers, das auch, aber häufig wirke er einfach angespannt und befände sich in ständiger Erregung – dies, obwohl er recht hoch dosiert Ritalin bekomme. Der Wunsch des Teams, das Ritalin herunterzusetzen, zerschlug sich. Juri warf ein, dass Hyperaktivität und Anspannung bedeuten konnten, dass Tim ein Aufmerksamkeitsdefizit- und Hyperaktivitätssyndrom hatte, aber auch, dass er die Symptome einer kindlichen Depression aufwies. Er sah Verena nicken. Trotzdem wollte er nach drei Wochen noch nicht mit der Vergabe von Antidepressiva beginnen. Nicht ohne Grund hatte die Therapiestation den Ruf, die Kinder mit so wenig Psychopharmaka wie nötig und so viel Therapie wie möglich zu behandeln.

Karin wollte wissen, warum Tim depressiv sei, auf sie wirke er überhaupt nicht so. »Bei Tim«, sagte Juri, »wurde, wie bei vielen anderen Jungen, vielleicht vorschnell einzig die Diagnose ADHS gestellt. Die Angespanntheit und Übererregung dient aber auch dazu, eine innere Leere zu überdecken. Bei Jungen und übrigens auch bei erwachsenen Männern wird allzu oft eine Depression nicht erkannt, weil sie anders als Mädchen und Frauen reagieren. Nämlich mit Übererregung und Wut statt mit Antriebslosigkeit und Weinen.«

Das Team berichtete übereinstimmend, dass Tims Frustrationstoleranz gering sei und er Kritik in keiner Weise ertrage. Er laufe den Betreuern einfach davon oder halte sich schreiend die Ohren zu.

Juri nickte und meinte: »Auch das passt zu den depressiven Zügen …«

Marie-Louise schüttelte energisch den Kopf und schnitt ihm das Wort ab: »In der Trauma-Weiterbildung habe ich gelernt, dass Hyperaktivität auch eine Folge der frühen und komplexen Traumatisierung sein kann. Das Gehirn hat zu viel Ohnmacht erlebt und ist permanent in einem Flucht- oder Kampfmodus. So kann das Kind gar nicht zur Ruhe kommen, es hat eine erhöhte Hirntätigkeit in der … », sie unterbrach sich, »ich habe vergessen, wie die Gehirnregion heisst.«

»In der Amygdala«, ergänzte Verena. Marie-Louise lehnte sich zurück.

»Du hast recht, das ist eine wichtige Überlegung«, sagte Juri. Aber er wollte sich nicht in dieser Diskussion verzetteln. Leonie brauchte auch noch Besprechungszeit, aber das war nicht der einzige Grund, warum er hier unterbrach. Marie-Louise hatte viel über Trauma gelesen und auch Verena sprach ständig davon, dass das Team mehr traumaspezifische

Weiterbildung erhalten müsse. Er war auch der Meinung, dass das Trauma ein wichtiges Thema war, aber er weigerte sich, einfach alles damit zu erklären. Irgendwie hegte er den Verdacht, dass Trauma eine Modeerklärung war, die so schnell verschwinden würde, wie sie gekommen war. Im Übrigen hatten Freud und noch mehr sein Schüler Ferenczi schon vor hundert Jahren die Folgen von Trauma auf die psychische Entwicklung beschrieben, er verstand darum den Hype um das Thema nicht. Doch seit er sich mit Verena so oft darüber stritt, musste er zugeben, dass die Trauma-Theorien in einer verständlichen, zeitgemässen Sprache formuliert waren, was man von der psychoanalytischen Fachliteratur auch hundert Jahre nach Sigmund Freud wirklich nicht behaupten konnte.

Interessanterweise weckte der Bub bei der Mehrzahl der Betreuer eher den Impuls, ihn beschützen, als ihn zurechtzuweisen. Juri stellte mit Genugtuung fest, dass die Sozialpädagoginnen einen Umgang mit Tim pflegten, der vom Wunsch geprägt war, sein Verhalten zu verstehen, nicht nur zu disziplinieren. Alle – der Lehrer, die Sozialpädagoginnen und Verena – mochten den Buben mit seinem Charme, das war nach der ersten Gesamtbesprechung klar. »Gemocht werden ist eine der besten Resilienzen, die es gibt«, sagte Juri in die Runde und sah bei vielen zustimmendes Nicken.

Nur Karin verhielt sich auffallend still und schaute ausweichend zu Boden. Die Sozialpädagogin, die gerade die Ausbildung abgeschlossen hatte, hatte Mühe, Tim zu betreuen, und es entbrannte mindestens einmal pro Tag ein heftiger Konflikt zwischen ihr und dem Jungen. Juri betrachtete Karin: Mit ihrer hohen gepressten Stimme ähnelte die Betreuerin entfernt Tims Mutter. Sie trat den Kindern gegenüber immer konsequent auf. Konsequent sein vermittelte Klarheit und Sicherheit, und das war grundsätzlich zu begrüssen, aber bei Karin versteckte die rigid umgesetzte Pädagogik eine eigene Verletzung, da war er sich sicher. Ahnte Karin, dass die Kinder sie nicht mochten? In der Tiefe ihres Herzens würde sie vielleicht Kinder hassen, wenn sie es spüren und sich eingestehen würde. Dass Karins anschuldigender Tonfall Tim rasend machte, konnte Juri nachvollziehen. Schade, dass er sie nicht überzeugen konnte, mit einer eigenen Psychotherapie Selbsterfahrung zu machen. Sie war noch so jung und hätte gewiss davon profitiert.

Juri wollte Karin und dem Team etwas von der Dynamik erklären und sagte, zu Karin gewandt: »Gell, Karin, du bist diejenige, die stellvertretend all die Konflikte mit Tim abhandeln muss, die er zuhause mit seiner Mutter hat.«

Karin nickte aufatmend. Das Wissen, dass der Konflikt nicht nur mit ihrer Person zu tun hatte, sondern dass Tim sozusagen alle negativen Gefühle, die er normalerweise auf die Mutter richtete, nun auf sie übertrug, schien sie zu entlasten. Sie liess ihre Schultern sinken und sagte sichtlich bewegt: »Jetzt begreife ich endlich, was Verena und Juri mit dem Begriff ›Übertragung‹ meinen.«

Lehrer Markus schilderte Tims Ideenreichtum. Im Unterricht stelle er interessierte Fragen, hauptsächlich über den Krieg; er wisse erstaunlich viel. Der Islamische Staat beschäftige ihn, und die Gräueltaten des IS in Syrien schienen eine Faszination auf ihn auszuüben. Manchmal sei Jenny, ein Mädchen, das trotz seiner zehn Jahre schon körperlich weit entwickelt war, Opfer von Tims Provokationen und entwertenden Äusserungen, daran arbeiteten der Lehrer und die Sozialpädagoginnen Zu seinem Zimmerkameraden Kevin, einem Schwarzen Jungen, der aus einer Pflegefamilie komme und in vielem weniger weit entwickelt sei, zeige er ein sozial recht akzeptables Verhalten. Tim spiele den Anführer, übernehme aber auch Verantwortung für Kevin. Die Betreuer trauten ihm allerdings zu, dass er ein jüngeres Kind drangsalieren könnte, und wollten darum ein besonderes Auge auf Tim werfen. Man würde die beiden Buben trennen, sobald ein Zimmer frei würde. Insgesamt wurde Tim eher als Einzelgänger beschrieben, der sich selten einem Spiel anschloss. Juri war beeindruckt, wie nah und engagiert die Lehrkraft und die Sozialpädagoginnen den Jungen begleiteten.

9

Es war kurz vor den Herbstferien, als Verena den Höhepunkt der Schreckensszenarien erlebte: Im Spiel hätte sie Tims Zucker stehlen sollen. Tatsächlich zeigte er ihr zwei lose Zuckerwürfel im Hosensack, die sie ihm entreissen sollte.

»Tim, wenn wir hier spielen, fassen wir uns nicht an, ich kann dir deshalb das Zuckerstück nicht aus den Taschen klauben.«

Bereitwillig drückte er Verena den Zucker in die Hand.

»Also, Frau Liechti, du hättest den Zucker gestohlen, und ein Überwachungsvideo hätte deinen Diebstahl entdeckt, und nun sollst du ins Gefängnis gebracht werden.«

Weil das Vergehen eine lebenslängliche Haftstrafe einforderte, verbrachte Verena sitzend den Rest der Stunde in ihrem fiktiven Gefängnis und konnte erleben, wohin ihn seine Fantasien führten.

Aus dem Gefängnis wurde Verena genötigt, zuzusehen, wie ihre liebsten drei Freunde exekutiert wurden. Sie fragte nach den Gründen dafür: Einer wollte schön sein, einer hatte etwas Kleines gestohlen, einer wollte König werden. Tim benutzte als Illustration Verenas Kasperlefiguren und liess einer nach der anderen den Kopf abhacken. Dafür bediente er sich eines Feuerzeugs, das Verena neben einer Kerze auf ihrem Bürotisch liegen gelassen hatte, und rief, indem er es mit der Flamme brennend hin und herschwenkte, erregt: »Nun bist du dran mit Sterben, Frau Liechti.«

»Leg das Feuerzeug weg, mein Feuerzeug ist nicht Teil des Spiels!«

Tim warf das Feuerzeug auf den Tisch und spann seine Fantasien unbeirrt weiter: Sie würde auf einen grossen Scheiterhaufen gebracht werden, er würde sie vorher ausziehen, er würde dann Benzin über sie leeren und sie anzünden, er würde sie wieder vom Scheiterhaufen zerren, weil er ihr jetzt auch noch den Schädel einschlagen würde. Während er seine Fantasien schilderte, erfasste ihn ein starker Rededrang. Sie sass da und hörte ihm zu.

Verena begann sich vor seinen fantasierten Grausamkeiten zu fürchten. Was hatten diese entsetzlichen Bilder voller Hass und Zerstörung in seinem Kopf und in ihrem Raum zu suchen?

Nachdem Tim seine Therapeutin aufs Brutalste mehrfach ermordet hatte, wurde er scheinbar selbst von einem Entsetzen erfasst, denn er wollte unvermittelt die Stunde abbrechen und aus dem Zimmer gehen. Verena wusste, dass er sich in einem verstörten Zustand befand, und versuchte ihn zu beruhigen; so wollte sie ihn nicht gehen lassen. Sie rang nach Worten, als er unvermittelt beteuerte, diese Stunde höchst langweilig zu finden. Sie bemühte sich, Ruhe zu bewahren, und sagte zu ihm, es sei richtig, das Spiel hier zu unterbrechen.

»Aber hör mir zu, Tim. Vielleicht bist du sehr erschrocken über die Dinge, die du dir vorstellst. Und vielleicht denkst du, ich sei auch sehr erschrocken darüber.«

Während sie das sagte, stellte sie sich mit dem Rücken zur Türe, weil sie nicht wollte, dass er in diesem Schockzustand den Raum verliess. Sie spürte den Stoff ihres Kleides an ihrer Haut kleben. Diese Sitzung mit Tim strengte sie auf eine Weise an, als ginge es nicht nur mental um das Überleben.

Sie nahm an, dass er in diesem Augenblick von einem mörderischen Hass überflutet wurde. Einem destruktiven Hass, der in ihm wohnte. Die Langeweile, die er plötzlich spürte, stellte einen Ausweg aus seiner Not dar: Er musste in einen dissoziativen Zustand geraten sein, der ihm erlaubte, die unaushaltbaren und beschämenden Gefühle aus dem Bewusstsein abzuspalten.

Vielleicht hatten ihn ihre Worte beruhigt, vielleicht war er auch überrascht, dass sie weder die Fassung verlor noch ihn ausschimpfte. Jedenfalls schlug er vor, noch etwas im Sand zu spielen. Er vergrub zwei Spielfiguren in einer Sandhöhle. Eine dritte Spielfigur sollte die beiden aus ihrem Sandberg herausholen, sie wurde aber erschossen. Verena sagte zu Tim: »Manchmal wird es zu eng, wenn man nur zu zweit ist. Dann braucht es eine dritte Person, die einen rausholt.« Sie verstand allerdings erst nach ihrer Supervisionssitzung, wie gut er seine innere Notlage dargestellt hatte und wie sehr sie den Kern seines psychischen Konflikts mit der abschliessenden Bemerkung erfasst hatte.

Verena erholte sich nur zögerlich von dieser Sitzung. Tims ungeheuerliche Fantasien quälten sie noch beim Einschlafen. Was war mit ihm los? Sie realisierte, dass sie dringend eine Supervisionssitzung benötigte, um sich in der Therapie mit Tim besser zurechtfinden zu können. Sie machte mit ihrer Supervisorin Susan für den nächsten Tag einen Termin aus.

10

Susan hatte ihr halbes Leben in den USA verbracht, wo sie in jungen Jahren mit Jessica Benjamin feministische Psychoanalyse studiert, mit ihr geforscht und gearbeitet hatte. Verena verdankte ihr viele Entdeckungen über das Frausein, über die Beziehung von Müttern zu ihren ganz kleinen Kindern. Susan praktizierte nicht mehr und liess darum die Supervisionssitzungen bei sich zuhause stattfinden. Während Verena Tims Krankengeschichte ausbreitete, goss Susan den Tee auf. Sie war immer noch eine schöne Frau: Die wilden blonden Locken, die allmählich grau wurden, hingen schräg in ihr faltiges, lebendiges Gesicht. Sie trug die Teekanne und japanische Teeschalen auf einem Tablett zum Tisch, Verena legte ein Früchtebrot von Hans dazu. »Oh, dear, how lovely.« Susan brachte ein Messer und schnitt einige Scheiben ab. Verena schlürfte den Grüntee und dachte einen Moment an Max, der sich nie für Grüntee erwärmen konnte. Sicher musste er in Shenzhen viel Grüntee trinken. Verena lächelte. Bei Susan war der Grüntee etwas Besonderes, Verena verband ihn mit dem Zustand des Innehaltens und Nachdenkens. Würde der Grüntee die USA mit China und sie mit Max versöhnen? Sie musste daran denken, Max danach zu fragen.

Wenn Verena schwierige Momente aus ihren Sitzungen schilderte, machte Susan keine Notizen, sondern beschränkte sich darauf, präsent zu sein. Verena war Susan für diese Qualität von Anwesenheit überaus dankbar. Sie erinnerte sich an die Zeit ihrer eigenen Analyse, als ihre Analytikerin scheinbar Wort für Wort mitschrieb, was Verena auf der Couch sagte, und dazu praktisch immer schwieg.

»Tim, so heisst er, ja?«

Susan richtete sich energisch auf.

»Aufgrund dessen, was er spielt, hat dieser Junge ständig Sex mit seiner Mutter.«

Die Ausdrucksweise hatte mit der Sprache der Psychoanalyse zu tun. Susan und Verena gingen nicht davon aus, dass Tim Sex mit seiner Mutter hatte. Sex haben hiess in dem Fall, dass etwas in der Beziehung mit zu viel Erregung aufgeladen war, dass die Beziehung zwischen Mutter und Sohn zu nah und zu wenig abgegrenzt und somit missbräuchlich war. Verena wartete.

»Das Kind lebt verklebt mit seiner Mutter, es ist, als gäbe es das Kind in den Augen der Mutter nicht.«

»Ja, ich stelle mir den Alltag zuhause aufgrund der Schilderungen der Mutter so vor: Sie steht den ganzen Tag hinter dem Jungen und kontrolliert ihn, macht ihm Vorwürfe und beschuldigt ihn, und er wiederum macht so gut wie nichts von dem, was sie sagt, bis sie entnervt ist. Es kann schon sein, dass er konstitutionell etwas mitbringt, was wirklich mühsam ist; die Erziehungsberatung hat damals ein Aufmerksamkeitsdefizit-Syndrom diagnostiziert, und er bekommt Ritalin. Spielen kann er bis heute nicht allein, als würde er das Alleinsein nicht ertragen. Wird er sich selbst überlassen, demoliert er innerhalb kürzester Zeit alles, was er in die Finger nimmt. Von jedem Geschenk, das er erhält, untersucht er das Innenleben. Sofort hat es seinen Zweck verloren, wie zum Beispiel sein erstes Keyboard, das er mit sechs Jahren bekam. Wenn die Mutter sich eine Mittagspause gönnt und in Ruhe gelassen werden möchte, kommt er zu ihr ins Zimmer und stört sie, obwohl es ihm in seinem Alter möglich sein sollte, sich eine Stunde allein zu beschäftigen. Stattdessen geht er in ihr Zimmer, schmust mit ihr oder stört und plagt sie, zwickt sie zum Beispiel.«

Susan schüttelte den Kopf und meinte: »Symmetrisch zu ihm hält die Mutter das Alleinsein auch nicht aus.«

»Genau, und das hat auch eine Geschichte: Die Mutter war als Kind viel zu oft allein gelassen worden und war völlig auf sich gestellt.«

»Okay, du musst schauen, dass du diese Art von zu grosser Nähe in den Sitzungen mit Tim begrenzt statt anheizt. Sonst wiederholt sich bei dir alles, wie er es von zuhause kennt, und du wirst zu einer zweiten inzestuösen Mutterfigur. Er plagt dich und gerät dabei in eine Art suchtmässige Beziehung, und das ist keine Therapie. Wenn du dich an die Vorgaben hältst, die Tim sich in seiner Grandiosität ausdenkt, wirst du nie zu einem Gegenüber, und er wird nie die Erfahrung einer Begegnung mit dir machen können.«

Verena runzelte die Stirn und hob fragend die Augenbrauen. Susan suchte nach einfacheren Worten.

»Wenn du alles genau nach seinem Skript spielst, bist du eine Art Verlängerung seiner Fantasien; es gibt dann immer nur ihn und seine Gedanken, die du umzusetzen hilfst. Du selbst existierst nicht mehr in den Sitzungen, er nimmt dich gar nicht mehr wahr. Verleugnung, Omnipotenz, Wahrnehmungsverzerrung und emotionaler Rückzug werden die Inhalte eurer Sitzungen beherrschen. Das verhindert, dass er eine neue Erfahrung machen kann.«

»Aha, ich weiss, was du meinst. Der Narzisst wird in seinem Narzissmus bestärkt. Tim wird zu einer Art autokratischem Herrscher, der mich wie eine Beraterin oder Personal benutzt, das ihm dient, das seine Ideen bestätigt und ihm nie widerspricht. Er ist ein allmächtiger Herrscher, umgeben von Jasagern.«

»Ja, genau, du bestätigst nur seine Allmacht.«

Verena biss sich auf die Lippen. Sie verstand, dass sie Tim einige Male tatsächlich mehr schlecht als recht durch die Sitzungen begleitet hatte. Und dass sie damit sein Verhalten allenfalls nur zementierte. Das hatte die Bezeichnung »Psychotherapie« tatsächlich nicht verdient.

Susan sagte bewegt: »Wenn ein Kind wie Tim durch die Eltern frühe Bindungstraumata erlitten hat, ist es in seiner Fähigkeit eingeschränkt, den Als-ob-Spielmodus zu entwickeln. Die psychische Wirklichkeit des Spiels gerät dann zur realen Wirklichkeit und fällt unsymbolisiert mit der Realität zusammen.«

Verena malte sich in Gedanken aus, wie Tim als Narzisst einer von diesen kleinen Arschlöchern werden würde; sie hatte nicht zugehört.

»Wie bitte, sag das nochmals.«

»Wenn er so mit dir spielt, wie du es vorhin beschrieben hast, wenn du all das so ausführst, wie er es verlangt, dann ist das kein Spiel, dann vermag er nicht, etwas symbolisch darzustellen, sondern agiert nur seine Macht über dich aus. Lies mal Thomas Ogden, er hat schizoide Phänomene sehr gut beschrieben, oder André Green.«

Verena pflichtete Susan bei, denn Ogdens lehrreiche Lektüre mochte sie über alles; aber André Green zu lesen war ihr zu mühsam. Analytische Fachliteratur erforderte höchste geistige Anstrengung, und oft vergass sie schon Minuten nach der Lektüre, was sie gelesen hatte. »Weisst du, ich glaube, die Unverständlichkeit trägt wesentlich dazu bei, dass Psychoanalytiker unter sich bleiben«, sagte sie. »Die nicht Eingeweihten müssen einsehen: Sie werden es nie ganz verstehen.«

Susan schüttelte den Kopf: »Jedes Fachgebiet hat einen Jargon und eine eigene Sprache, nur so können die Phänomene treffend beschrieben werden. Und es ist identitätsstiftend. Wer sich nicht in das Fach einlesen kann oder will, muss ja nicht Psychoanalyse studieren. Was soll daran falsch sein, wenn Psychoanalytiker unter sich bleiben wollen? Es verstehen auch nicht alle Physikerinnen etwas von Quantenphysik.«

»Da hast du ja recht. Aber ich habe den Verdacht, dass auch Kandidatinnen, die Jahrzehnte in der Ausbildung sind, es nicht wagen, den Lehranalytiker als Pharisäer oder als Kaiser ohne Kleider zu entlarven.« Sie nahm einen Schluck Tee. »Manchmal ärgere ich mich in den Seminarien, weil alle um den heissen Brei herumreden, da sie nur diffus oder überhaupt nicht verstehen, worüber sie reden, sondern nur so tun. Ich bin sicher, dass das der Nährboden ist für eine Glaubensgemeinschaft.«

»Ist es nicht eher so, dass sich die Psychoanalyse in den hundert Jahren nach Freud stark ausdifferenziert hat und dass die verschiedenen Schulen dieselbe Terminologie unterschiedlich verwenden?«

»Schon«, sagte Verena, »aber die Analytikerinnen müssen

doch einen Schreibstil pflegen, der eigentlich nicht lesbar ist. Die Sprache will wenig präzise und immer kompliziert formuliert sein. Das hat doch damit zu tun, dass auch neue Konzepte zwingend von Freuds Werk hergeleitet werden müssen, um von der analytischen Gemeinde anerkannt zu werden. So kommen auch die Hierarchien nicht ins Wanken. Glaub mir, dahinter steckt viel Zwang und Unterwerfung.«

Verena hatte dies schon öfter mit Susan diskutiert, ohne dass sie sich einigen konnten. Und jetzt wollte sie sich lieber über das therapeutische Arbeiten mit Tim unterhalten. Deshalb sagte sie: »Lass uns zu Tim's Therapie zurückkehren. Ich musste doch in den ersten Sitzungen sehen, was er von sich zeigt; ich kann seine Fantasien nicht ständig unterbrechen.«

»Was du sagst, ist richtig, er soll die Problematik zuerst gründlich ausbreiten können. Es ist technisch gesehen sehr schwer, ihn spielen zu lassen, seine Fantasien ganz nah zu begleiten und mit ihm zusammen zu verstehen versuchen, worum es geht, ohne die ständige Wiederholung zu befördern.«

Jetzt verstand Verena die Spielszene mit dem Baby bei den Krokodilen besser und sagte zu Susan: »Dann ist das traurige Baby, das beim Krokodil in Obhut ist, sein Bild für ein Erleben der ständigen Bedrohung, verschlungen zu werden?«

»Ja, manchmal wird es zu eng, wenn man nur zu zweit ist«, sagte Susan und fuhr fort: »Nicht wahr, er hat das bereits dargestellt. Aber wo ist eigentlich der Vater, den Tim so dringend benötigt? Sieh zu, Verena, dass du in die Rolle des Vaters kommst oder einer dritten Person, die ihm hilft, aus der Verschmelzung herauszufinden und jemand Eigenes zu werden!«

»Ich werde es versuchen. Es scheint mir bei Tim nicht so einfach zu sein. Der geringste Widerspruch, jeder Kommentar von meiner Seite weckt bei ihm sofort Widerstand. Ich kann dem Kind nicht einen Satz sagen, ohne ihm zu nahe zu treten.«

Sie fielen beide in ein längeres Schweigen, Susan lehnte sich zurück, strich sich das Haar aus dem Gesicht.

»Sag mal, was weisst du eigentlich aus seiner Säuglingszeit?«

Verena wusste nichts Genaues, vielleicht hatte sie es einmal gewusst und wieder vergessen. Sie suchte in den Akten die Anamnese, die bei der Erziehungsberatung gemacht worden war. Dorthin gingen die Eltern mit ihm, seit er fünf Jahre alt war.

»Die Erziehungsberatungsstelle überwies ihn zu uns auf die Therapiestation, nachdem Tim den Holzschuppen des Nachbarn abgefackelt hatte.«

Sie blätterte und zog einen Bericht aus dem Stoss Papier.

»Ach, er kam sechs Wochen vor dem Geburtstermin zur Welt und war fürs Erste auf der Neonatologie; mehr steht hier nicht.«

»Oh, my dear«, sagte Susan betroffen. »Weisst du, wir wissen nicht, was er dort erlebt hat. Aber du weisst ja, wie wenig man den Säuglingen an Schmerzvermögen zugesteht. Oder jedenfalls in den USA war es so.«

»Ja, hier auch.«

»Und dieses Löcher in dich bohren, diese unheimlichen Spritzen, all dem gefesselt und ohnmächtig ausgesetzt zu sein – gut möglich, dass es sich um ein frühes Trauma handelt, das er hier dargestellt hat. Hast du mal von Didier Anzieu ›Das Haut-Ich‹ gelesen?«

»Ja, es ist schon eine Weile her; die Lektüre hatte mich sehr beeindruckt.«

»Erinnerst du dich noch an die drei Funktionen, welche die Haut hat?«

»Nein, nicht mehr genau.«

»In einer Funktion ist die Haut ein Behälter: Sie hält dich zusammen, bewahrt das Gute in dir auf, was du mit der Pflege erhältst: die Milch, aber auch die Worte der Pflegepersonen, die wir speichern und erinnern. Eine weitere Funktion der Haut ist die Grenze: Sie bildet die Grenze zur Aussenwelt und sorgt dafür, dass die Welt aussen bleibt. Sie schützt uns vor der Gier und der Aggression anderer Menschen. Und drittens ist die Haut das Organ, das uns mit der Welt verbindet; durch den Mund, mit den Augen, mit den Berührungen stellen wir einen Kontakt zu anderen her. Die Haut ist eine Oberfläche, die Reize aufnimmt und abspeichert.«

Die drei Funktionen der Haut erschienen Verena sehr plausibel, um sie in Beziehung zu Tim zu setzen.

»Dann wären die Qualen, die ich im gespielten Spital mit ihm erlebt habe, Bilder für die frühe Beschädigung der Haut – durch Intubationsschläuche, Infusionen und Spritzen?«

»Ich kann es nur vermuten. Ich hatte immer wieder Patienten, die nach einem solchen Trauma masochistische Strukturen ausgebildet haben, also wenn sie zu früh geboren oder als Säugling operiert worden sind oder so früh Verbrennungen erlitten haben.«

Verena dachte noch an etwas anderes: »Weisst du, die Regulierung der frühen Eltern-Kind-Beziehung erinnert mich an die Videoarbeiten von Beatrice Bebe. Wenn sich der Säugling wach im Dialog mit seinen Eltern befindet, schaltet er rhythmisch Pausen ein. Er dreht kurz den Kopf und schaut weg. Die Eltern respektieren diese Pause intuitiv und sprechen erst wieder zu ihm, wenn sich das Baby einige Sekunden später ihnen zuwendet. Sehr bedürftige Eltern erleben diese kleinen Pausen wie einen Kontaktabbruch und reagieren gekränkt oder verfolgend, indem sie mit dem Gesicht dem Blick des Babys folgen und versuchen, den Kontakt zum Baby forciert aufzunehmen. Das Kind hat keine Chance, auszuweichen oder den Kontakt zu steuern, weil es noch zu klein ist, und es wird notgedrungen durch die Reize überfordert. Das Baby beginnt sich in einer Spirale zu hoher Erregung zu drehen und schreit. Die Eltern können den Ursprung dieser Störung nicht erkennen und haben Mühe, das Kind wieder zu beruhigen. So stelle ich mir das Kontaktmuster zwischen Tim und der Mutter vor.«

»Vielleicht gab es einen unheilvollen Wechsel von einer Überstimulierung zu einem Mangel an Kontakt und Wahrnehmen der Bedürfnisse von Tim.«

Verena ging nachdenklich nach Hause. Nun konnte sie die innere Not besser nachvollziehen, die zu Tims aggressiven und für sie äusserst anstrengenden Spielinhalten führten.

11

Mittagszeit in der letzten Woche vor den Herbstferien. Verena war gerade in ein Gespräch mit Connie vertieft, als sie vor dem halb offenen Fenster Dänus lautes Schimpfen hörte. Verwundert stand Verena auf und ging um den Tisch herum, um aus dem Fenster zu sehen: Der Hauswart zog Tim, der mit nackten dünnen Beinchen barfuss ging, buchstäblich am Kragen hinter sich her. Dänu hielt eine nasse Hose in der freien Hand und schimpfte vor sich hin, möglicherweise nicht einmal zu Tim gewandt; den Wortlaut konnte man nicht verstehen. Tim hielt den Kopf gesenkt und trottete mit ausdrucksloser Miene im festen Griff des Hauswartes, dann war das Gespann im Gebäude verschwunden. Der Hauswart kam wenig später wieder heraus. Connie fragte Verena ganz aufgeregt, ob sie nicht hinübergehen wolle, um nachzusehen, was los war.

»Sie kümmern sich in der Wohngruppe sicher gut um ihn; ich denke nicht, dass es im Moment für uns etwas zu tun gibt.«

Tim tat Connie leid, und sie sagte es auch. Verena erklärte ihr, dass sie als Therapeutin versuche, sich nicht in die Erziehung einzumischen. Erziehung sei Sache der Pädagoginnen. Connie schwieg, und Verena fuhr fort: »Eine Psychotherapie hat keine erzieherische Absicht, sie bietet dem Kind einen Raum zum Fühlen, Denken und Verarbeiten. Tim soll in der Therapie zeigen können, was ihn in seiner Fantasie beschäftigt, und dies frei erforschen dürfen. Wir versuchen, das Erzählte, das Gespielte mit dem Kind zusammen zu begreifen und in eine Verbindung zu bringen mit ähnlichen Vorfällen und Fantasien. Belohnungen und Bestrafungen für das Verhalten müssen bei uns die Sozialpädagogen und zuhause die Eltern übernehmen. Als Therapeutin gehe ich davon aus, dass dem negativen Verhalten ein Motiv zugrunde liegt, auch wenn es sehr unbewusst sein mag, und dieses interessiert mich.«

»Du sagst wortwörtlich, was ich am Wochenende im technischen Seminar gehört habe, die Therapie als mentaler Proberaum«, sagte Connie matt und lehnte sich zurück. Dann fügte sie stirnrunzelnd hinzu: »Aber es ist trotzdem das Ziel jeder Behandlung, dass sich das Kind mit der Zeit anders verhalten kann, dass es Dinge tun kann, die ihm nützen und die sozial verträglich sind.«

»Ja, klar, die Behandlung soll eine gute Entwicklung erlauben. Aber ein Symptom wegzutrainieren, ist nicht das vordergründige Ziel der Therapie. Beim Symptom gehen wir in der analytischen Therapie davon aus, dass das Kind uns etwas zeigt, das seine innere Not ausdrückt. Kommt eine gesunde Entwicklung in Gang, verschwinden die Symptome. Interessanterweise auch ohne Verhaltenstraining – und vor allem nachhaltig.«

Verena wusste, dass sie Wasser in den Rhein trug. Connie hatte in einer Klinik gearbeitet, in der Verhaltenstherapien durchgeführt wurden. Weil sie von den Konzepten enttäuscht war, hatte sie die Ausbildungsstelle nach wenigen Wochen gewechselt und war zu ihnen gekommen. Trotzdem wollte Connie wissen, ob sich die Betreuerinnen in der Gruppe nicht allein gelassen fühlten, wenn die Therapeutin so zurückhaltend war.

»Manchmal vielleicht, meistens schätzen sie es, dass wir uns nicht einmischen; schliesslich müssen sie den Alltag mit dem Kind bestehen, nicht wir.«

»Stimmt«, erwiderte Connie.

»Im Übrigen leisten die Sozialpädagoginnen und -pädagogen den Löwenanteil. Natürlich spielen wir eine wichtige Rolle, aber die Erfahrungen, welche die Kinder täglich mit dem Betreuungsteam machen, alles, was eine sichere Beziehung beinhaltet – die Fürsorge, die Grenzsetzungen, die Struktur des Alltags –, ist entscheidend. Wir werden uns demnächst mit Marie-Louise austauschen, wart ab, was sie erzählt.«

12

Als Tim zurück zur Wohngruppe kam, versperrte Marie-Louise breitbeinig den Flur und wies ihn an, in sein Zimmer zu gehen. Trotzig schlug er die Türe hinter sich zu, öffnete sie sofort wieder und schrie in Richtung Flur: »Wo ist meine Hose?« Er war so sauer, dass er die Antwort nicht abwartete. Wütend warf er sich aufs Bett, zog die Decke bis unter die Nase und hielt sie mit einer Faust fest. Dann spürte er den Schmerz eines Spans, der sich in seinen Daumenballen bohrte. Er sass auf, um ihn aus dem Fleisch zu grübeln. Das Holzstück brach ab, die Hälfte blieb stecken und schimmerte schwarz durch die Haut. Mit den Schneidezähnen versuchte er das Stück Haut über dem Span zu erfassen, riss es ab, presste einen Blutstropfen heraus und leckte ihn mit der Zunge weg, wartete, bis sich ein neuer bildete, und steckte den Daumen in den Mund. Der schmeckte salzig und bitter. Er schaute aus dem Fenster, sein Herz schlug schnell und laut; er wischte sich den Schweiss ab. Scheiss Bad Bösbach. Verdammte Scheisse. Von Ferne nahm er die aufgeregte Stimme des Hauswarts wahr, Marie-Louise war nicht zu hören. Auf dem Flur diskutierten Karin und Kevin. Dieser stürzte ins Zimmer und fragte, was los sei, wurde aber von Karin wieder herausbugsiert, bevor Tim wusste, was er antworten sollte.

Nach einer Weile begann der Daumen im nassen warmen Mund runzelig zu werden und süsslich zu schmecken. Tim legte sich wieder hin und folgte mit seinen Augen dem kreisenden Vogel am Waldrand. Es war ein Milan, er erkannte ihn an den sichelförmigen Schwanzfedern. Der Vogel verschwand und tauchte wieder auf. Tim wusste nicht, warum alle so aufgeregt und wütend waren. Er konnte sich nicht erinnern, was passiert war, und es war ihm auch egal. Egal warum sie wütend waren, egal was nun geschehen würde. Er konnte gut auf die Scheissleute um ihn herum verzichten. Er befand sich hoch oben in der Luft und zog ebenfalls Kreise; die Welt von Bad Bösbach lag klein und unbedeutend unter ihm. Er konnte abhauen von hier, wann immer er wollte; er würde im Wald eine Hütte bauen und dort wohnen.

13

Am späteren Nachmittag sassen Juri, Connie und Verena im Teamzimmer und warteten auf Marie-Louise, die nun den Raum betrat, um ihnen von Tims Ausflug zum Bach zu berichten. Dänu sei auf dem Nachhauseweg auf aufsteigenden Rauch in der Nähe der Brücke aufmerksam geworden. Unterhalb der Brücke habe Tim seine nasse Hose über ein Feuerchen gehalten, vielleicht um sie zu trocknen. Nun sei der Bub in der Gruppe, liege im Bett und sage nichts. Jede Frage beantworte er mit Schweigen.

»Seid ihr in der Gruppe besorgt?«

»Ja«, Marie-Louise überlegte kurz »auch wegen des Feuers. Woher hatte der Junge ein Feuerzeug und warum konnte er sich in der Mittagspause ausserhalb des Hauses aufhalten? Und was, wenn dem Buben am Wasser etwas passiert wäre?«

Verena empfahl ihr, am Abend noch einmal das Gespräch mit ihm zu suchen. Sie glaubte nicht, dass Tim das Feuer benutzen wollte, um einen Brand zu legen, sagte aber nichts darüber zu Marie-Louise. Diese machte einen niedergeschlagenen Eindruck.

»Vielleicht kannst du mit ihm einen kleinen Spaziergang machen, einen Moment in seine Haut schlüpfen und mit ihm ein bisschen ratend erforschen, warum er sich herumtreibt und was er dort am Bach mit dem Feuer machen wollte?«

Marie-Louise zuckte die Schultern, ihr Gesicht verhärtete sich, und sie ging ohne ein weiteres Wort. Verena wurde gewahr, dass Marie-Louise überlastet war; ausser dem Vorfall mit Tim hatte sie noch andere Sorgen in der Gruppe zu bewältigen. Die Pflegefamilie weigerte sich unerwartet, Kevin in den Ferien nach Hause zu nehmen, es musste in Kürze eine Notfallplatzierung gefunden werden. Und Alicia hatte sich tief geschnitten, vermutlich auch eine Reaktion auf die bevorstehenden Ferien. Da blieb keine Zeit für Spaziergänge mit Tim. Verena seufzte, sie hätte sich ihre Worte sparen können. Connie hatte recht, sie liess Marie-Louise im Stich! Das Natürlichste wäre jetzt, zu Tim zu gehen und mit ihm zu sprechen. Wozu sollten sie denn eine Therapiestation sein, wenn die Therapeutinnen sich immer raushielten und die Betreuerinnen niemals entlasteten? Sie könnten ebenso gut ein Kinderheim eröffnen und die Kinder extern zur Therapie schicken. Psychoanalyse hiess stets, nicht zu agieren, sondern zu verstehen. So ein Bullshit, warum folgte sie nicht ihrem Verstand, sondern verschanzte sich hinter der Abstinenz? Warum war sie nicht längst aufgestanden und hatte das Gespräch mit Tim gesucht, um Marie-Louise wenigstens zu unterstützen? Musste sie Juri gefallen?

Sie sah zu Juri. Bisher hatte er sich dazu nicht geäussert. Er war im Begriff, seine Tasche zu schultern, und sagte: »Die Szene mit Dänu hat mich an Astrid Lindgrens Michel erinnert, als der Vater Michel nach jedem Unsinn, den er gemacht hat, in den Schuppen sperrte.«

»Und, was willst du damit sagen?«

»Eigentlich nichts Bestimmtes, es war nur ein Einfall.«

Bevor er den Raum verliess, entgegnete Verena: »Nur hat Michel im Schopf Holzfiguren geschnitzt.«

»Ja, es wäre schön, wenn Tim irgendwann auch an einen solchen Ort der Entwicklung gelangen würde.«

»Dann findest du die Art, wie Dänu den Jungen hinter sich herzog, nicht so schlimm?«

Juri drehte sich zu ihnen.

»Schwer zu sagen. Es braucht in jeder Erziehung eine väterliche Figur, die sagt, wo die Grenze ist und welche Regeln gelten!« Er schulterte die Tasche und verliess den Raum.

Verena sass nun allein im Teamzimmer und schweifte in Gedanken zur Kalkfelswand, an der sie und ihr Spielkamerad rauf- und runtergeklettert waren; auch sie war damals neun oder zehn Jahre alt gewesen. Sie sah in aller Lebendigkeit die mit alten dicken Lianen behangenen Bäume am Abgrund des ehemaligen Steinbruchs. Noch heute spürte sie die damalige Aufregung im Bauch. Sie schnitten die Lianen durch und benutzten sie als Affenschwänze. Verena war Jane; mit ihrem Freund Tarzan sauste sie viele Meter über dem Steinbruch durch die Luft. Unbeobachtet und ohne je zuhause um Erlaubnis zu bitten, genossen sie diese Abenteuer. Eines Tages lösten sich die vielen Verästelungen der Liane aus der Baumkrone. Zum Glück riss das ganze Gebilde nur nach und nach, sodass der Sturz verzögert, gewissermassen in Zeitlupe erfolgte; aber sie hatte sich bei der Landung den Knöchel verstaucht und gelangte vor Schmerzen mehr kriechend als gehend nach Hause. Sie log, sie sei von der Schaukel gefallen. Beinhaltet eine Kindheit und Jugend nicht immer diese Grenzerfahrung des Verbotenen?, fragte sie sich.

»So«, sagte laut vernehmlich, obwohl sie allein war. »Ich gehe jetzt rauf zu Tim.«

14

Morgen war der letzte Tag vor den Herbstferien, der Teamanlass stand bevor, und Verena musste noch einiges dafür organisieren. Sie hätte ausserdem den Wagen von der Werkstatt abholen müssen, hatte aber dazu nicht die Zeit gefunden. Darum war sie umständlich mit dem Zug unterwegs. Noch bevor sie zuhause ankam, bemerkte sie den Verlust ihres Portemonnaies. Das wunderte sie nicht, sie fühlte sich überlastet. Beim Bahnschalter gab sie einen forcierten Suchauftrag auf, denn es befanden sich fünfhundert Franken darin. Sie gelobte, die Hälfte des Geldes dem roten Kreuz für Syrien zu spenden, wenn ihr Portemonnaie gefunden würde. Verena spendete immer Geld, wenn sich das Schicksal wider Erwarten zu ihren Gunsten wendete; das war ein Überbleibsel aus ihrer katholischen Kindheit.

»Ja, gerne werde ich auf dem Handy über das Wiederfinden unterrichtet.«

Sie ging fast schon guter Dinge nach Hause und machte sich sofort daran, den versprochenen Kuchen für den Anlass bei Hans und Renzo zu backen. Sie war nicht bei der Sache, während sie die Zutaten mischte. Der Hefeteig am Fenster nahm beim Aufgehen ungeahnte Ausmasse an, da bemerkte sie den begangenen Irrtum – es war viel zu viel Hefe drin. Statt sich zu ärgern, schaltete sie das Radio ein. Wollte sie jede Panne mit einer Ablenkung wegschieben? Warum war sie so durcheinander? Sie wusste es sehr wohl. Sie dachte zu oft an Juri. Verena betrachtete die weiche Masse mit den vielen Blasen im Teig. Im ganzen Raum roch es nach Hefe und Butter. Sie riss ein Stück vom Teig ab und schob es in den Mund; es zerging auf der Zunge. Die Masse konnte man wahrscheinlich nicht formen. Sie goss den Inhalt der Schüssel in ein grosses Ofenblech, wo er sich ungestalt ausbreitete, und schob das Blech in den vorgewärmten Ofen. Dann tanzte sie ein paar

Schritte im Walzertakt zu den letzten Klängen von *When a man loves a woman*, holte Rahm und Zucker aus dem Kühlschrank und goss die Mischung auf das mit der Gabel eingestochene Gebäck. Sie leerte Mandelsplitter darüber und schob den flachen Kuchen eine weitere Viertelstunde in den Ofen, bis er goldbraun war.

»Ihr Gegenstand wurde gefunden, Sie können ihn am Schalter Ihres Bahnhofs abholen.« Die automatische Nachricht erschreckte Verena beim Einschlafen. Sie fand es nur natürlich, dass ihr Portemonnaie gefunden wurde, und ihre Freude hielt sich darum in Grenzen. Dass sie sich über das Wiedergefundene nicht richtig freuen konnte, war nicht das der eigentliche Verlust? Sie war wieder vollständig wach, holte den Telefonhörer, legte sich zurück ins Bett und wählte die Nummer von Max. Vielleicht wollte sie sich vergewissern, ob er noch existierte; sie hatte kaum von ihm gehört, seit er in China war. Max nahm das Telefon schlaftrunken ab. Ach herrje, dort musste es jetzt fünf Uhr morgens sein. Es tat ihr leid, ihn geweckt zu haben, sie hatte nicht daran gedacht. Verena hätte Max gerne vieles erzählt, aber als sie seine verschlafene Stimme hörte, wurde er ihr plötzlich so unendlich fremd, und sie wusste nicht mehr, was sie erzählen sollte. Sie entschuldigte sich hauptsächlich, ihn gestört zu haben. Nach dem Aufhängen spürte sie Groll. Welten trennten sie. Warum musste er so viele Monate weg sein? Und warum konnte sie ihm nichts von dem, was sie beschäftigte, wenigstens schreiben? Wenn ihre Schwestern oder ihre Freundin lange weg waren, dann schrieben sie sich lange Mails. Warum gelang ihr nicht wenigstens diese Form von Verbundenheit mit Max?

15

Zur letzten Therapiestunde vor den Ferien kam Tim zu spät. Marie-Louise begleitete ihn ausnahmsweise zur Therapiesitzung und schaute Verena an, sprach aber zu Tim: »Gell, du hast heute Morgen viel Stress in der Gruppe gehabt.« Verena bedeutete mit einem Nicken, dass sie verstanden habe. Marie-Louise ging zurück.

»Setz dich hin, Tim. Was meint Marie-Louise mit Stress in der Gruppe?«

»Keine Ahnung. Frau Liechti, ich muss dir erzählen, was ich in der Zeitung gelesen habe.«

Er stand wieder auf.

»Zwei so grosse Spinnen« – er breitete die Hände so weit aus, wie er konnte – »haben ein Kind gefressen, einen Meter gross waren die Spinnen!«

Er war sichtlich aufgeregt.

»Du bist ein Meister im Themenwechseln«, sagte sie und schaute ihn ernst an.

Dass er auf eine Frage antwortete, kam sehr selten vor. Er wollte offensichtlich eine andere Aufregung verarbeiten als die, welche Marie-Louise meinte. Er sah die Zweifel in ihrem Gesicht und beeilte sich zu sagen: »Ich weiss, das kann nicht sein. Marie-Louise sagte vorher auch, dass Spinnen keine Kinder fressen würden. Aber im Urwald können sie das doch? Die Spinnen wickeln das Kind ein und saugen es aus!«

Er schaute sie fragend an. Sie wusste nicht, worauf er abzielte, und enthielt sich vorerst eines Kommentars. Auf jeden Fall wollte er die Szene spielen. Er sei das vierjährige Kind aus der Zeitung. Aber nein, Verena täusche sich, er sei nicht im Geringsten ein von Spinnen gefressenes Kind, er sei zwar ein Kleinkind, aber eines in der Heldenrolle, das fiktive Angriffe abwehrte. Zur Veranschaulichung fuhr er hart mit seinen Beinen und Fäusten durch die Luft, als imitiere er einen Karatekämpfer. Verena beteuerte, keine Spinne im Spielsortiment zu haben, und schlug vor, dass er eine basteln könnte. Nein, das wollte er nicht. Die Angreiferin war nunmehr eine Kobra aus Plastik, die er in ihrer Sammlung entdeckte.

»Aha, jetzt ist der Angreifer eine Kobra; es wäre auch zu dumm, sich vor Spinnen zu fürchten.«

Er liess sich durch ihre Bemerkung nicht beirren, holte eine Schnur aus ihrer Schublade, befestigte die Schlange mehrfach am Stuhlbein und sagte: »Du bist mein Vater, der darüber staunt, wie sein Kind Kobras fangen kann.« Bereitwillig bestaunte sie sein Talent, Kobras zu fangen.

Von einem Konflikt in der Gruppe wechselte er zur Fantasie, eingewickelt und gefressen zu werden. Fühlte er sich so bedroht durch die beiden Spinnenfrauen Liechti und Marie-Louise? Und nun kehrte er die Position des Hilflosen in die machtvolle Position des Schlangenbekämpfers. Aber trotzdem war etwas Neues aufgetaucht: die Idee, dass eine Vaterfigur ihn und seine Leistung anerkannte.

Sie hatten heute die 23. Sitzung, und er spielte das omnipotente Kleinkind nun schon seit dem Beginn des Therapieaufenthaltes. Seine Heldenbabys kannte Verena zur Genüge, das ewig gleiche Motiv langweilte sie allmählich. Hin und wieder begann sie die dahinter verborgene Angst zu deuten.

»Gell Tim, es ist genial, wenn man alles, was Angst macht, bekämpfen kann«, kommentierte Verena sein Spiel.

Statt zuzuhören wünschte er, dass Frau Liechti den Vater spielen solle. Von seinem Vater wollte er Patronen für sein Gewehr bekommen. Um ihn einmal im Spiel auf die Grenzen dessen, was ein Kind tun und sein konnte, aufmerksam zu machen, sagte sie mit tiefer Stimme: »Mein lieber kleiner Junge, du bist leider noch viel zu jung für ein Gewehr mit Patronen.«

Es handle sich doch nur um Betäubungspatronen, bettelte er. Sie gab nach einigem Zögern nach. Die Reaktion liess nicht auf sich warten: Er knallte sie sofort ab. Also fand Verena sich in der Rolle der sprachlos Betäubten wieder. Sie wollte sein Spiel einen Moment mitspielen, murmelte aber im Halbschlaf: »Du bist ganz glücklich, den Vater abzuknallen und schlafen zu lassen; dann musst du ihm auch nicht gehorchen.« Dann richtete sie sich wieder auf und sah ihn an.

Er grinste.

Neuerdings gab es diese kurzen Momente, in denen Tim über sich und sein Spiel lachen konnte. Aber schon war wieder Schluss mit dem Humor. Er kehrte zurück zu seiner Lieblingsfantasie: Er wollte das bessere Gewehr haben als sein Vater, und Frau Liechti sollte ständig Angst vor ihm haben. Es schien, als hätte er endlos den Wunsch, sie in Angst zu versetzen.

Verena wusste, dass es für ein ängstliches Kind entlastend sein kann, wenn es die Angst ausserhalb von sich, bei anderen, wahrnehmen kann. Es war, als hätte Tim im Spiel nicht nur seine Macht über die Therapeutin immer wieder ausagieren können, sondern auch in ihr seine Angst erkunden wollen, die ihn verfolgte und ihm ein nicht gelöstes Rätsel war. Als wäre die Therapeutin sein Spiegel.

Aber Verena beschloss, die Gelegenheit beim Schopf zu packen und ihm etwas über sein durchaus gesundes Rivalisieren mit dem Vater zu sagen.

»Du willst immer besser sein als dein Vater, immer stärker sein, immer das bessere Gewehr haben, und irgendwann wirst du wirklich ein grosser starker Mann sein, so gross wie dein Vater.«

Das war eine Deutung bezogen auf sein Eintreten in die ödipale Phase. Statt ständig mit seiner Mutter zu verschmelzen, war es in seinem Alter ein wichtiger Entwicklungsschritt, sich mit seinem Vater auseinanderzusetzen und mit ihm zu konkurrieren. Tim schaute seine Therapeutin an und schien darüber nachzudenken; er strahlte fast ein bisschen. Nun überraschte er sie allerdings mit einer Fortsetzung des Spiels, die ihr augenblicklich klarmachte, dass das gesunde Rivalisieren mit dem Vater eine heikle Angelegenheit war. Tim wollte einen Buben spielen, der in der Schule ausgeschlossen wurde.

»Warum wird der Bub in der Schule ausgeschlossen?«

»Weil schon sein Vater als Kind zu dumm für die Schule war.«

Verena war bestürzt über diese Wendung. Ahnte Tim, dass es schwer war, sich mit den Leistungen des Vaters zu messen oder sich selbst als stark und fähig zu fantasieren, wenn der Vater ein Versager war? Ahnte oder wusste Tim, dass sein Vater tatsächlich keinen Schulabschluss hatte? Verena wollte einen Moment innehalten, um mit ihm darüber zu sprechen.

»Komm, lass uns über deine Idee nachdenken; die scheint mir wichtig zu sein. »

Aber darüber nachzudenken war für Tim nach wie vor derart unerträglich, dass er sie ignorierte und weiterspielen wollte. Verena schaute auf die Uhr. Sie hatte die Zeit überzogen und hatte Tim noch nicht einmal darauf hingewiesen, dass es ihre letzte Stunde vor den Ferien war. Dass der Abschied auf keine Art und Weise in der Sitzung aufgetaucht war, bemerkte sie erst jetzt, und es erstaunte sie. Sie sagte zu ihm, dass sie zwei Wochen Ferien hätten und sich im Herbst wiedersehen würden.

»Es ist schon Herbst«, maulte er herum.

»Heisst das, es sollte besser keine Ferien geben und gleich weitergehen?«

Statt einer Antwort kickte er mit dem Fuss in die Mauer der an der Wand aufgeschichteten Kunststoffwürfel, sodass sie wild durcheinander auf den Boden purzelten. Er verliess das Zimmer, ohne sich zu verabschieden. Offenbar musste er am letzten Tag überall den Eindruck des bösen Jungen hinterlassen. Verena wusste, dass ›Ärgermachen‹ für Kinder manchmal die einzige Möglichkeit war, eine Trennung besser zu überstehen. In seinem Erleben schien sich die schon so oft gemachte Erfahrung zu wiederholen: Weil er böse war, mussten alle in die Ferien gehen und sich von ihm erholen, hier wie zuhause. Sie rief in Richtung Flur, wohin er verschwunden war: »Ich werde beim Aufräumen Zeit haben, an dich zu denken, und ich freue mich, dich nach den Ferien wiederzusehen!«

Verena war nicht sicher, ob ihre Worte ihn noch erreichten, oder ob er schon weg war. Aber als sie mit Aufräumen fast fertig war, betrat er plötzlich wieder den Raum, ging schnurstracks auf den Schrank mit den Stofftieren zu, zog sein Lieblingstier, den Affen, aus dem Haufen Stofftiere, presste ihn an sich und sagte: »Den nehme ich mit.« Dann war er wieder weg.

16

Es war Freitagnachmittag. Am Abend dieses letzten Arbeitstags vor den Ferien war das Team zu einem gemeinsamen Fondue-Essen eingeladen, das Juri mit Verena, Hans und Renzo vorbereiten wollte; es sollte bei den beiden Männern auf dem Hof stattfinden.

Verena sass auf der Veranda auf einer wackeligen antiken Holzbank vor der Küchentür und besprach mit Hans und Juri die Einkaufsliste. Die schwarze Katze mit dem Wuschelfell stiess immer wieder den Kopf an Verenas Oberschenkel, um ihr zu verstehen zu geben, dass sie gestreichelt werden wollte. Kaum beschäftigte sich Verena mit der Liste und vergass das Streicheln, streckte die Katze, die ausgestreckt auf der Flanke lag, die Pfote suchend nach Verenas Hand und fuhr sogar ein bisschen die Krallen aus, um nach ihrem Arm zu haschen. Fasziniert betrachtete Juri das Spiel. Dass die Katze das so dosiert tat, ohne die zärtliche Verena mit den scharfen Krallen zu verletzen? Erstaunt sagte er: »Ein unglaubliches Tier habt ihr da, Hans, die ist so kuschelig, eine richtige Beziehungskatze!«

»Ja«, sagte Hans schmunzelnd, »das stimmt.«

»Und«, mischte sich Verena ein, »sie kann genau sagen, was sie möchte. Sie führt einen richtigen Dialog mit ihrer Körpersprache und wirkt nicht einmal aufdringlich, sondern einfach verspielt und liebreizend.«

»Ausserdem ist sie berechenbar und wird nie wütend«, fügte Hans hinzu. »Sie kommt aus einer richtig guten Kinderstube. Sie war genügend lang bei ihrer Mutter auf einem Bauernhof, wo die Leute lieb zu den Tieren waren.«

»Eine Katze mit einer sicheren Bindung«, rief Verena ein wenig belustigt. »Es ist genau wie bei den Kindern. Eine Katze mit sicherer Bindung in der Kindheit wird immer ihr freundliches Wesen behalten.«

Hans nickte und lächelte erfreut über ihre Worte.

Juri wartete auf Verena. Sie wollten zusammen die Zutaten für das Fondue und den Wein im Dorf einkaufen. Er entdeckte offene Reissverschlüsse an Verenas Rucksack, den sie schief schulterte, während sie die Jacke schloss, und dann fiel ein unappetitlich aussehendes Stofftaschentuch zu Boden. Er konnte nicht mitansehen, wie Verena mit einem offenen Rucksack unterwegs war. Zum Glück war Gisela nicht so unsorgfältig. Er bückte sich, um das Taschentuch aufzuheben, und rief: »Du hast etwas verloren.« Er wollte es ihr gerade überreichen, als ihm ein stechender Schmerz in den Halswirbel fuhr. Verena schien es bemerkt zu haben, denn sie erkundigte sich erschrocken, was er habe. Er umfasste den Nacken mit einer Hand.

»Diesen Schmerz habe ich schon ein paar Monate; ich muss unbedingt meine Chiropraktikerin aufsuchen, ich weiss nicht, was es ist.«

»Du hast einfach zu wenig Sex!«, hörte er sie trocken sagen. Er war nicht sicher, ob er richtig gehört hatte. Beim Verstauen des Taschentuchs schaute sie ihn aus der Hocke unverhohlen lachend an. Es verschlug ihm einen Augenblick die Sprache. Sein erschrecktes Verstummen und die offensichtliche Unfähigkeit, zu kontern, schien Verena bewusst werden zu lassen, wie frech sie war. Sie ging mit festen Schritten zur Tür in Richtung Holztreppe und rief laut: »Ade, bis nachher.« Dann trampelte sie die Stiege herunter.

Er holte sie ein, rammte ihr den Ellenbogen in die Seite und sagte: »Woher willst du das wissen? Ein Biest bist du!« Zur Bekräftigung schubste er sie zur Seite. Aus der Ferne sah er sich zu: Das war nicht das Benehmen eines gestandenen Psychiaters, sondern eines aufgekratzten Teenagers. Verena lachte vergnügt und sagte: »Was bist du von Beruf?«

»Du Hexe, du!«

Auf dem Platz vor dem Haus warteten einige Kinder mit Taschen und Rollkoffern auf den Bus, bereit zur Heimreise. Alex, die eigentlich Alexandra hiess und magersüchtig war, kickte einen Fussball gegen die Mauer; Tanja sass etwas abgesondert für sich und kaute Fingernägel; Tim rannte hinter Kevin her. Jennifer und Leonie schauten mit Stöpseln in den Ohren aufs Strässchen. »Schöne Ferien!«, riefen die stark geschminkten Mädchen. Sie winkten wie kleine Kinder und widmeten ihre Aufmerksamkeit wieder dem Display.

»Dass euer doofes Fest Scheisse sein wird«, schrie Tim in ihre Richtung.

Juri hätte gerne gewusst, woher Tim vom Teamanlass wusste, denn das störte die Abstinenz der therapeutischen Beziehung. Gerade als er Verena fragen wollte, ob sie diese Information verbreitet habe, trat Emiola auf ihn zu, das nigerianische Mädchen, das mit einem schweren Mutismus in Behandlung war und zu Beginn mit niemandem gesprochen hatte. Er mochte sie sehr gerne. Sie war bei ihm in Therapie. Emiola fragte ihn keck: »Ist das deine Frau?« und zeigte mit dem Finger auf Verena.

Juri lächelte freundlich, drückte ihr noch einmal die Hand zum Abschied, nickte und schüttelte gleichzeitig den Kopf. Aus dem Augenwinkel sah er, dass Verena ihn beobachtete. Er hob die Hand, während sie weitergingen, und wünschte ihnen schöne Ferien.

Als sie ausser Sichtweite waren, sagte er zu Verena: »Sie ist eifersüchtig.«

»Ja, sicher, sie schwärmt für dich.«

Was Emiola über seine Beziehung zu Verena fantasierte, wunderte Juri nicht.

»Sie ist ein unglaublich feinfühliges Mädchen. Sie spürt so viel, sie nimmt in den Sitzungen jede Laune, jede Verstimmung, jede Veränderung an mir wahr. Aber sag mal, hast du die Kinder über den Teamanlass informiert?«

»Nein, spinnst du«, wehrte sie den Vorwurf empört ab.

Sie waren nicht gleicher Meinung, was die Haltung der Abstinenz betraf. Er war überzeugt, dass diese ein Grundpfeiler der analytischen Behandlungstechnik war und viel mehr umfasste als das Verbot, reale Beziehungen zu den Patientinnen zu unterhalten. Es ging darum, dass die Patienten davor bewahrt wurden, über Gegebenheiten im Leben der Therapeuten und Therapeutinnen informiert zu werden. Juri schien es, Verena gebe recht bereitwillig über alles Mögliche Auskunft. Er hielt daran fest, dass die Kinder ein Anrecht darauf hatten, zu fantasieren, was sie wollten. Es ging nie darum, wer der Therapeut in Wirklichkeit war, und die Neugierde der Kinder sollte nicht befriedigt werden. Stattdessen galt es in den Sitzungen, mit dem zu arbeiten, was in den Köpfen der Kinder vorging. Einmal mehr formulierte er seine Ansicht.

»Ich denke, die Kinder fantasieren ohnehin, was sie wollen, ob man sich bedeckt hält oder nicht«, entgegnete Verena. »Dein Glaube an die Abstinenz ist illusorisch, die Kinder nehmen viel mehr wahr, als du glaubst. Was Emiola zu dir gesagt hat, ist doch das beste Beispiel dafür. Und hast du nicht selbst grad zugegeben, dass sie jede Regung an dir wahrnimmt, jede Stimmung spürt? Was soll also deine Sturheit diesbezüglich?«

»Ja, sicher nimmt sie ganz viel intuitiv richtig wahr, aber es ist ein Unterschied, ob sie es wahrnimmt oder ob ich ihr erzähle, wer mit wem verheiratet ist und so fort. Sie hat doch das Anrecht darauf, zu fantasieren, was ich für sie bin oder was du für mich bist, und es ist meine Pflicht als Analytiker, ihr diese Informationen zu versagen.«

»Warum versagen?«

Juri riss langsam der Geduldsfaden.

»Du versagst ihr den Einblick in die tatsächlichen Verhältnisse und deutest stattdessen ihre Gefühle und Gedanken. Sie spürt mit dir so etwas wie eine Wiederbelebung ihrer ursprünglichen Eifersucht auf die elterliche Beziehung. Nur wenn du ihre Neugierde nicht befriedigst, kann sie diese Eifersucht bei sich spüren und bearbeiten. Wenn du jedoch mit ihr darüber sprichst, wer mit wem zusammen ist, wird sie mit platten Infos bedient. Das ist keine Therapie, das ist Klatsch und Tratsch.«

Verena lachte, vermutlich weil er sich in Rage geredet hatte. Sie hatten die Abkürzung über die Weide genommen und waren schon fast im Dorf angelangt. Ein lauter Traktor wendete das frisch geschnittene Gras, und sie konnten ihr Gespräch nicht weiterführen. Es duftete herrlich.

Sie betraten das Käsegeschäft und warteten im kühlen Laden, bis die Leute vor ihnen bedient waren. Juri nahm seinen Pullover, schlüpfte in die Ärmel, straffte seinen Oberkörper und hob die Arme, wobei er die Deckenbeleuchtung berührte, die ihn direkt anstrahlte. Er streifte den Pullover über den Kopf und den Oberkörper. Verena schaute ihn unentwegt an. Der Moment damals, als er auf das Podest gestiegen war, hatte sich genau so angefühlt: eine Schwäche im ganzen Körper und in den Knien, erzeugt durch die Blicke der vielen Zuschauer. Taumelnd auf dem Siegerpodest um Haltung ringend und gegen ein Gefühl von Fremdheit ankämpfend, das durch den Zweifel entstand, ob der Applaus wirklich ihm galt. Stolz und Scham waren so nah beisammen gewesen, dass sie nicht mehr zu unterscheiden waren. Scham darüber, dass es vielleicht gar nicht er war, der gesiegt hatte, und es ihm nicht zustand, auf dem Podest zu stehen. Während die Medaille um seinen Hals gelegt wurde, siegte schliesslich ein Wissen, das ihm Sicherheit gab: Für ein paar Menschen war er wirklich erfolgreich, stark und schön – zum Beispiel für seine Mutter. Er hatte sich immer gewünscht, dass auch der Vater seine sportlichen Leistungen offen hätte würdigen und seinen Sohn sogar hätte schön finden können.

Der Käsehändler trat auf sie zu und bot ihnen den Heurigen zum Degustieren an. Juri probierte den Wein, der von hier stammte und erstaunlich gut war; er stiess mit seinem Plastikbecher den von Verena an, was keinen Sinn ergab, und nahm einen weiteren Schluck. Ihre Blicke trafen sich. Sie tauschten mit dem Käser ein paar Worte über das Wetter und die Güte dieses Jahrgangs aus und kauften für den Abend neun Flaschen, die Juris Rucksack gerade füllten. Verena bezahlte die Rechnung, packte das Käsefondue ein und holte im Laden schräg über die Strasse das Brot, während er draussen neben einem Geländewagen auf sie wartete. Der Fahrer des Wagens hatte den Motor laufen lassen, während er wahrscheinlich in der Bäckerei einkaufte. Dass jemand einkaufte und den Motor laufen liess, gab es nur noch auf dem Land – und in der

Tschechischen Republik, dachte er. Er studierte das Plakat der Volkspartei, das gegenüber an einen Holzschopf geheftet war: Frei bleiben. Juri entfernte sich ein paar Schritte aus dem Dunstkreis des Auspuffs und bemerkte im selben Augenblick Dänu, der in den Wagen stieg und losfuhr, ohne ihn zu sehen.

Verena kam zurück. Es war schön, mit ihr unterwegs zu sein, aufregend und vertraut zugleich. Er war erstaunt darüber, dass er sie zuvor kaum als Frau wahrgenommen hatte, und wusste nicht genau, wann sich das geändert hatte; irgendwann kürzlich. Sie gingen zum Dorfladen, in dem sie die Früchte für den Fruchtsalat und Kaffee kaufen wollten. Wie ein Ehepaar schlenderten sie zwischen den Regalen und suchten nach dem, was noch fehlte. Verena war überzeugt, Bio-Max-Havelaar-Kaffee kaufen zu müssen. Er war entrüstet. Kaffee war keine Frage der Moral, sondern des Genusses. Sie schimpfte, dass man ohne Moral nicht geniessen könne. Man könne doch nicht Kaffee trinken beim Gedanken, dass moderne Sklavinnen diese Bohnen ernteten und rösteten und zudem der Boden der Plantagen vergiftet wurde. Es ärgerte ihn, dass sie ihm mitten im Geschäft einen Vortrag hielt. Seine Moral war nicht so eng; er fand den Bio-Kaffee schlicht ungeniessbar. Sie stritten sich. Er setzte sich durch und erzählte ihr, nachdem alle Dinge auf dem Band in Richtung Kasse flossen, wie er das Problem zuhause mit seiner Frau gelöst habe.

Vielleicht musste er Verena darauf hinweisen, dass er verheiratet war; er war erleichtert, nicht mit ihr verheiratet zu sein. Juri bezahlte und trug die schwere Tasche, während sie zurückgingen. Er wurde munter vom Wein und heiter von der Genugtuung, dass er sich durchgesetzt hatte. Verena schien es ihm nicht übel zu nehmen.

Er erzählte von seinen Ferienplänen: Mit Gisela wollte er während der nächsten zehn Tage einen Teil der *Grande Randonnée* in Korsika wandern, auf Pfaden, die seit Urzeiten von Säumern begangen wurden, durch wildes Gebirge und Schluchten, über Brücken und an prähistorischen Bauten vorbei. Er freute sich auf die Übernachtungen in den Refuges.

Diese Ferien waren etwas ganz Besonderes, weil es seit Jahren die ersten waren, in denen sich seine Frau auf ein Abenteuer dieser Art einliess. Er versuchte die Etappen so zu gliedern, dass sie keine zu grossen Strapazen ertragen müsste, und er wollte das Gepäck für beide tragen. Verena sagte, sie habe einen Teil der *Grande Randonnée* vor einigen Jahren erwandert und erinnere sich, dass man im Oktober vom Hüttenwart selbst zubereitetes Wildschwein geniessen könne, weil die Refuges dann auch Sitz der Jäger seien, und sie schwärmte von den Kaminfeuern in den Hütten.

Als sie auf dem Hof alles ausgepackt und auf dem Küchentisch ausgelegt hatten, machten sie sich mit Renzo und Hans daran, die Früchte für den Fruchtsalat zu schneiden. Verena erzählte, wie sie mit ihrer Freundin am Wochenende den alten James-Bond-Film auf dem Schilthorn angesehen habe. Alle vier schwärmten beim Schnippeln von den rasan-ten Pulverschneeabfahrten in diesem uralten Klassiker. Verena gestand, dass sie als junge Frau davon geträumt hatte, eine der Stunt-Skifahrerinnen auf dem Schilthorn zu sein. »Als Bondgirl?«, fragte Juri skeptisch. Er wusste nicht, dass sie gerne Ski fuhr.

»Ja, oder als eine der gefangenen Schönheiten im Drehhotel«, erwiderte sie augenrollend.

»Und du hättest Bond die Zimmernummer gegeben?«

»Ja klar, welch eine Gelegenheit«, meinte sie lachend und schrieb eine imaginäre Acht auf die Jeans an seinen Oberschenkeln; sie sah ihn schmachtend an und lachte, bis ihr die Tränen kamen. Renzo schüttelte den Kopf.

Das Team traf nach und nach ein, während Verena das Feuer unterhielt, Juri den Käse rührte und Renzo die Kartoffeln pellte. Connie war schon am Nachmittag in die Ferien geflogen, was Juri bedauerte. Es war ein einzigartig milder Abend für diese Jahreszeit; die Gäste pendelten zwischen draussen und drinnen, Juri und Verena waren immer wieder in Blickkontakt. Sie ergänzten sich als Gastgebende gut mit Hans und Renzo, als ob sie diese Rolle schon öfter geteilt hätten. Juri verbrachte den Abend heiter und unbelastet. Einmal ertappte er sich dabei, wie er statt Verena Gisela rufen wollte. Niemand bemerkte es, aber er selbst erschrak. Die Stimmung war gelöst. Brigitte trug Lederhosen und eine Halskette aus Pommes frites, die ziemlich echt wirkten; sie fand in den kleinen Geschäften immer witzige Assessoires. Juri machte ihr ein Kompliment. Dänu ass viel Fondue und lachte einige Male laut auf; er schien sich gut zu amüsieren. Sie sprachen über das zarte Fleisch der Wollschweine. Dass Dänu als Erstberuf Metzger gelernt hatte und das Jagdpatent besass, hatte niemand gewusst. Er versprach, den Männern ein Murmeltier mitzubringen. Hans war begeistert, ein Murmeltier zuzubereiten, war schon lange sein Traum. Sie unterhielten sich einvernehmlich über die Jagd und über die Hasenpopulation. In der Schweiz war der Abschuss von Hasen nicht erlaubt, darum ging Dänu dafür gerne ins Elsass.

Am Rande der Gespräche tauchten ihre Patienten auf. Verena behauptete, ihre Vornamen ergäben bereits eine Diagnose, und lachte schamlos. Juri fand es unnötig, sich in dieser respektlosen Weise über Patienten zu äussern, und es überraschte ihn, dass sie sich lustig machte. Doch die anderen stiegen darauf ein und waren sich einig, dass die Eltern von Kevin unbewusst an der Thematik der Verlassenheit anknüpften, die zur Serie *Kevin allein zuhause*, passte. »Und was ist mit Tim?«, fragte Karin. Das wusste niemand. Marie-Louise erzählte von Tims grosser Ausdauer. Mit einem für ihn viel zu schweren Pickel wollte er die verschüttete Thermalquelle von Bad Bösbach wiederfinden, hartnäckig, ja lustvoll habe er diese recht mühevolle Tätigkeit ausgeführt, bis er Blasen an den Händen gekriegt habe. »Die Energie, die in dem Buben steckt!« Renzo schlug vor, dass sie Tim zum Holzhacken zu ihnen auf den Hof schicken sollte. Und Hans erzählte, wie er zu seinem Namen gekommen war: Sein Vater, sein Grossvater und sein Urgrossvater hatten bereits Hans geheissen. Obwohl er der jüngste war, musste er ein Hans werden: Für die drei vor ihm geborenen Brüder setzte die Mutter durch, dass sie nicht zu Hansen heranwachsen mussten. Aber bei der Geburt des vierten Sohnes konnte sie den in der Familie verwurzelten Namen nicht länger verhindern. Hans mochte seinen Namen unterdessen, und Juri fand, er passe auch gut zu ihm.

Karin wollte wissen, ob das ernst gemeint sei mit dem Holzhacken. Sie wüsste noch andere Mädchen und Buben, die sie gerne vorbeischicken würde. »Warum nicht?«, meinte Hans. Marie-Louise, die aufmerksam zugehört hatte, sagte, sie trage sich schon lange mit dem Gedanken, mit den Kindern einen Blätz Land mit Gemüse zu bebauen – vielleicht mit Hans und Renzos Hilfe?

»Einen Blätz Land«: Juri fand den Ausdruck schön; sicher war es eines der Idiome, das er noch nie gehört hatte. Marie-Louise ergänzte, sie fände es sinnvoll, wenn die Kinder einen sinnlichen Bezug zur Nahrung bekommen würden. »Oder überhaupt einen Bezug!« warf Renzo ein. Im Oberstufenzentrum seiner Herkunftsstadt hätten sie in diesem Jahr den Schulgarten verbaut, der mitten im Dorf eine grüne Oase gebildet hatte. Die riesige Eiche darin, in der sogar Eichelhäher nisteten, wurde gefällt. Auch der Teich und die alte Hecke rundherum mussten der Erweiterung der IT-Unterrichtsräume weichen. Renzo brachte dieses Thema sichtlich in Aufregung, mit seinem Einspruch war er bei den Behörden abgeblitzt. Sie debattierten eine Weile über verdichtetes Bauen und Wohnen, über die Kinder, die keine Leerräume mehr vorfanden, die sie im Spiel besetzen konnten. Juri fand, dass eben diese Inseln ungenutzter Brachen den Raum bewohnbar und lebendig werden lassen würden. Luc, der an Freitagen für den Klimaschutz demonstrieren ging und nach dem Zivildienst Umweltwissenschaften studieren wollte, gab Juri recht. Verena nickte mehrmals energisch zu seinen Äusserungen. Zu seiner Überraschung begann sie, mit grosser Faszination von den Berichten von Max aus Shenzhen zu erzählen. Der Campus mit den technischen Laboratorien und den Studentenwohnungen, in denen auch Max untergebracht war, sei für weniger als zwanzig Jahre gebaut worden. Sie kamen wieder auf das Thema »Nachhaltigkeit und Klimaerwärmung« zurück; Juri folgte nicht länger den Gesprächen, sondern horchte den nächtlichen Lauten im Stall nach. Die Wollschweine schienen zu schlafen. Die Schwalben waren vielleicht schon weggeflogen. Ein Pferd stampfte auf den Boden und rieb seinen Kopf am Holz der Boxe. Juri stand auf und ging rüber zu van Gogh, um ihm mit der Hand über das kantige Gesicht zu fahren. Das Pferd stupste ihn mit den Nüstern gegen die Schultern; er holte eine Handvoll Gerste aus der Vorratstonne und liess es davon naschen.

Als er sich wieder zu den anderen setzte, sagte Marie-Louise zu Renzo: »Was ist jetzt mit dem Holzhacken oder dem Gemüsegarten, war das ein ernsthaftes Angebot?« Renzo meinte, sie seien als Paar froh, keine Kinder zu haben und rissen sich nicht darum, die Bösbach-Kinder zu betreuen. Juri dachte über den Begriff »Bösbach-Kinder« nach; ja, so hiessen sie vermutlich hier, auch bei den Bewohnern des Dorfes, und Juri wurde von einer leisen Trauer erfasst. Hans ergänzte: Wenn sie bei Neffen und Nichten einen Nachmittag zu Besuch gewesen seien, bräuchten sie für sich den Code »LB«, was so viel hiess wie »Lieber Bücher«. Trotzdem erklärten sich die beiden bereit, die Idee während des Winters zu überdenken. Dann wurde es in der Scheune kühl, die Ersten wollten gehen. Sie räumten Tische und Bänke weg und trugen das Geschirr in die Küche. Die Verbliebenen nahmen mit einem Glas auf dem ungeheizten Kachelofen Platz.

Verena, die immer noch ohne Auto war, fragte, wer sie nach Hause bringen würde. Hans bot ihr ein Bett an, doch Juri wollte sie gerne nach Hause fahren. Dänu wollte noch hören, was Max in China tat. Verena erzählte von seiner patentierten Erfindung. »Er beschäftigt sich mit Robotik in der Landwirtschaft. Er entwickelt Sensoren und Software für kooperierende Drohnen und Roboter, die mit Hilfe Künstlicher Intelligenz im Vorbeifahren die Pflanzen sowohl diagnostizieren als auch sofort behandeln können.«

»Was, wie soll denn das gehen?«, fragte Marie-Louise.

»Wenn der Roboter durch die Kulturen fährt, stellt er fest,

ob einer Pflanze etwas fehlt, zum Beispiel Stickstoff, und düngt sie nach Bedarf unmittelbar und exakt. Oder wenn Krankheiten auf dem Blatt erkennbar sind, bespritzt er mit Fungizid punktgenau diese Pflanze.«

»Und was macht dann die Drohne?«, fragte Marie-Louise.

»Sie kartografiert, während sie über die Felder fliegt, und übermittelt die Daten dem Roboter.«

Luc warf ein, ob Verenas Mann nicht auch einen Roboter für ihre psychisch auffälligen Patienten programmieren könnte. »Vorbeifahren, diagnostizieren, Medis einwerfen!« Er lachte sehr laut, vielleicht hatte er zu viel getrunken.

Verena erklärte, was der Roboter machte, und Juri hatte den Eindruck, sie sei stolz darauf: »Im Biolandbau stanzt er zum Beispiel während seiner Fahrt Unkraut mit einem Metallbolzen in den Boden und hackt gleichzeitig die Fruchtreihen.«

Das fand Juri ebenfalls erstaunlich, und er wollte wissen, wie gross der Roboter sei. Verena reichte das Handy mit den Bildern, die Max ihr geschickt hatte, herum. Er sah Dänu beim Anblick der Bilder mit Kennerblick nicken. Diese Roboter, meinte Verena, seien an sich nicht neu, Deutschland sei in dieser Technik führend; neu seien jedoch die Sensoren und die Art des Zusammenwirkens von Sensoren und Robotern. Juri hatte noch nie von so etwas gehört.

»Und dein Mann hat keine Skrupel, mit den Chinesen zu kooperieren?«, wollte jetzt Luc wissen. Sie zuckte mit den Schultern.

»Er denkt, die Chinesen können mit ihren Innovationen zur Lösung grosser Probleme wie der Ernährung der Weltbevölkerung oder dem Klimawandel beitragen.«

»Und die Überwachung und Unterdrückung der Uiguren, die Diktatur, sind ihm egal?«

»Vielleicht nicht egal. Aber er ist davon überzeugt, dass man global etwas bewirken kann, wenn man mit den Menschen spricht, forscht, sich austauscht.« Juri dachte einen Moment darüber nach, welche Art Ehe Verena mit ihrem Max wohl führte. Er versuchte sich vorzustellen, wie sie sich am

Abend über künstliche Intelligenz unterhielten oder über chinesische Politik stritten.

Hans wurde zunehmend still, er schien in seine Gedanken versunken. Nur einmal sagte er deprimiert, er sei wohl ein Relikt aus den 1968ern, mit seinen Wollschweinen, die invasive Neophyten im Garten ausgraben und auffressen würden. Verena widersprach: »Das eine schliesst doch das andere nicht aus.«

»Wenn wir zurückkehren zur Landwirtschaft der 1950er Jahre, wenn wir statt Monokulturen Mischkulturen anbauen, haben wir bessere Ernten und bessere Böden und helfen, die Arten zu erhalten«, pflichtete Renzo bei. »In der Schweiz könnten wir bei der Biozüchtung die Nummer eins werden. 30'000 botanische Arten sind essbar, und wir bauen nur 30 davon an, da gibt es viel Potenzial.«

»Genau«, sagte Dänu, »die Schweiz kann Hochqualitätsprodukte in Nischen erzeugen, aber vielleicht kann man wirklich nicht acht Milliarden Menschen mit Landwirtschaft ernähren, wie ihr beide sie betreibt.«

»Oder die zweieinhalb Millionen Schweine, die in der Schweiz jährlich gegessen werden, draussen grasen lassen«, sagte Luc, der zu lachen aufgehört hatte.

Hans holte aus einem anderen Raum ein Schwyzerörgeli. Niemand wusste, dass Hans fast ein Dutzend zum Teil antike Handorgeln gesammelt hatte. Jetzt hatte er ein Langnauerli auf den Knien, ein Instrument mit nur zehn Melodie- und zwei Basstönen; aber Hans zauberte unaufdringlich zarte, melancholische Melodien hervor.

Renzo bot von seinen Zigarren an, Juri rauchte seit vielen Jahren wieder einmal eine Zigarre, eine kubanische *Romeo y Julieta.* Luc äusserte trocken, er fände *Romeo y Julieta* viel romantischer als seine Marke *Rauchen kann tödlich sein.*

Verena lachte und meinte: »Oh ja, vor dem Sterben bitte noch eine Romeo-und-Julia-Zigarre.« Sie tauschte mit Juri einen Blick, worauf er ihr anbot, einen Zug von seiner Zigarre zu probieren. Er sah ihre sinnlich geschwungenen Lippen, verwegen sah sie aus mit der Zigarre im Mund; er stellte sich vor, wie es wäre, sie zu küssen. Könnte er doch nur mit ihr nach Korsika reisen und lange Touren mit Übernachtungen in den Refuges machen, Wildschwein essen, Wein trinken und Zigarren rauchen und dazu die Füsse am Kaminfeuer wärmen.

Verena stand auf und ergriff eine der Handorgeln: »Darf ich?« Sie öffnete und schloss einige Male den Blasbalg, während sie ein paar Akkorde ausprobierte, dann sang sie zuerst leise, fast schüchtern, aber bald klar und voller Elan ein Lied. Nach den ersten drei Strophen wusste sie nicht mehr weiter und legte das Instrument weg.

Hans sagte: »Verena, weisst du, dass dies das einzige Schweizer Volkslied ist, das in Moll geschrieben wurde?«

Verena wusste es nicht. Und Juri dachte, dass dies vielleicht darum eines der wenigen Schweizer Volkslieder war, das er kannte und mochte. Renzo war aufgestanden, googelte den Text, stellte das Tablet auf den Kachelofen, rückte es zurecht und vergrösserte mit zwei Fingern die Buchstaben, sodass alle lesen und mitsingen konnten. Verena begann nochmals von vorne.

'S isch äben e Mönsch uf Ärde – Simelibärg!
Und ds Vreneli abem Guggisbärg
Und ds Simes Hans-Joggeli änet dem Bärg –
'S isch äben e Mönsch uf Ärde,
Dass i möcht bi-n-ihm si.

Sie stellte das Instrument auf den Boden, das seufzend einen letzten Laut von sich gab. Es wurde still. Hans bedankte sich bei Verena. Juri fühlte eine melancholische Schwere in sich. Er ahnte, warum Verena das Lied gesungen hatte. Sie wollte nach Hause. Und tatsächlich kam jetzt Bewegung in die Gruppe. Juri war es recht, er wurde fast heiter, als er sich von allen verabschiedete. Er war froh, dass Luc eine andere Mitfahrgelegenheit gefunden hatte. Während er die Jacke anzog, wehte eine kühle Brise in sein Gesicht. Heiterkeit war etwas, was selten in ihm aufkam. Als er auf dem Weg zum

Parkplatz darüber nachdachte, dass er häufig ein Glas zu viel trank, bot Verena ihm an, die Strecke in seinem Auto bis zu ihr nach Hause zu fahren. Er willigte ein und bemerkte, wie überrascht sie war. Mit einem Knuff sagte er zu ihr: »Dass ich das zulasse, hast du nicht gedacht? Aber gib acht auf der Strasse!«

Sie lächelte nur versonnen und sagte: »Das Leben ist wunderschön, ich habe nicht die geringste Absicht, auf der Strasse zu sterben.«

Er hielt ihr den Autoschlüssel so hin, dass sich ihre Hände nicht berührten.

Auf dem Fahrersitz lag sein Schal. Er langte hinüber, um ihn an sich zu nehmen, aber sie war schneller, warf ihn sich um den Hals, setzte sich richtig hin, steckte den Zündschlüssel ein, gurtete sich an, lehnte nach hinten, während sie mit beiden Händen die Enden des Schals ins Gesicht drückte und daran roch. Es ertönte Smetanas *Moldau*, die er bei der Hinfahrt gehört hatte. Seine geliebte Musik, die niemanden ohne Melancholie zurückliess. Sie schwieg. Juri war durcheinander von ihrer sinnlichen Geste; er drehte die Musik leiser und wartete.

»Und?«

Sie sah ihn an, als ob sie sich versichern müsste, dass der Schal von ihm stammte, und atmete tief durch.

»Ich weiss es nicht. Ich habe noch nie auch nur annähernd etwas Ähnliches gerochen.«

Er wartete gespannt, als hinge viel von Verenas Urteil über seinen Körpergeruch ab. Sie steckte noch einmal ihre Nase tief in den Stoff und sagte: »Ich weiss wirklich nicht, was ich rieche. Eigenartig, nicht wahr, jetzt arbeiten wir doch schon so lange zusammen.«

Es ertönte die Polka der *Bauernhochzeit* in Smetanas Musik; innerlich summte Juri die Melodie mit, die ihn seit seiner Kindheit begleitete. Sie suchte nach Worten und ihre Stimme klang belegt.

»Der Geruch ist so fremd, als ob er von weither kommen

würde. Es ist«, sie schnupperte noch einmal daran, »als würde ich Wald riechen, würzigen, vielleicht südlichen Wald, Nadelwald, ein Harz. Oder rieche ich die böhmischen Wälder, wo du herkommst?«

Sie schaute ihn an, und in diesem Blick lag viel Zärtlichkeit. Etwas tief in seinem Innern begann zu zittern; wieder stieg eine Welle der Erregung in ihm hoch, und gleichzeitig kamen ihm fast die Tränen. Sie rührte an eine Sehnsucht nach seiner Heimat und verknüpfte sie mit etwas, was die Identität eines Menschen ausmacht: sein Geruch.

Beim Fahren war sie offenbar wieder nüchtern geworden. Jedenfalls lenkte sie den Wagen auf ihren Parkplatz, stellte den Motor ab, liess den Schlüssel stecken, bedankte sich herzlich, wünschte ihm ein sicheres Nachhausekommen und verabschiedete sich mit einem Handschlag. Das entlastete ihn, er hatte vermieden, darüber nachzudenken, wie sie sich verabschieden würden. Er hob das stinkenden Caquelon mit den angebrannten Käseresten aus dem Kofferraum, stellte es auf den Boden und reichte ihr den Rucksack, wechselte dann zur Fahrerseite, stieg ein und sah im Rückspiegel, dass sie immer noch seinen Schal trug.

Er rief aus der offenen Türe: »He, mein Schal, gib ihn zurück!«

»Nein, er gehört jetzt mir!«

Er stieg wieder aus dem Wagen. Trotzig stellte sie die ganze Bagage hin, schlang den Schal doppelt um sich und machte einen dicken Knoten unter dem Kinn, während sie breitbeinig auf ihn wartete. Juri wollte auf sie losgehen, sie fest packen und den Schal an sich reissen, besann sich jedoch anders und sagte, während er wieder ins Auto stieg: »Räuberisches Weib, du!«

Und fuhr davon.

17

Dort, wo jeweils der Kopf von Max ruhte, lag Juris Schal. Es war, als läge da nicht nur ein Stück Stoff, sondern ein fremder Mann in ihrem Bett. Aber es war nur noch das Andenken an den fremden Mann, dieser musste gegangen sein. Oder war er gar nie da gewesen? Sie befand sich noch im Halbschlaf, aber ihr Körper fühlte sich schwer an vor Wehmut. Als würde der Schal die Abschiede wachrufen, die sie im Laufe ihres Lebens erfahren und erlitten hatte. Die Anwesenheit von etwas machte gleichzeitig schmerzhaft bewusst, was fehlte. Sie erinnerte sich, wie sie und ihre Schwestern, als sie ganz kleine Mädchen waren und ihr Vater die drei Wochen Wiederholungsdienst fürs Militär machte, an seinem Bademantel rochen und den Vater riechend herbeisehnten. Sie war aufgewühlt. Aber nach der heiteren Stimmung des gestrigen Abends mochte sie dieser Trauer nicht nachgehen. Verena drückte den Schal an ihr Gesicht und beschwor das süsse Gefühl von gestern Nacht herauf. Weil es kein dauerhaftes Verbleiben in diesem Zustand geben konnte, stand sie auf und braute sich einen italienischen Kaffee. Während sie ihn schwarz und ohne Zucker trank, versuchte sie in Gedanken den Abend nachzuzeichnen, was gesagt und nicht gesagt worden war. Sie duschte, betrachtete ihren nackten Körper im Spiegel. Dann zog sie sich an, schenkte eine zweite Tasse Kaffee ein und setzte sich mit dem Laptop auf den Knien aufs Sofa.

Lieber Juri!
Gestern hat Tim in letzter Sekunde vor meinen Augen den Plüschaffen aus dem Therapieraum entwendet, um die Ferienpause besser zu überstehen. Ähnlich tröste ich mich mit deinem Schal: Gerne hätte ich anstelle des Schals dich geraubt! Die Tatsache, dass es mir schwerfällt, auch nur 14 Tage auf dich zu verzichten zu müssen, macht deut-

lich, wie wichtig du für mich geworden bist, vielleicht der wichtigste Teil meines Alltags überhaupt. Gestern wurde zwischen uns vieles im Witz gesagt, und ich weiss nicht, wie es dir damit ergangen ist, aber der Witz mag nur schlecht verbergen, wie schlimm es um mich bestellt ist.

Ich habe, nachdem du mich nach Hause gebracht hast, mit dir mein Bett und die Nacht geteilt. Vom Fantasieren zärtlicher Anlehnung und vertrauensvoller, beruhigender Verbundenheit bis hin zum Übermanntwerden und Geniessen deiner wilden Männlichkeit. Ich habe mit Achtsamkeit deinen wunderschönen Körper ertastet und dich, staunend beglückt, gespürt. Die Fantasien haben längst jede Schwelle des Erlaubten überschritten, und ich unternehme nicht die geringste Anstrengung, sie zu zügeln.

Ich bedaure, dich nicht früher gekannt zu haben. Ich stelle mir vor, wie ich dich als Gymnasiasten kennengelernt hätte, wie wir stundenlang philosophiert hätten, die Fahrräder am Zaun des Vorgartens angelehnt, um den Abschied und den Beginn der Hausaufgaben hinauszuzögern. Ich habe als Jugendliche, vor allem spät abends, viele einsame Wanderungen unternommen. Damals träumte ich davon, dass ein ruheloser Geist mich begleiten würde. Wärst du in den dunklen Nächten mein Begleiter gewesen, hätte ich dir Brecht, Trakl, Ausländer und Rilke rezitiert, ich wusste damals viele Gedichte auswendig. Und du hättest vielleicht mit mir Kundera, Kafka und deinen geliebten Tschechow besprochen.

Und heute? Heute teilen wir etwas anderes. Und das, was wir teilen, ist so kostbar, dass ich Angst habe, diese Verbindung zu dir mit meinen Worten aufs Spiel zu setzen. In den letzten Wochen habe ich mich mit allem, was ich erlebt habe, innerlich immer an dich gewandt. Ich weiss nicht, was jetzt wird. Ich weiss nur, dass ich ganz viel Zeit mit dir verbringen möchte. Zeit, die wir nicht haben. Nicht haben dürfen.

Heute erlebe ich die Wehmut des Altwerdens. Du hast damals nicht mich kennengelernt, sondern deine Frau gefunden. Wir sind Arbeitskollegen, und ich bin mit Max zusammen. Ich versuchte mir dies bis vor Kurzem jeden Tag vor Augen zu führen, und ich verleugne es neuerdings jeden Tag mit grosser Leichtigkeit. Das wollte ich dir sagen, bevor du wegfliegst. Ich umarme dich mit Innigkeit und begleite dich gedanklich auf der korsischen Grande Randonnée.

Ich hoffe, wer weiss, dich einmal wirklich auf einer grossen Tour zu begleiten. Verena

Das war die entschlackte Version ihrer offiziellen Liebeserklärung. Viele unnötige Schnörkel, ganze Abschnitte hatte sie wieder herausgelöscht, bevor sie auf Senden drückte. Danach fühlte sie sich, wie wenn sie sich mit den Skiern an der Kante der denkbar steilsten Tiefschneehänge fallen gelassen hätte, um sich mit kühnen Schwüngen hinunterzustürzen in dem manischen Vertrauen, dass alles gut kommen und die Lawine nicht niedergehen würde.

Den Rest des Tages verbrachte sie fiebrig aufgeregt damit, auf eine Antwort zu warten.

Am nächsten Morgen öffnete sie den Laptop, noch bevor sie auf der Toilette gewesen war. Ihr Herz schlug bis zum Hals, als sie sah, dass eine Antwort von Juri im Outlook lag. Sie wurde nervös und fürchtete sich so sehr vor dem möglichen Inhalt seiner Antwort, dass sie beschloss, zuerst zu duschen und einen Kaffee aufzusetzen. Dann las sie die Nachricht, die Juri nach Mitternacht abgeschickt hatte, vergass aber dabei den Kaffee auf dem Herd.

Liebe Verena
Deine Worte haben mich sehr berührt, angeregt, nachdenklich, wehmütig und auch glücklich gestimmt. Wie gern ist mein Schal bei Dir, den ich gestern beinahe mit Jägerblut in der Brust zurückerobert hätte. Und wie tief hast Du mich getroffen mit deinen Worten über den böhmischen Wald im Zusammenhang mit dem, was von meinem Körpergeruch am Schal hängen geblieben ist. Du weisst nicht, wie viele Stunden ich in den böhmischen Wäldern verbracht habe. Wie sehr mich seit damals das Heimweh nach der grossen Weite und den tiefen Wäldern begleitet. Vielleicht ist diese Sehnsucht mit dem Älterwerden deutlicher geworden. Die Entdeckung des Hofs von Hans und die wachsende Freundschaft zu ihm ist etwas, das mir in letzter Zeit viel Glück beschert hat. Ich habe in meiner Jugend alle Ferien auf dem Landgut meines geliebten Onkels verbracht. Er ritt oft mit mir aus, tief in die Wälder, und ich lernte bei ihm nicht nur das

Reiten, sondern auch die Jagd, und er zeigte mir die vielen Pilze. Jetzt bin ich manchmal, wenn ich mit Hans und dem Pferd unterwegs bin, für Augenblicke wieder ganz nah mit dieser mir vertrauten Erfahrung verbunden. Wie schön und berührend war es für mich, zu sehen, wie Du meine Sehnsucht verstehst und auch teilst.

Wären wir am selben Ort gewesen, wären wir uns bestimmt begegnet, so wie wir uns auch heute begegnet sind. Ob Du mit dem scheuen, unsicheren, suchenden, beharrlichen, sehnsüchtigen, melancholischen, starrköpfigen Jungen, der ich war, hättest etwas anfangen können, da bin ich mir nicht so sicher. Mit dem heutigen Juri schon – davon bin ich überzeugt. Heute würden wir das Sinnliche in der Natur, die Literatur und Poesie und die Leidenschaft für die Psychoanalyse teilen. Und wir teilen ja bereits fast alles, ich könnte mir mein Leben nicht reicher vorstellen.

Gestern, als ich Dein Gesicht betrachtete, wurde mir bewusst, wie lebendig Du bist, wie offen und verspielt, und wie sehr mir das gut tut, der ich doch oft karg bin und zu Depressionen neige. Deine Neckereien haben mich daran erinnert, wie leicht es damals in Tschechien für mich war, Feste zu feiern, wie gastfreundlich und unkompliziert die Leute waren – jedenfalls in meiner Erinnerung. Es sind teilweise auch schwierige Erinnerungen, und ich möchte Dir sehr gerne einmal davon erzählen.

Die Wehmut über das Älterwerden teile ich mit Dir, dass aber mit 46 die Welteroberung und die Lebensgestaltung vorbei sein sollen, das kann ich nicht glauben. Zumindest die Entdeckung der inneren Welten hat doch erst begonnen.

Ja, gerne nehme ich Dich mit nach Korsika, und manchmal gehst Du ganz in meiner Nähe zur nächsten Hütte, sodass ich mit Dir sprechen kann. Ich umarme Dich, Juri

18

Juri zog seine Wanderhose aus und fischte ein paar Shorts aus dem Rucksack, betrachtete im Schrankspiegel die Hosen über den behaarten Beinen und fand sie unpassend. Im Spiegel sah er Gisela, die eine aus dem Hotelfoyer mitgebrachte französische Zeitung und die Brille auf die Seite legte und ins Leere blickte. Er zog die Shorts wieder aus und schlüpfte erneut in die Wanderhose. Er sagte, er wolle sich ein bisschen umsehen und gehe danach nach unten an die Bar. »Mach das«, sagte sie und schloss die Augen. Er nahm das Fläschchen Evian vom Tisch, öffnete den Schraubverschluss, schenkte ihr das stille Wasser ein, stellte das Glas auf das Nachttischchen, setzte sich einen Moment auf die Bettkante und drückte ihr so zärtlich, wie es ihm im Moment möglich war, die etwas kühle Hand. Er spürte, wie zart, kraftlos und zerbrechlich ihre Hand in seiner lag, und dachte, er halte die Hand einer älteren oder schwer kranken Frau, was ihn unwillkürlich an Verenas Zeile über das Altwerden erinnerte. Er hatte am Altar versprochen, mit Gisela alt zu werden.

Während er über den geschmacklosen Kunstfaserteppich mit Blumenmuster nach draussen schritt, betrachtete er seine Füsse, die in Hüttensandalen steckten; er fand das Interieur des Hotels so hässlich, dass er sich seiner ausgelatschten Schuhe nicht zu schämen brauchte. Er wählte denselben Platz unter dem Bambusschirm wie am Mittag, als sie mit dem Taxi in dieser Hotelanlage in Portovecchio angekommen waren und etwas Kleines gegessen hatten. Jetzt war er der einzige Gast.

Er hatte noch nicht richtig begriffen, dass dies die Ferien waren, die er in Korsika verbringen würde. Die Tage gestern und vorgestern waren schlimm gewesen; seine Frau hatte, noch bevor sie richtig losgezogen waren, über Schmerzen geklagt. Sie fühlte sich erkältet, hatte Hals- und Gliederschmerzen, das linke Knie war geschwollen gewesen, als sie auf der ersten Hütte angekommen waren. Mehr beunruhigte ihn, dass sie über Schwindel geklagt und einen Nebel erwähnt hatte, der ihren Blick verschleierte. An eine Fortsetzung ihrer Tour war nicht zu denken. Gisela hatte ein Taxi bestellt, das sie über Waldsträsschen fast vor der Hütte abgeholt und dessen Fahrt in die Zivilisation eine Unsumme gekostet hatte.

Von irgendwoher erreichte ihn eine Wolke Chlorbleiche. Am Strand lagen ein paar Leute unter den Sonnenschirmen; die meisten Liegestühle lagen zusammengeklappt auf einem Stapel und bildeten im Gegenlicht vor dem Meereshorizont eine Art Skulptur der Trostlosigkeit. Er sah niemanden im Wasser.

Die schmale Karte, die auf dem Tischchen lag, war an den Rändern abgegriffen und hatte Fettflecken; aber er war mit den Gedanken nicht bei der Auswahl der Drinks, sondern befasste sich vielmehr mit der Frage, wann sie von hier abreisen könnten. Er wollte unbedingt den Rückflug umbuchen. Ein Ferienresort wie dieses war ihm ein Gräuel. Da mochten sie schöne Palmen gesetzt haben und den ganzen Tag den Rasen mit Wasser besprenkeln, wie sie wollten, er verspürte nur Widerwillen. Wenn er wenigstens Kinder gehabt hätte, dann hätte er mit ihnen Sandburgen gebaut, sie in den Wellen gewiegt, mit ihnen Ballspiele am Strand gespielt oder ihnen Surfstunden bezahlt. Natascha wäre dieses Jahr sieben geworden, dachte er wehmütig. Er musste sich entscheiden, was er trinken wollte. Die unmotivierte Kellnerin wollte eine Bestellung aufnehmen. Er fand die Franzosen mit ihrem Apéro sympathisch, entschied sich aber gegen einen Pastis, weil er das Getränk letztlich doch nicht mochte; es erinnerte ihn an Spitalgeruch. Er bestellte einen Espresso. Was konnte er hier tun? Seine Frau war krank, er war nicht ausgerüstet für einen Hotelaufenthalt, hatte nichts zum Lesen eingepackt. Nicht einmal eine französische Zeitung konnte er lesen. Beim Abitur hatte er sich in Russisch als Fremdsprache prüfen lassen und war deshalb vom Französischunterricht dispensiert. Er ärgerte sich über Gisela. Für das Abendessen hatte er nicht die passenden Kleider; er müsste wohl noch etwas einkaufen gehen und merkte, dass er dazu nicht willens war.

Wäre doch Verena hier, dann würde er sich jetzt mitten in der Wildnis auf der dritten Tagesetappe befinden! Stattdessen sass er in diesem Hotel unter den lächerlichen rosafarbenen Bögen, die den maurischen Stil nachahmten. Wie konnte seine Frau genau jetzt krank sein? Er empfand es wie einen Angriff gegen sich. Sie kann mir nichts zugestehen, dachte er; sie geht das ganze Jahr der Erfüllung ihrer Bedürfnisse nach, aber wenn ich ein einziges Mal einen Wunsch nach Feriengestaltung äussere, muss sie etwas Somatisches aus ihrem Körper zaubern! Und er war der Bestrafte, weil ihre Krankheit natürlich Vorrang hatte. Sie waren verheiratet, damit er sich um sie kümmerte. Sie hatte einen Arzt heiraten wollen – das musste ihm einmal gefallen haben –, aber heute wollte er eine Frau haben! Gab es irgendeinen Genuss, den sie mit ihm zu teilen bereit war? Er wusste ganz genau, dass das nur die halbe Wahrheit war, und er wusste, was sie ihm erwidert hätte; aber er fuhr in Gedanken noch eine Weile mit seinen Vorwürfen fort, weil es ihm gefiel, sich zu ärgern. Gleichzeitig kroch ein Schuldgefühl in ihm hoch, das er nahezu physisch zu spüren glaubte. Wenn sie nun etwas Ernsthaftes hatte? Wenn das der Anfang einer schweren und unheilbaren Krankheit war? Polyarthritis, Multiple Sklerose, oder was gab es noch? Er hatte sich schon sehr lange nicht mehr mit der somatischen Seite der Medizin befasst. Sollten die Symptome nicht abklingen, würde er später im Internet nachforschen.

Schräg vis-à-vis setzte sich eine etwa gleichaltrige Frau in einen Korbstuhl. Das silberne Paillettenoberteil zeichnete jedes der üppigen Fettpolster ab. Er sah das trostlose Gesicht mit den schrill-roten Lippen, es war aufgedunsen; bestimmt war sie alkohol- oder medikamentenabhängig. Die Kellnerin brachte eine Cola und eine Flasche Champagner, welche sie mit professionellen Griffen lautlos öffnete und ihr davon einschenkte. Er hörte das Eis knirschen, als die Kellnerin die Flasche in den Keramiktopf zurückstellte. In dem Moment kam ein schlaksiger Junge mit nassem Haar vom Pool, den Juri ungefähr auf vierzehn schätzte. Er setzte sich der Frau, die offensichtlich seine Mutter war, gegenüber. Die Mutter machte eine Geste des Anstossens, der Junge reagierte halbherzig; sie tranken beide stumm aus ihren Gläsern. Juri wollte nicht länger hinsehen, aber dann sah er die Aufschrift auf dem T-Shirt des Jungen: I AM YOUR SEX TEACHER – FIRST LESSON FREE. Obwohl in fetten Lettern gedruckt, stolperten seine Augen über die Worte, die er noch einmal lesen musste. Dann wollte er lachen: Dieses Bübchen, das noch grün hinter den Ohren war – wie lustig! Aber das Lachen wich Entsetzen. Vielleicht wäre die Selbstdarstellung dieses dünnen Jungen mit den zu langen Armen inmitten einer Gruppe anderer Jugendlicher lustig gewesen: als Ausdruck der abgewehrten Scham über dieses grosse, dem Jungen noch gänzlich unbekannte Thema. Oder als Ausdruck reiner Selbstironie. Aber das Kerlchen, das gegenüber einer Mutter sass, die in grossen Zügen Champagner trank und nun schon kicherte, tat ihm leid. Ein vaterloser Junge, der mit Mami am Strand Ferien verbringen musste. Ob er sich in die andere Betthälfte im gemeinsamen Hotelzimmer legte? Und welche Fantasien mochten sich im Kopf dieser Frau abspielen? Offenbar erlaubte sie ihm, in ihrer Gegenwart mit diesem Text auf der Brust in einer Hotelbar zu erscheinen. Er hätte allzu gern Verena erzählt, was er hier sah. Vielleicht war sie da, denn Verena schien zu sagen: »So ähnlich wie bei Tim.« Sie hätten ein bisschen über den Ödipuskomplex gestritten; auf eine ihm nicht erklärliche Weise wollte Verena nicht glauben, dass es den Ödipuskomplex gab. Aber er war sicher: Dieser Anblick hätte bei ihr eine ähnliche Reaktion hervorgerufen wie bei ihm. Weil Juri den Anblick der beiden nicht länger ertrug, stand er auf, liess drei Euro liegen und suchte den Hotel-PC. Er wollte Giselas Symptome googeln; aber das war vermutlich nur ein Vorwand, denn er hoffte, eine Nachricht von Verena im Posteingang zu finden. Als er sein Outlook öffnete, stach ihm neben einer Nachricht von seinem Freund Michael, einer grossen Anzahl Spammails, einer Mail des Telefonanbieters, des Stadttheaters und des Freud-Instituts die Nachricht von Verena ins Auge.

Lieber Juri
Während du jetzt durchs Gebirge wanderst, schwebe ich auf Wolken. Ich brauche keinen Schlaf, muss nichts essen und die Welt hat eine Tiefendimension erhalten, wie wenn ich unter Drogen stünde.

Ich nutze dieses überwältigende Gefühl, um Musik zu machen, oft mehrere Stunden ohne Pause. Manchmal übe ich auf der Klarinette traurige jiddische Melodien, manchmal greife ich zum Akkordeon. Ich habe bereits zwei Lieder geschrieben und möchte, dass du sie hörst. Die Melodien und Texte scheinen einfach aus meinem Innern zu fliessen; es ist die mühelose, aus der Sehnsucht gespeiste Produktivität. Über die endlosen Fantasien, die sich um dich drehen, habe ich scheinbar die Kontrolle verloren. Es wird mir guttun, mit meinen Musikerkollegen im französischen Jura eine ganze Woche Musik zu machen. Aber wo bleibt meine Fähigkeit zu sublimieren? Ich gebe zu, ich habe noch immer nicht begriffen, wie die freudsche Sublimation funktioniert. Indem ich Musik mache? Das glaubst du selbst nicht! Nein, die Gefühle sind in den Leib gerutscht und treiben dort ihr Unwesen, und die Musik macht alles noch schlimmer.

Meine Schwester fragte mich gestern, ob ich gewachsen sei, ich sei irgendwie grösser geworden. Oder ob ich schwanger sei? Ich lachte und sagte, ja, beides treffe zu. Ich wollte ihr nicht sagen, »ich habe mich in meinen Arbeitskollegen verliebt, er ist Tag und Nacht anwesend und ich führe Selbstgespräche mit ihm«.

Ich dachte bisher, dass das Älterwerden mit einem Leben in ruhigeren Bahnen beginnen wird. Und jetzt dies: Eine junge Verena möchte dich kennenlernen. Sie will mit dir durch karge Weiten in ferne Länder reisen. Sie will mit dir in sinnliche Welten eintauchen. Zu Fuss. Mit dem Rad. Ins Gebirge, durch Einöden, durch Hitze und Kälte, vielleicht einem doch eher unbestimmten Ziel entgegen. Das wird für uns wohl nie möglich sein. Als könnte ich mich darüber hinwegtäuschen, dass meine Wünsche sich niemals erfüllen werden, möchte ich dich für wenigstens eine einzige Nacht verführen, von der ich gerne träume.

Ich umarme dich innig, Verena

Das Blut schoss Juri ins Gesicht, er spürte das Herz bis zum Hals schlagen und atmete laut. Was schrieb sie? War sie nicht bei Trost? Plötzlich erfüllte ihn Entsetzen. Er überflog die Mail ein zweites Mal. Ihre Worte schmeichelten ihm. Und er fand es unerhört, dass sie all das nicht nur dachte, sondern schrieb. War sie von Sinnen? Sie leiteten zusammen eine Therapiestation. Was stellte sie sich eigentlich vor?

Wenn Verena wüsste, wo er sich befand, wie schmerzvoll es für ihn war, hier herumzusitzen und zu hadern. Sie hatte wenigstens ihre Musik. Und wusste sie nicht, dass er jede Minute mit ihr unterwegs war, dass er ihr alles erzählte, was er sah? Er las die Mail noch einmal, loggte aus und ging nach draussen. Er wollte allein sein. Der Teufel sollte sie holen. Aber an sie zu denken, beflügelte ihn gleichermassen, es war das Schönste überhaupt: von jemandem gesehen, berührt und begehrt zu werden. Er nahm sich vor, heute keinesfalls zurückzuschreiben. Das war nicht schwierig, er war es gewohnt, Gedanken still herumzutragen, auch über lange Zeit. Viel schwieriger war es, eine angemessene Antwort zu finden.

Juri schlief unruhig und erwachte unzufrieden, auch weil er mit Gisela gestern nicht wirklich zu einer Lösung gekommen war, wie die Rückreise vonstattengehen sollte. Gisela rechnete damit, schnell gesund zu werden, und dann wollte sie mit ihm Zeit verbringen und die schöne Insel geniessen. Ihn drängte es, nach Hause zu fliegen. Er hätte gerne seine Bücher gelesen, für die er sonst nie Zeit fand, und an seiner überfälligen Facharbeit für die Aufnahme ins Freud-Institut geschrieben. Das Meer mit seinen Stränden konnte ihn nicht halten. Sie assen das Frühstück schweigend und beschlossen, zusammen Porto Vecchio anzusehen. Sie hakte sich bei ihm unter, liess aber gleich wieder von ihm ab, als hätte sie seinen verhaltenen Widerstand gespürt. Lieblose Neubauten verdeckten die Aussicht auf die im Reiseführer als sehenswert gepriesene Zitadelle. Der autofreie Stadtkern und das Hafenviertel wären attraktiv gewesen, aber alles war auf Touristen ausgerichtet, und das interessierte ihn einfach nicht. Er hätte gerne die von Macchia überwucherte Ruine der Festung, der man ein sagenhaftes Alter von viertausend Jahren gab, angeschaut. Sie lag ein bisschen erhöht und ausserhalb des Stadtkerns; Gisela meinte darum, das sei in ihrem Zustand nicht machbar. Als sie auf der *Place de la République* einen Espresso tranken, schlug er vor, allein auf die nahe Zitadelle zu steigen. Sie fand die Idee gut und wollte unterdessen Karten an Freundinnen schreiben. Als er oben war, lehnte er sich an das alte Gemäuer, fuhr mit den Fingern über den groben Stein und sah in Richtung Bavella-Massiv, durch das sie heute gewandert wären; es war im Dunst nur zu erahnen. Rauchschwalben umschwirrten die Anlage. Fasziniert schaute er ihren mit atemberaubendem Tempo geführten Manövern zu.

Konnte man verheiratet sein und eine Geliebte haben? Eine Geliebte, welche die Arbeitskollegin war? Er dachte an eine Patientin, die Kondome in der Weste ihres Ehemannes gefunden hatte und mit der er versucht hatte, darüber nachzudenken, was das für sie als Ehefrau bedeuten konnte und wie sie damit umgehen wollte. Was erwartete Verena von ihm? Etwas Unmögliches. Er war mit Sicherheit nicht der Mann, der eine Geliebte hatte, das Leben erschien ihm auch so anspruchsvoll und interessant genug. Und was war mit Verena los? Hatte sie ihr Gewissen verloren und war bereit, untreu zu sein, nur weil Max in Shenzhen war? Er stieg die Treppenstufen zwischen vielen Brombeerranken in die Stadt hinunter.

Als er sich dem Platz näherte, hörte er schon von fern Giselas helles Lachen. Sie sass, mit einem Mann auf Französisch plaudernd, im Bistro und hielt ein Glas in der Hand. Juri rückte den dritten Stuhl zurecht, setzte sich und kam sich vor wie jemand, der bei einem Rendez-vous stört. Es kam ihr nicht in den Sinn, ihn mit dem Mann bekannt zu machen. Was sie miteinander sprachen, verstand er nicht; vermutlich war er Korse. Gisela war ins Flirten vertieft, und er dachte bitter, wie schlimm es jeweils für sie war, wenn er einer anderen Frau nur die Türe aufhielt oder in den Mantel half. Es konnte dazu führen, dass Gisela ihm eine Szene machte oder sich beleidigt zurückzog.

Konnte man seine Frau verlassen, weil eine andere Frau aufdringliche Mails schrieb? Juri hing seinen düsteren Gedanken nach. Wie wäre es, wenn er sich trennen würde? Sie könnte sich den Lebensstil, den er ihr ermöglichte, in keiner Weise selbst leisten.

Der Korse zündete sich eine Zigarette an. Ein Lebemann: volle Lippen, Bartstoppeln und eine verwahrloste Künstlerfrisur; unter dem zu weit geöffneten Hemd sah er die haarige Brust eines Tieres. Rächte sich seine Frau an ihm? Juri bestellte nun doch einen Anisschnaps. Was war an diesem Mann so interessant, dass Gisela sich die Mühe nahm, ungeniert zu kokettieren? Endlich ging der andere.

Gisela nahm Juri gut gelaunt bei der Hand, sie wollte mit ihm die etruskische Keramikausstellung anschauen. Juri liess sich bereitwillig darauf ein. Teils weil er hoffte, auf andere Gedanken zu kommen. Teils weil er froh war, dass seine Frau einen gesünderen Eindruck machte. Aber als sie den fast menschenleeren Platz in Richtung Museum überquerten, dachte er, dass es ihr fast immer gelang, ihre Bedürfnisse durchzusetzen. Er war ständig darauf bedacht, auf ihre Launen und Befindlichkeiten Rücksicht zu nehmen. Und seine eigenen Wünsche gingen unter.

Auch im Museum waren wenige Touristen zugegen. Ziellos schlenderten sie durch den schwach beleuchteten Raum. Seine Frau begann, die Objekte an der Wand zu betrachten.

»Juri, komm und schau wie wundervoll!«

Er trat an die Vitrine; es waren Teller mit zarten Blumenmustern darin ausgestellt, und er hörte Giselas verzückte Ausrufe. Juri schwieg.

Heute wollte er nicht ihr wandelndes Echo, ihre Verdoppelung sein, darum änderte er die Richtung, ging weg von ihr, an anderen Vitrinen vorbei und setzte das innere Gespräch mit Verena fort; er zeigte ihr eine reich verzierte, enorm grossbauchige etruskische Vase mit dem Titel *Odysseus auf der Insel der Kirke*. Das Exponat war der Höhepunkt der Ausstellung. Er kannte diese Episode von Odysseus nicht und nahm sich vor, die Sage im Internet nachzulesen. Er betrachtete die zentrale Abbildung: eine Figur in strengen, schwarz auf ocker gemalten Linien, zu deren Füssen eine entblösste Frau lag, die vermutlich die Geliebte war. Von links kam eine Figur mit hoch erhobenem Dolch, man sah nicht, wer wen töten würde. Eifersucht hatte 350 Jahre vor unserer Zeit ausgesehen wie heute. Durch die anregenden Fantasien heiter geworden, trat Juri mit Gisela wieder ins Freie. Sie klagte über allerlei Schmerzen und das Gefühl, erschöpft zu sein; sie müsse eine kleine Mahlzeit einnehmen und wolle sich danach hinlegen. Das überraschte ihn nicht. Er kannte ihre Hungerattacken und wusste, wie wenig belastbar sie war. Sie hatte jede Stunde eine andere Laune und eine andere Verfassung. Normalerweise hatte Juri einen kleinen Snack dabei, heute hatte er allerdings nicht daran gedacht.

Als Gisela aufs Zimmer ging, setzte er sich im Entrée an den PC und fand den gesuchten Ausschnitt zu Odysseus auf der Insel der Kirke. Die Geschichte wollte er Verena in seiner Mail erzählen.

19

Die Ferientage waren zu Ende, und Verena kam zurück aus ihrer Probenwoche im Jura. Als sie alles Gepäck in die Wohnung hochgetragen und die Musikinstrumente und die Taschen ausgepackt hatte, war sie unschlüssig, was zu tun war. Es roch abgestanden; sie öffnete alle Fenster und schaute hinaus. Draussen wirbelten Blätter im Wind, es war Herbst geworden. Der Ginkgobaum sah aus wie ein halb gerupfter Vogel. Die Blätter, die noch daran hingen, leuchteten in sattem Gelb. Eine Rechnung flatterte vom Tisch zu Boden. Sie schloss die Fenster wieder.

War es gut, sofort den PC zu öffnen? Sie stellte eine angefangene Packung Milch in den Kühlschrank. Wenn keine Post von Juri im Outlook wäre, würde sie Zeit finden, die Dinge zu tun, die sie tun musste, um wieder ganz zuhause ankommen zu können. Wenn er aber geschrieben hätte, wäre es vorbei mit der Ruhe, und sie würde den Tag damit verbringen, eine Antwort zu formulieren. Sie schaute auf die Uhr. Wenn sie Max anriefe, würde sie ihn vielleicht noch vor der Arbeit erwischen. Sie wählte seine Nummer. Er freute sich, dass ihre Musikwoche gut gelaufen war. Er war mit den Fortschritten seiner Projekte nicht besonders zufrieden und arbeitete oft fünfzehn oder mehr Stunden pro Tag, auch an den Wochenenden. Es gab Schwierigkeiten mit der Implementierung der Systeme auf dem Land. Die Programmierer hatten nicht damit gerechnet, dass die Bauern in China so wenig mit digitaler Technologie vertraut waren. Die älteren verfügten praktisch über keine Bildung. Erschwerend kam hinzu, dass auf dem Land fast niemand Englisch sprach.

Verena war nicht sicher, ob es ihr guttat, Max' Stimme gehört zu haben. Wenn er aus Shenzhen anrief, war seine Stimme zwar ganz nah und das Gespräch mit dem chinesischen We-Chat kostete nichts. Und trotzdem konnten sie nicht richtig miteinander sprechen. Das war merkwürdig in ihrer Beziehung zu Max. Die Briefe, die sie in einem Dutzend Jahre des Zusammenseins getauscht hatten, waren an einer Hand abzuzählen, E-Mails inbegriffen. Verena verstand nicht, warum das so war. Wenn Max mit ihr zusammen war, wurde es ihr nie langweilig, er war einer der interessantesten Menschen, die sie je kennengelernt hatte. Dennoch hatte auch sie sich schon lange nicht mehr die Mühe gemacht, etwas von sich zu erzählen. Ihre engste Freundin Marianne wusste seit Jahren mehr über ihr Innenleben als Max.

Juri hatte geschrieben! Trotz ihrer Anspannung und Vorfreude öffnete Verena zuerst die Mail von Judith. Judith hatte ein YouTube-Filmchen geschickt: Auf einem Lastwagen fuhr eine riesige farbige Leinwand durch die Strassen von Boston. Auf der Ladefläche vor der Leinwand sass eine Jazzmusikerin und spielte freakige Musik. Erst als Verena ihre Lesebrille aufsetzte, sah sie, dass es Judith selbst war. Sie schrieb: »Verena, du kannst dir nicht vorstellen, was wir hier tun, ich hatte noch nie so viele gute Ideen auf einmal. Das ist eine Werbetour für eine Gruppenausstellung. Schade, dass du nicht dabei sein kannst. Papa fliegt vielleicht zu mir nächstes Wochenende. ffe, Judith.« Über das friends-for-ever musste Verena lachen, das war so lieb von Judith – wenn man bedachte, wie hitzköpfig sie beide sein konnten und welch hässliche Kämpfe sie noch vor kurzer Zeit ausgetragen hatten.

Dann öffnete sie die Mail von Juri.

Liebe Verena
Ich würde Dir gerne etwas anderes aus meinen Ferien berichten: Wir mussten die Tour abbrechen, weil Gisela schon am zweiten Tag krank geworden ist. Ich sitze in einem korsischen Hotel fest und bin gereizt.

Du hast mich getroffen mit Deinen Worten, denn Du rührst an meine tiefsten Wünsche. Ich stelle es mir wunderschön vor, mit dir hier in Korsika unterwegs zu sein oder sonst irgendwo in der Wildnis, in der Einöde, mit dem Zelt, am liebsten in der Wüste bei nomadischen Völkern. So vieles würde ich gerne mit dir erkunden, und ich bin sicher, dass wir zusammen einzigartige Reisen erleben könnten. Und doch fühle ich mich deiner Verführung nicht gewachsen. Wie du sagst: Es werden unsere Wünsche und Träume bleiben. Warum sollen wir sie nicht haben dürfen? In der Fantasie ist so manches möglich. Die Begegnungen der letzten Wochen mit Dir haben vor allem Fragen in mir geweckt: Was muss ich in meinem Leben entwickeln und erfüllen, welche Wünsche sind im Verborgenen geblieben, die ich ernst nehmen sollte?

Dass Du mit mir eine Nacht verbringen möchtest, hat mich verstört und erfreut, und es fällt mir nicht schwer, mir vielerlei Szenarien dazu auszudenken. Aber, liebe Verena, was soll ich mit einer Nacht anfangen? Ich möchte die anderen tausend Nächte mit Dir auch haben! Ich bin kein Schnellstarter, ich bin beharrlich. Ich möchte weitergehen, wenn Schwieriges sich in den Weg legt. Ich möchte die Tiefen einer Beziehung ausloten.

Heute habe ich in einer Ausstellung mit etruskischer Keramik eine Abbildung von Kirke und Odysseus gesehen. Zuerst dachte ich, es sei ein normales Eifersuchtsdrama: Ein Liebespaar wird vom Ehemann überrascht. Aber im Internet fand ich folgende Geschichte, die ich Dir erzählen möchte: Odysseus landet auf der Insel von Kirke. Die Schiffsbesatzung geht zum Palast und wundert sich über die vielen zahmen Tiere im Palastgarten, darunter Tiger und Löwen. Ein Matrose bleibt draussen und hält Wache, während die anderen Besatzungsmitglieder an der langen Tafel von Kirke mit Köstlichkeiten bewirtet werden. Mit Schrecken rennt die Wache zu Odysseus, der auf dem Schiff geblieben ist, und erzählt ihm, was er durch die Fenster des Palastes gesehen hat: Als die Tafelrunde beendet war, hat Kirke die ganze Mannschaft in zahme Schweine verzaubert. Sofort will Odysseus die Gefährten befreien und sich an der grausamen Zauberin rächen. Auf dem Weg zu Kirke trifft er auf den Götterboten Hermes. Dieser reicht ihm eine schwarze Wurzel, die Odysseus gegen die Zauberkraft Kirkes schützen soll. Ausserdem rät er ihm: »Wenn Kirke dich mit ihrem Zauberstab berührt, so stürze dich mit deinem Schwert auf sie, als wollest du sie töten. Sie wird sich gefügig zeigen und deine Gefährten befreien.«

So ausgerüstet geht Odysseus zum Palast und lässt sich von Kirke bewirten. Kaum hat er aus einer Schale getrunken, berührt sie ihn schon mit ihrem Zauberstab und will ihn wie seine Gefährten in ein Schwein verwandeln. Da zieht Odysseus sein Schwert und stürzt sich auf die Zauberin, die sich schreiend zu Boden wirft. Sie erkennt in ihm den von Hermes geweissagten Odysseus und erfleht seine Freundschaft. Doch er droht, ihr nur dann nichts anzutun, wenn sie in einem heiligen Eid schwört, ihn unversehrt zu lassen und seine armen Gefährten zurückzuverwandeln. Sie verspricht es.

Die Geschichte hat mir sehr gefallen. Es braucht viel Klugheit und Mut, sich gegen den Zauber dieser Frau zu schützen. Ich möchte nicht ein Besatzungsmitglied sein, das sich blindlings in ein Schwein – wenn es doch wenigstens ein Tiger wäre! – verwandeln lässt. Mir fehlt mindestens die schwarze Wurzel von Hermes. Auch bin ich nicht Odysseus und nicht auf der Durchreise. Oder sind wir alle auf der Durchreise? Ich umarme Dich … und wenn ich könnte, würde ich Dir einen würzigen Duft der hiesigen Macchia mitbringen, Dein Juri

20

Als handelte es sich um das freudigste Ereignis, fieberte Verena dem ersten Arbeitstag nach den Ferien entgegen. Die Ginkgoblätter lagen auf dem Gehweg verstreut, und sie fand auch einige auf dem Dach ihres geparkten Wagens; sie schimmerten auf magische Weise, als wären einem Barockmaler die Goldpigmente aus der Arbeitstasche gefallen. Sie hob eine Handvoll auf. Draussen war es noch dunkel, als sie losfuhr, aber sie hatte seit vier Uhr mit der Frage wachgelegen, wie sich die Begegnung mit Juri zutragen würde. Das Klarinettenkonzert, das Judith ihr im Sommer zum Abschied geschenkt hatte, passte gut zur Stimmung auf der Fahrt. Als sie zum Therapiegebäude ging, sah sie Juri durch die von innen erhellten Scheiben seines Büros. Er hatte einen Telefonhörer am Ohr und sah sie nicht. Fast wäre sie vor seinem Fenster stehengeblieben. Sie hatte vergessen, wie schön er war. Sie holte einen Kaffee und die Post im Sekretariat; dabei legte sie das Ginkgoblatt in Juris Fach, als wollte sie Goldspuren legen.

Tim musste in wenigen Minuten da sein. Marie-Louise rief Verena allerdings von der Gruppe aus an: Tim wolle nicht zur Therapie kommen, und sie habe nicht herausgefunden warum. Verena war überrascht: »Sag ihm, ich hole ihn in der Gruppe ab«, schlug sie vor. Eilig schüttete sie den Rest des Kaffees weg. Während sie zur Wohngruppe ging, spürte sie Verwirrung. Sie freute sich auf die Fortführung der Arbeit mit Tim; hin und wieder hatte sie in den Ferien an ihn gedacht und sich gefragt, wie es ihm wohl ergangen sein mochte. Im Vorbeigehen sah Verena flüchtig Tims Foto von der Trekkingwoche, die in der Woche nach den Schulferien stattgefunden hatte. Der Bub war so zartgliedrig, und er schaute mit seinem typischen traurigen Blick in die Kamera. Sie stieg die Treppe hoch und trat in die Räume der Wohngruppe ein.

Marie-Louise freute sich, sie zu sehen, aber sie wechselten nicht viele Worte; sie sagte nur, Tim sei in seinem Zimmer. Verena klopfte an. Niemand antwortete, und sie öffnete behutsam die Türe einen Spalt breit. Da war kein Kind. Sie sagte: »Frau Liechti sucht einen Jungen, der Tim heisst, aber er ist gar nicht da. Wo könnte er denn sein?« Es gab in dem kleinen Raum höchstens zwei Orte, wo ein Junge seiner Grösse, hätte Platz finden können. Es lugte auch ein Jeansknie unter dem Bett hervor. Im selben Augenblick entdeckte sie den Affen, der auf Tims Bettdecke lag: Er war aufgeschnitten, schmutzig, zerfetzt und durchlöchert. Ihr seidenweiches Äffchen war kaum noch zu erkennen. Sie erstarrte vor Schreck, dann spürte sie Ärger. Eine ganze Weile blieben beide stumm, der Bub unter dem Bett und Verena im Türrahmen. Sie versuchte, ihre Gedanken zu ordnen. Tim hatte also seinen Affen, der eigentlich ihr Affe war, zerstört. Es war, als hätte er ihr etwas Liebes weggenommen. Doch dann beruhigte sie der Gedanke, dass das nicht ihr persönliches Kuscheltier war; es war der Affe aus dem Therapieraum. Sie suchte nach einer analytischen Haltung, die ihr half zu verstehen, was passiert war. Was war los mit dem Jungen? Und warum tat er so, als wäre er nicht da? Es musste seine überflutende Scham sein: Wie konnte er die Beziehung wieder aufnehmen, wenn er Schuld auf sich geladen hatte? Sie sagte: »Unserem Affen ist etwas zugestossen«, und wartete, wie Tim reagieren würde. Er schwieg weiter und schaute nicht unter dem Bett hervor. Verena kniete auf den Boden, um Tim auf Augenhöhe zu begegnen, aber seine Augen blickten ins Leere. Sie stand wieder auf und unternahm einen neuen Versuch: »Wenn etwas passiert wie mit unserem Affen, dann weiss ein Kind manchmal nicht, wie es damit zu Frau Liechti gehen soll.«

Tim schob den Kopf unter dem Bett ein bisschen in ihre Richtung, vermied es aber, sie anzusehen. Sie erinnerte sich aus dem Erstgespräch mit den Eltern, dass Tim jede Tat beharrlich verleugnete, egal was er angestellt hatte. Ob eingeschlagene Scheiben, vollgekackte WCs in der Schule, geraubte

Schokolade aus Mutters Schrank, zerkratzte Kotflügel an Vaters Wagen oder der abgebrannte Schopf: Man konnte ihn hundertmal der Tat überführen, er mochte sich an nichts erinnern, und es hatte nie etwas mit ihm zu tun. Wenn Entschuldigungen verlangt wurden, entschuldigte er sich höchstens mit einer Floskel. Eine innere Einsicht schien er nie zu haben. Dieser Vorfall war also eine Gelegenheit, sich den konflikthaften Themen anzunähern.

»Okay«, sagte sie, »unsere gemeinsame Zeit hat ja schon längst begonnen, ich nehme jetzt den Affen mit ins Therapiezimmer, ich warte dort auf dich.«

Entschlossen schritt sie Richtung Bett, hob den Affen hoch und drückte ihn, oder vielmehr das, was von ihm übriggeblieben war, an sich und sagte zu Tim: »Wir sehen uns.«

Sie erinnerte sich an etwas, was Hans ihr einmal von seiner Arbeit mit einem schwierigen Pferd erzählt hatte, quasi aus der Schule der Pferdeflüsterer: »Wenn das Pferd etwas lernen soll, muss es genug Zeit und eine lange Longe haben, um einer Aufforderung nachkommen zu können. Häufig erwartet man ungeduldig einen schnellen Gehorsam. Wenn man die Aufforderung zu früh wiederholt oder das Pferd gar mitziehen will, wird man nie wissen können, ob es den Impuls gehabt hätte, nachzukommen.« Mit den Kindern war es genauso, davon war sie überzeugt.

Wenige Minuten später trat Tim in den Therapieraum. Sie erwartete ihn in ihrem Sessel sitzend, den Affen hatte sie neben sich gelegt. Als Tim hereinkam, schlug er die Türe zu und wich dem Blick seiner Therapeutin aus. Er machte sich an den grossen Kunststoffklötzen zu schaffen. Verena hatte nicht vor, ihn bei dieser schwierigen Thematik so ohne weiteres ausweichen zu lassen, und sagte mit einem hohen Stimmchen zum Affen: »Na, mein kleines Kerlchen, du hast bestimmt schlimme Schmerzen. Wie kann man dir nur helfen? Du armes verletztes Äffchen …«

Tim schrie: »Hör auf, red nicht so blöd!« Er geriet ausser sich.

Verena verstummte, dem Gesagten nachhorchend, spürte sie sofort, dass Tim sie zu Recht kritisierte. Sie hatte etwas im Sinn, was technisch vielleicht richtig war, aber das Gefühl dazu war überhaupt nicht echt. Mit dem modernen Verständnis einer Trauma-Therapie konnte man den Vorfall zwar dazu benutzen, mit ihm an der Empathie gegenüber dem Opfer zu arbeiten. Man hätte stellvertretend für ihn den Affen pflegen können in der Hoffnung, dass er sich mit der empathischen Haltung identifizierte. Mit dem Ziel, dass auch der Patient allmählich sich selbst und seinen Verletzungen einfühlsamer begegnen könnte, statt in der Täterrolle andere zum Opfer zu machen. Verena hätte ihr Wissen allzu gerne umgesetzt, aber Tim machte nicht mit. Er befand sich auf seiner inneren Bühne anderswo. Er schien nicht andeutungsweise Lust zu haben, sich mit dem Opfer zu beschäftigen. Verena liess trotzdem nicht locker, unter anderem, weil sie es nicht in Ordnung fand, einen ausgeliehenen, nun in dieser Art misshandelten Affen zurückzubekommen.

»Na, jetzt musst du mir mal erzählen, was der Affe gemacht hat, dass er von dir so rangenommen worden ist! Wie kann ein Affe eine so schlimme Strafe verdienen? Wie soll ich diese Geschichte verstehen?«

Tim schwieg beharrlich und tat so, als höre er sie nicht. Verena beschloss, laut weiterzudenken, auch wenn Tim sich mit den Schaumstoffquadern beschäftigte, aus denen er nun etwas baute, das immer mehr die Form eines Bunkers annahm.

»Affen können gut klettern; könnte es sein, dass er abgehauen ist? Oder hat er eine Kokosnuss geklaut?«

Und sie sang leise: »Wer hat die Kokosnuss, wer hat die Kokosnuss, wer hat die Kokosnuss gekla-a-aut …« Ein Refrain, den jedes Kind kannte.

Wie lächerlich ihre Worte waren! Und wie schwer es ihr fiel, mit ihren eigenen schwierigen Gefühlen in Kontakt zu bleiben. Nicht nur Tim wich aus, Verena tat dasselbe. Tim versteckte sich für den Rest der Stunde im selbst gebauten Bunker. Beide waren sie stecken geblieben. Verena verstand es nicht. Sie war nach dieser einen Stunde bereits todmüde, bevor die erste Woche überhaupt begonnen hatte.

Und nach Tim kam die Sitzung mit Jenny; mit ihr würde es auf andere Art nicht weniger anstrengend werden. Nüchtern bat sie Tim, aus dem Bunker der Stoffwürfel herauszukommen; die Stunde war zu Ende und seine Schule wartete auf ihn.

Juri war im Teamzimmer und löffelte aus einer Tupperdose sein Müsli wie jeden Mittag. Connie hatte einen vollen Mund und begrüsste Verena lachend und gestikulierend, weil ein Salatblatt zwischen dem Brot und ihren Zähnen in der Luft schwebte. Sie war braungebrannt und sah ihre Kollegen und Kolleginnen voller Schalk an. Juri und Verena reichten sich zur Begrüssung die Hand. Verena versuchte sein Gesicht zu lesen. Er schaute ernst, die Lachfältchen um die Augen bildete sie sich vielleicht nur ein. Sie sagte: »Hör mal, ich brauche dich; darf ich dir erzählen, was in der heutigen Sitzung mit Tim passiert ist?«

Es war wunderbar und beklemmend zugleich, den fantasierten, ferienfernen Juri wieder leibhaftig zu sehen. Und es war alles andere als einfach, nach dem Briefwechsel die reale und kollegiale Beziehung zu ihm wieder aufzunehmen. Ihr Herz klopfte, Schamgefühle breiteten sich in ihr aus, und sie schimpfte mit sich: Wie hatte sie sich hinreissen lassen können, ihm zu offenbaren, was sie so sehr anzog an ihm? Warum hatte sie das Tabu gebrochen, das eine Zusammenarbeit ermöglichte? Wie würden sie je wieder normal als Team arbeiten können? Schlagartig wurde ihr bewusst, dass sie im Begriff war, ihre Stelle aufs Spiel zu setzen.

Glücklicherweise war Connie da, sie war der Schutzschild gegen die überwältigende Scham. Und gleichzeitig machte die Anwesenheit der hoffnungsvollen Nachdiplomstudentin noch deutlicher, dass sie ein intensiv zusammenarbeitendes Team mit grosser Verantwortung für viele Kinder waren. Den Abgrund erahnend, begann Verena sofort vom misshandelten Affen und der schweigend verbrachten Stunde zu erzählen. Sie konnte ihre Anspannung nicht verbergen, als sie das Erlebnis mit Tim beinahe gehetzt erzählte. Connie hielt mehrmals mit Essen inne, um gebannt zuzuhören. Juris sanfte Stimme vermochte Verena ein wenig zu beruhigen. Sie hatte seine Stimme schon immer gemocht, aber sie glaubte bisher, dass dies am weichen tschechischen Akzent lag. Heute nahm sie ein leises Zittern, ein erotisch unsicheres Beben der Stimmbänder wahr. Sie erschauderte und hoffte, dass nur sie die Färbung bemerkte.

»Der Junge ist der Affe«, sagte Juri. »Verfährt Tim mit dem Äffchen nicht spiegelbildlich, wie mit ihm umgegangen wurde? Der Affe wird lädiert aufs Bett gelegt, so wie man den Jungen hier geparkt hat, nachdem er zuhause nicht mehr auszuhalten war.«

Verena nickte nachdenklich.

»Denk daran, dass er den Affen kaputt gemacht hat, den ihr zusammen im Spiel benutzt. Es ist nicht irgendein Affe, es ist der Affe, den er mit dir verbindet. Es liegt eine Aggression darin, die auch dir gilt.«

Verena schwieg betroffen und auch Connie blieb stumm. Natürlich, Juri hatte etwas Wichtiges bemerkt, das Verena entgangen war. Oft waren Ferienpausen für die Kinder der Therapiestation unerträglich, und sie waren enorm wütend, weil man sie allein liess und nicht verfügbar war. Warum war sie überrascht? Das war doch immer so! Es gab kaum ein Kind, das nicht auf ihre Abwesenheit reagierte. Kinder waren darum auch beim Wiedersehen mit den Eltern im ersten Moment fast immer gereizt und verärgert oder abweisend. Statt sich über das Wiedersehen zu freuen, waren sie traurig und wütend über den Verlust, den sie erlebt hatten. Und niemand wollte die Verlassenheit, die mit einer Ferienpause einherging, wahrhaben. Die Eltern wollten immer, dass das Kind sich freute, sie zu sehen.

»Du hast mit ihm nicht angeschaut, dass er auch wütend auf dich ist. Kannst du etwas davon in der nächsten Sitzung einbringen?«

Juri hatte recht. Es stimmte, dass sie Tim ungern in die Ferien hatte gehen lassen, weil er ihr immer so labil erschienen war. Aber ihr schlechtes Gewissen, ihn zu verlassen, hatte sie einfach weggeschoben.

»Ich glaube, diese Szene zwischen Tim, mir und dem Affen machte mir Angst. Mit keiner ausgeklügelten Technik konnte ich das Unheimliche, das Schreckliche und das Abgründige dieser Misshandlung wegdenken. Ich habe das unsäglich doofe Lied der Kokosnuss gesungen, weil ich den Schrecken, den jede Misshandlung erzeugt, schlicht nicht ertragen habe. Ich habe diese Gefühle nicht mal beim Stofftier ertragen.«

Sie lachte unglücklich.

Juri nickte.

»Das Schweigen der Patienten in der Sitzung oder dieses Sich-Verstecken im Bunker der Stoffwürfel kann so etwas wie ein Rettungsanker für den Patienten sein, dann ist er sicher, dass nichts Schlimmeres geschieht. Eigentlich kannst du dich bei ihm bedanken, er hat dich vor seiner Wut verschont und seine Verzweiflung nur am Affen ausgelassen.«

In der nächsten Therapiesitzung mit Tim erlebte Verena eine überraschende Wendung; es war, wie sie hinterher feststellen konnte, der Wendepunkt in der Therapie. Es war nicht das erste Mal, dass die Wendung dann stattfinden konnte, wenn sie eine komplexe oder verfahrene Situation in der Supervision, oder wie gestern mit Juri, besprechen konnte.

Als Tim in den Raum trat, sagte sie: »Ich glaube, du warst einfach wütend darüber, dass wir uns so lange nicht mehr gesehen haben, und ich glaube die Verletzungen des Affen haben mit dieser Wut auf mich zu tun.«

Tim, der ziellos im Zimmer umherging, als wäre er heute zum ersten Mal hier, sagte: »Meine Eltern waren zwei Wochen auf Mallorca.«

Es schnürte Verena die Kehle zu, und sie fragte vorsichtig: »Und du, wo warst du?«

Er hob die Schultern und liess sie wieder fallen.

»Bei den Grosseltern.«

Er betrachtete ihre Spielgegenstände stumm. Dann hatte er eine Idee: Er wolle einen Arzt im Urwald spielen, der den Affen halb tot gefunden hatte. Frau Liechti sei im Spiel eine Urwaldforscherin, die von ihm lernen solle, wie man mit verletzten Tieren umging. Verena war über die schnelle Wendung überrascht und freute sich. Natürlich, so war es doch, nicht nur er muss von mir lernen, ich muss auch von ihm lernen, dachte sie und wartete gespannt darauf zu erfahren, was sie zu lernen hatte. Er schlug ihr vor, den Affen zu baden. Sie suchte die kleine rosa Wanne für das Puppenbad, die er mit handwarmem Wasser füllte. Er seifte das Fell des Affen ein, spülte es gründlich aus und erklärte ihr, dass er an den Spuren der Wunden sehe, dass das Äffchen von Raubkatzen angegriffen worden sei, vermutlich hätten die Affeneltern es ausgesetzt, und es habe nur knapp überlebt.

Das war es, was Juri gemein hatte, es handelte sich um das Gefühl, während der Ferien ausgesetzt worden zu sein, von den Eltern im Stich gelassen und aus der Gegenwart mit Verena fallengelassen worden zu sein.

»Na, dann ist es gut, dass du das Äffchen gefunden hast und ihm hilfst.«

Tim nickte. Er war in die Rolle des Helfers geschlüpft. Verena hatte ein Vierteljahr lang auf etwas Ähnliches gehofft. Und sie war drauf und dran gewesen, ihm eine tiefer liegende, vielleicht nicht therapierbare Soziopathie anzuhängen. Und jetzt redete Tim mit dem Äffchen, beruhigte es, tröstete das Tier mit gespielt hoher Stimme liebevoll. Verena war sehr überrascht über seine Fähigkeit, einen Akt der Reparatur zu leisten. Ihr Warten und ihr Hoffen hatten sich gelohnt. Er bemühte sich innig um das Äffchen. Und sie war sicher, dass dies ein Schlüsselmoment der Therapie war und der Effekt fruchtbarer, als wenn sie ein solches Spiel angeregt hätte. Nun wickelte Tim den Affen, dessen Wunden er unterdessen mit braunem Faden zusammengenäht hatte und der nun ziemlich viele Verbände trug, in eine Stoffwindel und legte ihn zum Trocknen auf den warmen Heizkörper. Verena zog den Sessel zum Heizkörper und sah das verletzte Äffchen schweigend an. Für Augenblicke war sie die Mama eines misshandelten oder verletzten Babys, vielleicht die Mama von Tim, der ja auch der Affe war. Es war still. Und eines der wenigen Male, da Tim nicht herumhüpfte und nichts durch die Gegend warf, sondern einfach fokussiert und gleichzeitig gelöst dastand.

21

Verena holte Wolljacke und Mütze aus dem Auto, warf Aktentasche und Handtasche auf den Nebensitz und ging zu Fuss das Strässchen hoch. Es war Freitagnachmittag, da kein Familientherapie-Wochenende war, hatte sie frei. Sie bemerkte die milde Luft und zog die Wolljacke wieder aus. Kaum zu glauben, dass es schon Mitte Oktober war. Das lichtdurchflutete Blattwerk des alten Bergahorns schillerte, wenn sich einzelne Blätter bewegten. Der mächtige Baum, der vielleicht aus dem Mittelalter stammte, sah aus wie eine ältere Dame, die sich für einen königlichen Ball hergerichtet hatte. Verena mochte die Melancholie des Herbstes. Als sie den Vorplatz des Gehöfts betrat, stand die Katze auf, die sich vor der Stalltüre von den letzten Sonnenstrahlen hatte wärmen lassen. Sich an Verenas Stiefel drückend, räkelte sie sich, während ihre Haare zu Berge standen. So viel Lust im Katzenkörper! Meistens schaute Verena am Freitagabend auf einen Sprung bei Hans und Renzo vorbei. Sie hätte ungern zugegeben, dass ihr das eigene Haus manchmal leer vorkam, seit Max und Judith fort waren. Sie war schon sehr lange nicht mehr so frei und so einsam gewesen. Die letzten zehn Jahre hatte sie dank Judith ein erfülltes Familienleben geführt. Ungewollt hatte sie dabei den Freundeskreis vernachlässigt.

So war der kleine Hof zu einer zweiten Heimat geworden, und manchmal war es einfach schön, nach Feierabend mit Hans und Renzo zusammenzusitzen. Sie ass oft mit ihnen; es kam auch vor, dass sie für die Männer kochte. Hin und wieder wohnten vorübergehend Leute da, die in einer Krise steckten. Sie fanden für einige Tage oder Wochen Unterschlupf an diesem stillen Ort, der keine Klinik und kein Zentrum für Burnout war, sondern einfach ein Zuhause für Menschen. Verena wusste nicht, wie diese Gäste hierherkamen und ob ein solcher Aufenthalt etwas kostete. Sie nahm sich vor, Hans und Renzo bei Gelegenheit zu fragen. Die Katze wollte nicht gestreichelt werden und verschwand um die Ecke.

Verena stellte überrascht fest, dass auch sie eine vorbeiziehende Hilfesuchende war. Sie hätte sich niemals als Frau bezeichnet, die Halt in der kleinen Gemeinschaft suchte, obwohl sie genau das war.

Heute würde sie Juri am ehesten hier antreffen, weil er nach dem Reiten jeweils Hans zur Hand ging. Sie konnte sich nichts vormachen: Sie lauerte Juri auf. Es war klar, dass sie ihm hinterherschlich und nicht er ihr. Sie lebten in Zeiten von MeToo, Männer stalkten Frauen, Frauen belästigten keine Männer. Sie hätte gerne gewusst, wie es für Juri war, wenn sie ihm wie ein Schatten irgendwohin folgte. Ob er es so empfand? Und wenn beide wussten, dass es so war, was sollte er darauf sagen? Sie spürte, dass er stets mit allen Sinnen ihre Anwesenheit und den kurzen Austausch mit ihr genoss, auch wenn er immer dieselbe freundliche Zurückhaltung beibehielt. Sie schob den Riegel zur Seite und öffnete die Stalltür. Die Pferde waren nicht in ihren Boxen und die Sattel nicht an ihrem Platz. Verena stieg auf der Holztreppe unter dem grossen Giebeldach ins obere Stockwerk, in Hans und Renzos Küche. Renzo sass am Küchentisch, vor ihm lagen viele grossformatige Fotografien ausgebreitet. Er stand auf, begrüsste sie freudig.

»Ich hol dir ein Bier.«

Sie betrachtete die Aufnahmen und wusste sofort, was er fotografiert hatte: Erdmantelgras, Goldrute, Kermestraube, Japanischer Staudenknöterich, Götterbaum, Jakobskreuzkraut, Robinie und andere Neophyten, die sie nur ungefähr kannte. Er kam zurück und lächelte.

»Nicht schön, gell, ich habe sie alle im Umkreis unseres Hofes gefunden!«

Sie teilten die gleiche paranoide Angst vor den invasiven Pflanzenarten.

»Hast du gewusst, dass der Samenstand einer Goldrute nicht nur 20'000 Samen mit dem Wind verbreiten kann, sondern dass die Goldrutenwurzeln für alle anderen Pflanzen so giftig sind, dass sie sie unterirdisch verdrängen?«

Das hatte Renzo nicht gewusst. Aber er erzählte, dass die Bienen, die ihren Nektar hauptsächlich aus dem hochgiftigen Jakobskreuzkraut, auch Greiskraut genannt, bezogen, ungeniessbaren Honig produzierten. Nicht nur im Honig war das Gift, sondern auch in der Silage und im Heu, wo der Bitterstoff abgebaut und dann vom Rind nicht mehr erkannt werden kann und gefressen wird. Rinder würden oft Monate später daran sterben, und es sei schwer zu diagnostizieren. Verena war entsetzt.

»Stimmt das wirklich?«

»Ja, leider, du musst auf dem Weg hierher mal darauf achten, die Wiesen sind voll von Greiskraut. Es sieht hübsch aus, blüht intensiv gelb mit den zartesten, harmlosesten Blütenköpfchen, die allerdings immer zuerst blühen, sogar wenn das Gras erst vor Kurzem geschnitten worden ist.«

Verena dämmerte, dass auch sie das Blümchen mit den schmalen lanzenförmigen Blättern in ihrem Rasen schön gefunden und sich nie überlegt hatte, was das war.

»Das wird uns Bauern Millionen kosten; im Biolandbau darfst du die nicht mal wegspritzen.«

Ein schlaksiger Mann, den sie noch nie gesehen hatte, tauchte auf, öffnete auch eine Flasche Bier und setzte sich zu ihnen auf die Eckbank. Adrian war, wie sie später erfuhr, ein Freund des Paars, hatte Aids und war arbeitslos. Er wohnte während der Therapie vorübergehend hier und half, die alte Strickmaschine, die Hans kürzlich erworben hatte, wieder zusammenzusetzen. Sie nahm die Fototableaus in die Hand und sah zu Renzo auf.

»Darf ich?«

»Ja, klar!«

»Was machst du damit? »

»Ich stelle die Fotos zusammen, und dann versuchen wir, mit der Stiftung Pro Natura, ein Konzept zu erarbeiten. Wir werden eine grossangelegte Aktion gegen Neophyten und für die Artenvielfalt auf die Beine stellen, eine Aktion, welche die Bürger aktiv involviert. Der Bund verspricht zwar seit Jahren, etwas zu tun, hat aber noch immer kein Konzept.«

»Das klingt mutig, aber wollen sich Frau und Herr Schweizer für so etwas anstrengen?«

»Warum nicht, es müssen ja nicht alle mitmachen; es gibt immer Leute, die gerne etwas tun möchten. So wie du.«

Er sah sie strahlend an. Sie sah den Ausdruck von Eifer und Leidenschaft in seinem Gesicht und bewunderte ihn für seinen ungebrochenen Elan.

»Du glaubst doch selbst nicht, dass genügend Leute an Samstagnachmittagen Wälder und Wiesen säubern wollen? Die Leute fliegen am Weekend auf einen Städtetrip oder shoppen im Internet.«

»Ja, klar, das ist so. Aber wenn du immer nur Artikel schreibst, in denen steht, dass die Welt untergeht, dann machst du den Leuten auch nicht Mut.«

»Bei allem Respekt, Renzo, ich glaube nicht, dass das funktioniert.«

»Wenn man täglich in den Nachrichten mitteilt, was schlecht ist, muss man doch den Menschen etwas in die Hand geben und sie ermächtigen, wirksam zu sein, findest du nicht?«

Verena sagte halbherzig: »Besprich das mal mit Markus, du kannst mit unseren Pädagogen einen Orientierungslauf mit Neophyten-Posten organisieren und machst die didaktischen Unterlagen dazu.«

Adrian ging mit seiner Bierflasche wieder weg; das war scheinbar nichts, was er diskutieren wollte.

»Ja, das ist eine interessante Idee«, meinte Renzo und hielt den Kopf schief. »Meine Neffen mussten an der Schule ein Plogging machen. Genau, das könnten wir tun, und wir könnten das Dorf ebenfalls beteiligen.«

»Einen was?«

»Ein Plogging. Das kommt aus Schweden und ist eine Mischung aus Abfallsammeln und Joggen, Leute verbinden Umwelteinsätze mit Herumrennen.«

»Ah, du bist bewundernswert, Renzo. Leute wie dich braucht die Welt, dann gelingt es vielleicht. Du hast das Zeug dazu.«

Renzo lachte, und sie schwiegen eine Weile, während er die Fototableaus wieder übereinanderlegte.

»Es wird bald Winter.«

Sie wollte das Thema nicht länger vertiefen und wurde unruhig, denn sie hörte Pferdegetrappel. Während sie sich erhob, fügte sie an: »Ich mag den Winter auch deshalb, weil dann die Neophyten vom Schnee zugedeckt werden und ich sie nicht mehr sehen muss.«

»Falls es denn schneit!«, rief Renzo ihr nach.

22

Zurück vom Ausreiten, blieb Juri auf dem Vorplatz im Sattel sitzen, denn er musste Hans noch ein Detail von Don Quijotes Rüstung beschreiben. Don Quijote, hatten sie heute entdeckt, war für beide eines der Lieblingsbücher.

Juri sah Verena aus dem Augenwinkel, schenkte ihr jedoch keine Beachtung. Vor seinem inneren Auge sah er vielmehr den traurigen Ritter, der nach einer der zahlreichen unsinnigen Schlachten den kaputten Helm mit einem Löchersieb und den zerborstenen Speer mit einem Ast ersetzte. Aber jetzt hörte er sie keck fragen: »Und was hat sich Don Quijote zwischen die Beine geklemmt?«

Juri fasste sich zwischen die Schenkel und hob einen prallen Steinpilz mit dunklem Hut und einem makellos weissen Stil triumphierend in die Höhe.

»Da staunst du über deinen Ritter, liebste Dulcinea!«

Sie lachte, worauf er sich zu ihr hinunterbeugte und ihr den Steinpilz reichte. Er sah, wie sie ihn drehte, die Oberfläche berührte und daran roch. Juri hätte ihr seinen Fund am liebsten sofort geschenkt. Aber er wollte ihn Gisela nach Hause bringen. Sie würde den Pilz heute Abend in Butter wenden und mit Zitronensaft und gehackter Petersilie zubereiten.

»Ich bin förmlich über den Pilz gestolpert«, Juri deutete mit der Hand nach hinten. »Ich konnte es kaum glauben, es ist doch tiefster Herbst, aber es ist nass und seit einigen Tagen wieder sehr warm.«

Er liess sich zu Boden gleiten und führte beide Pferde am Zügel zum Holmen, um sie dort festzubinden. Hans überliess die Pferde seinem Freund und ging die Ziegen mit Futter versorgen. Juri zog mit wenigen Griffen die Leder der Steigbügel ein, löste die Bauchgurte und trug einen Sattel nach dem anderen auf der Schulter in die Scheune. Verena verschwand und kam mit Brot zurück, das sie Orlando und Van Gogh hinstreckte; dann tätschelte sie Orlandos nassen Hals. Juri hörte das Brechen der Brote zwischen deren Zähnen, während er beide Pferde in den Stall führte. Verena folgte ihm und setzte sich auf einen Strohballen. Sie biss in einen Apfel, der auf den Hofplatz gerollt sein musste.

Juri reinigte zuerst die Hufe; es gefiel ihm, dass Van Gogh die Fessel so gut in seine Hand legte. Van Gogh war ein richtig schwieriger Wallach, der sein zweites Leben Hans verdankte. Es war eines von mehreren Dutzenden Pferden, die auf einem grossen Pferdehof über Jahre aufs Schlimmste misshandelt worden waren, um endlich von den Behörden beschlagnahmt und auf einer Auktion versteigert zu werden. Hans hatte Van Gogh nur einmal in die Augen geschaut und gewusst, dass er dieses Pferd wollte. Auch Juri liebte Van Gogh, das eigenwillige Temperament kam ihm entgegen und machte das Ausreiten interessant. Er spürte gerne den kraftvollen Körper unter sich. Van Gogh und er hatten in letzter Zeit einen gemeinsamen Stil gefunden. Beim sensiblen Wallach liess sich mit Gewalt nichts erzwingen. Juri hatte ein Gespür dafür, wie er sich als Reiter behaupten konnte, während er auf die Sprache des Tierköpers achtete. Wenn er aufmerksam war, war es leicht, das Pferd zu reiten. Es reagierte auf die feinsten Impulse, es gab diese wichtige Resonanz, ein Hin und Her zwischen ihm und dem Pferd. So wie es seiner Meinung nach beim Reiten sein musste. Und wenn er nicht bei der Sache war, reagierte das Pferd sofort mit Verweigerung, als wäre es ein Spiegel seiner selbst. Es machte ihn stolz, dass niemand ausser Hans und ihm den Wallach reiten konnte.

Juri striegelte Van Gogh, und Verena stand auf, um dem Pferd den Rest des Apfels zwischen die Lippen zu schieben. Dann setzte sie sich wieder mit gekreuzten Beinen auf den Strohballen. Sie sagten nichts. Er schätzte die Stille, die von ihrer Vertrautheit rührte. Aber dann änderte sich seine Stimmung, und es wurde ihm zusehends unangenehm, beobachtet zu werden.

»Statt nichts zu tun, könntest du ein bisschen helfen.«

»Ich tue nicht nichts.«

»Aha, was tust du denn?«

»Ich schaue dir zu!«

Frech war sie ohnegleichen.

»Und was siehst du?«

Er wollte diese Frage nicht stellen, er wusste, dass Verena sich über ihn lustig machte. Es war zu spät. Bereits jetzt war die Stimmung aufgeladen. Er liess die Bürste sinken und sah sie herausfordernd an. Das lange, fast glatte dichte Haar trug sie heute offen. Tief in die Stirn hatte sie eine Mütze gezogen. Sie war wunderschön. Die Körperspannung, der gerade muskulöse Rücken und die Beine in nicht ganz engen Jeans, die er allzu gern angefasst hätte. Sie sah ihn an, in ihrem Blick lag Leidenschaft.

»Ich sehe, wie du ein Pferd bürstest.«

Sie lachte.

»Ich überlege gerade, ob du nicht eine gute Reiterin wärst. Ich sollte dir das Reiten beibringen.«

Er hatte sehr grosse Lust dazu, gleichzeitig fand er, er sei zu weit gegangen. Es war ihm vollkommen klar, dass er die Freuden mit Verena nicht ausbauen durfte. Und er wollte ihr keine unnötigen Hoffnungen machen. Gleichzeitig genoss er es, sich als wilden Mann zu präsentieren. In seinen Fantasien war er der Jagdaufseher auf Lady Chatterleys Gut und Verena die Lady, die ihn im Forsthaus besuchte. Als könnte er seine Gedanken wegstriegeln, setzte er seine Arbeit mit der Bürste energisch fort.

»Ja, solltest du«, sagte Verena und fügte trocken an: »Ich kann reiten.« Und nach einer kurzen Pause: »Das ist vielleicht übertrieben, aber ich bin ein paarmal geritten, als ich jung war. Ich habe in Schweden auf einem Gemüsehof gearbeitet. Jeden zweiten Tag holte ich frische Milch auf dem benachbarten Hof. Bengt war der Jungbauer ohne Frau, der mich manchmal nach dem Melken zum Ausreiten mitnahm. Ich ritt im Spätsommer unter dem weiten, mit allen Pastellfarben gemalten schwedischen Himmel. Kennst du eigentlich den Norden und seine Dämmerung?«

»Nein, kein bisschen.«

»Als es Herbst wurde und wir im Dunkeln reiten mussten …« sie beendete den Satz nicht und schien in innere Bilder versunken zu sein, während sie einen Dachbalken betrachtete. Dann lächelte sie und fuhr fort: »Als Lehrstück war das gar nicht so schlecht. Bengt hat mir das Wichtigste beigebracht. Vieles musste ich von seiner Körperhaltung abgucken oder aus einer lückenhaften Sprache erschliessen, weil ich nur ein paar Brocken Schwedisch konnte und er kein Englisch sprach. Ich erinnere mich an den rasanten Galopp auf dunklen Waldwegen, die oft bereits gefroren waren; es war aufregend, ich hatte Angst. Oder nein, es war eher diese Mischung aus Angst und Lust. Zurück ritten wir auf schmalen Pfaden dem Fluss entlang zu meiner Holzbaracke, die direkt am Fluss stand. Ich hatte schon am frühen Abend den Eisenofen tüchtig eingeheizt und brauchte das heisse Wasser aus der Pfanne nur vom Ofen zu nehmen, um damit Kaffeepulver und Zucker in einer grossen Kachel anzurühren. Bengt goss einen Schluck Selbstgebranntes dazu. Wir tranken den Schnapskaffee vor dem warmen Feuer und danach, na ja, du weisst schon, danach hat er mich genommen. Der Bauer wusste nichts vom schwedischen Feminismus, er war ein ausgemachter Macho. Und ich war zwanzig Jahre alt und leicht zu beeindrucken. Das Reiten war eine archaische – oder du würdest sagen ›primitive‹ – Erfahrung. Jedenfalls war es berauschend.« Verena lachte jetzt vergnügt und sah ihm in die Augen.

Er schwankte zwischen Bewunderung und etwas, das er nicht zu benennen vermochte. Wie selbstverständlich sie das erzählte! Natürlich seinetwegen, sie machte ihn an und benutzte die schamlosesten Klischees. Und er fiel darauf herein.

Verena sass noch immer aufrecht da. Wie jener Schwede hätte Juri sie gerne genommen. Heute. Jetzt. Er wechselte zu Orlando und begann das Pferd zu striegeln. Es mangelte nicht an machtvollen Bildern. Was war er in Wirklichkeit?

Ein trauriger Don Quijote! Wann hatte er in seinem Leben je eine Frau genommen? Noch nie. Er nahm nicht einmal seine eigene Frau. Als sie sehr in ihn verliebt war, nahm sie ihn, aber nach wenigen Monaten, schätzte er bitter, war der Zauber vorbei, und seither begleitete sie ein mühsames Ringen um eine befriedigende Sexualität. Sex konnte möglich werden, wenn Gisela und er einen ganzen Tag einträchtig zusammen verbracht hatten. War die Harmonie durch etwas gestört, zog sie sich zurück. Wenn beide Lust hatten, stritten sie sich um den Stil, natürlich nicht offen, sondern in Form von kleinen Gesten oder dem Vorwurf Giselas, er schwitze zu stark. Stillschweigend waren sie vor Jahren übereingekommen, wie sie den Akt freundlich hinter sich bringen konnten. Er war froh, dass sie überhaupt noch manchmal mit ihm schlief. Darum hatte er bezüglich einer freieren und offeneren Begegnung fast jeden Anspruch aufgegeben. Das merkte er viel deutlicher, seit Verena das Thema mit Wucht in ihm anrührte und ihm seine zweisame Einöde bewusst machte. Er wagte es nicht, Gisela seine sexuellen Wünsche mitzuteilen. Obwohl er, der den ganzen Tag über Inneres nachdachte, längst für viele Empfindungen und Wünsche eine Sprache gefunden hätte. Meistens fand er, Gisela hemme ihn. Aber jetzt kam ihm wieder in den Sinn, wie sie sich letzten Sommer, als sie in Barcelona einen Sprachkurs gemacht hatte, am Strand in einen Typen verliebt hatte. Er fand diese Geschichte ihrer Ehe nicht würdig. Er konnte die lächerliche Affäre Giselas nicht ernst nehmen und bewertete den Vorfall nur als dumm. In diese Gedanken versunken, rieb er unzählige Male über den Rist des Pferdes und bemerkte dies erst, als Orlando ungeduldig von einem Bein aufs andere wechselte und den Kopf hin und her schwang. Seine Gedanken schweiften zu Verenas schwedischem Macho. Er ahnte, dass Gisela beim Zusammensein mit ihm etwas fehlte, das nichts mit Romantik oder psychologischer Sprache zu tun hatte, sondern mit Frau- und Mannsein. Er müsste sie verführen, sie, wie der Spanier oder der Korse, erobern und nehmen, statt sich vor seiner Männlichkeit zu fürchten. Und irgendwie – er dachte an den Steinpilz zwischen seinen Schenkeln – gehörte sein Penis nicht ihm; er verfügte nicht wirklich darüber. Der Gedanke war neu und erfüllte ihn mit einem unbekannten Schrecken. War er zu einem introvertierten Mann geworden, der die Harmonie suchte und die Launen seiner Frau fürchtete und brauchte – so wie sein Vater? Ihn schauderte. Rumpelstilzchen. So nannte Verena ihn manchmal in ihren E-Mails. Er wollte das Kind seiner Frau, aber nicht ihr Begehren und ihre Sexualität. Vor allem wollte er seine eigene Sexualität nicht.

»Worüber schweigst du?«, fragte Verena.

Er schüttelte unbestimmt den Kopf und hob die Schultern.

»Weisst du, was ich kürzlich gelesen habe?«

Juri räumte Bürste, Striegel und Huffett an ihren Platz.

»Papst Johannes habe an einer Audienz gesagt, es sei Ehebruch im Herzen, wenn ein Mann auf eine gewisse Weise eine Frau anschaue – auch die eigene Ehefrau. Und das nicht im Mittelalter, sondern in den 1980er Jahren, stell dir vor!«

Sie stöhnte gequält und für seinen Geschmack übertrieben auf und fügte hinzu: »Ich möchte ja nicht wissen, was der Papst sagen würde, wenn er sähe, wie ich dich anschaue.« Sie lachte und wurde dann plötzlich wieder ernst: »Gell, wir sind alle mehr oder weniger Katholiken geblieben; dieses Erbe werden wir nicht so schnell los.«

Konnte sie seine Gedanken lesen?

»Verena, wenn du wüsstest, was ich dir alles dazu sagen möchte. Aber ich muss nach Hause, ich habe versprochen, um sieben da zu sein. Wenn ich dazu komme, schreibe ich dir vielleicht.«

Es tat ihm aufrichtig leid, dass er das Gespräch mit ihr nicht fortsetzen konnte. Und trotzdem war es besser so. So sehr ihn das Thema interessierte, so sehr quälte es ihn auch, und er fürchtete sich davor.

Er war aufgewühlt und aufgeregt. Aber sollte er so viel Inneres mit ihr teilen? In Gedanken war er immer bei Verena.

Er nahm den Pilz, den er fast vergessen hatte, vom Deckel des Haferfasses, und rieb den Staub mit dem Ärmel ab. Die Joppe hängte er an die Innenseite der Stalltüre. Er drehte sich noch einmal um und glaubte, Tränen in Verenas Augen zu sehen. Warum weinte sie? Sie war viel verletzlicher, als sie nach aussen zeigte. Er hätte sie gerne getröstet. Die Verena, die plötzlich so verletzlich und bedürftig sein konnte, war ihm die allerliebste. Aber welchen Trost könnte er ihr geben? Er musste gehen. Er hob die Hand zum Gruss und liess die Stalltür hinter sich offen.

23

Als sie im Morgengrauen aufwachte, schaute Verena schlaftrunken auf den PC, der immer noch aufgeklappt neben ihr im Bett lag. Sie war sofort hellwach, als sie Juris Nachricht sah, die er um eins in der Früh gesendet hatte.

Ach, liebste Verena!
Wie gerne hätte ich Dir heute Nachmittag noch so vieles von mir erzählt. Das Wort »nehmen«, hat mich beeindruckt und mir Angst gemacht, Du triffst damit einen Nerv. Das ist etwas, das ich schlecht kann. Gerne möchte ich manchmal wie ein Raubtier einen Sprung wagen, Jäger sein und Beute machen. Du hast gemerkt, dass es mir nicht leichtfällt. Das hat auch damit zu tun, dass ich Angst vor intimen Begegnungen habe. Dass ich erobern und zupacken darf, ist schwierig zu fantasieren. Einfacher ist es für mich in meiner Rolle als Arzt. Ich bin oft derjenige, der anderen zu Hilfe kommt und sie versteht. Ich habe zwar eine männlich-aggressive Seite, die ich manchmal mehr ausleben möchte. Sie ist da, wenn ich durch die Ebenen des Engadins skate oder wenn ich Steine für eine Gartenmauer zuhaue, aber ich behalte sie für mich. Ohne diese Seite könnte ich im Übrigen Van Gogh niemals reiten. Wenn es gelingt, dass in der Begegnung die Angst verfliegt, etwas wie eine geteilte Zeit- und Grenzenlosigkeit eintritt, ist das etwas vom Schönsten, was ich kenne. Diesen Zustand beim Reiten zu erreichen, erscheint mir ein Kinderspiel im Vergleich mit der komplexen Anforderung der sexuellen Begegnung.

Ich habe letzte Woche mit Gisela die Oper Don Giovanni *gesehen, daran kann ich meinen Konflikt gut aufzeigen. Mein Wunsch, etwas mehr Don Giovanni zu sein, hängt mit Leporello zusammen. Leporello führt das Tagebuch für Don Giovanni: Er schreibt über dessen Reisen und Liebschaften. So ist das wunderbar getrennt. Don Giovanni pflegt die pure Lust und Sinnlichkeit, Leporello ist sein Gedächtnis, seine Erinnerung, das Denken. Ich wünschte mir manchmal auch, einfach Dinge tun zu können, ohne ständig zu denken, zu zweifeln, sie in Raum und Zeit einbetten zu müssen.*

Gerne hätte ich Dich heute auf mein Pferd gesetzt und Dich einfach geraubt. Aber ich bin verheiratet, und ausserdem sind wir den begrenzenden Regeln unserer Arbeit unterworfen; Fehltritte könnten mich oder Dich die Stelle kosten, das weisst Du so gut wie ich. Auch wenn es diesen mächtigen Sog der Verführung zwischen uns gibt, möchte ich unsere kollegiale Freundschaft weiterhin erhalten. Aber ich habe Angst, dass ich Dich enttäusche; ich kann Dir so gar nichts bieten, es fühlt sich an, als wäre ich ein einziges leeres Versprechen, und das setzt mir zunehmend zu. Ich fühle mich manchmal als jemand, der nichts geben kann, und das hat nicht nur mit Dir zu tun. Dann möchte ich fliehen, weit weg. Auf einer einsamen Insel hausen oder in einer Klause ein Mönch werden. Je mehr ich fühle, dass ich meinen Ansprüchen nicht gerecht werden kann, desto stärker werden diese Fluchttendenzen. Wie Du geahnt hast, hat das mit der Beziehung zu meiner Mutter zu tun. Ich war der Erstgeborene und der einzige Sohn. Sie war in ihrer Beziehung zu meinem Vater eine einsame Frau. Natürlich konnte ich meiner Mutter nicht das geben, was sie von mir erwartet hat. Sie musste immer jemanden haben, der mit ihr übereinstimmte und sie verstand. Mein Eigenes wurde nicht unterstützt. Das ist eine schwere Hypothek. Wie du einmal bemerkt hast, habe ich mit meiner Frau auch meine Mutter geheiratet. Könnte ich heute noch einmal wählen, ich würde meine Wahl anders treffen. Etwas von dem, was mich so fasziniert an Dir, ist Deine Offenheit. Du machst es mir leicht, Dir all diese Dinge zu schreiben. Ich habe den Eindruck, dass Du ein selbständiges Leben lebst und Dich nicht auf mich abstützt. Das lässt es für mich so unglaublich schön und genussvoll werden mit Dir. Wenn dein Glück nur von mir abhängig wäre, käme ich ganz schnell in eine innere Not, die ich nicht aushalten könnte.

Ich drücke dich an mein Herz, Juri

Ach Juri, dachte sie. Wenn du wüsstest – ich bin doch auch deine Mutter. Ich bin deine Mutter und Gisela in einem. Glaubst du alles, was du siehst? Du siehst mich nur so, wie ich mich selbst gerne sehen möchte. Was denkst du denn, was aus uns werden würde? Was glaubst du, wie wenig ich das Eigene bei Max wertschätzen kann?

Verena erinnerte sich an eine Sitzung mit ihrem Analytiker, der sie mehr als einmal damit konfrontiert hatte, dass sie nicht das männliche Gegenüber wollte, sondern13 stets auf der Suche nach einer sie haltenden Mama sei. Auch sie war für Juri ein leeres Versprechen. Nur wusste er das nicht.

24

Unterdessen war es Spätherbst geworden. Nach einem strengen Familientherapietag tauchte Verena wie aus einem anspruchsvollen und überlangen Film auf. Obwohl sie rückblickend mit dem Tag zufrieden war, fühlte sie sich verspannt; sie hatte Kopfweh und ihr Atem ging flach. Beim Hinaustreten in die windige Dämmerung beschloss sie, vor der Heimfahrt ein paar Schritte durch den spätherbstlichen Wald zu machen und tief durchzuatmen.

Tatsächlich waren die Familientherapietage etwas vom anstrengendsten für alle Beteiligten: Die Dynamik zwischen den Familien musste im Auge behalten werden. Impulse sollte man so setzen, dass die Familien selbst damit arbeiten konnten. Es war wichtig, den Eltern keine Ratschläge zu geben. Vorträge über Erziehung waren etwas vom Wirkungslosesten. Vielmehr waren es die Eltern, die miteinander arbeiteten. Sie ermutigten diejenigen, die noch nicht lange dabei waren, andere Erziehungsmethoden auszuprobieren, und sie nahmen ihnen die Angst und die Scham.

Ein Therapeut, der bei Eia Asen in London die Ausbildung für Multifamilien-Therapie gemacht hatte, übernahm die Führung der Tage. Meistens waren auch Marie-Louise und Connie dabei. Das war auch deshalb anspruchsvoll, weil sie nun den Kindern gegenüber eine andere Rolle übernahmen als im Alltag. Marie-Louise gab bei der Begrüssung ihre pädagogische Rolle als Betreuerin ausdrücklich per Handschlag an die Eltern ab. Um Missverständnisse zu vermeiden, sagte sie dabei: »Ab sofort sind sie als Eltern für Tim zuständig.«

Heute Morgen schauten sie mit allen Elternpaaren Videosequenzen an. Die Kinder bereiteten währenddessen in der Küche einen Lebkuchenteig vor und machten Spiele; ihre Geschwister waren auch dabei. Tims Mutter brachte für die Elternarbeit einen Filmausschnitt vom Brötchenbacken mit ihren Kindern mit. Von einer anderen Mutter wurde sie einigermassen schonenungsvoll darauf aufmerksam gemacht, dass sie Tim und seine Schwester ununterbrochen kontrollierte. Sie kommentierte jede ihrer Bewegungen, meist in Form von Kritik. Sogar beim Formen des Gebäcks liess sie die Geschwister kaum experimentieren. Die kindlichen Handlungen wurden von Sätzen begleitet, die immer negativ gefärbt waren. »Ich habe dir gesagt, dass es so nicht geht. Aber wenn du nicht hören willst, und alles besser weisst …«; »Willst du Brot backen oder willst du eine Sauerei machen?« und ähnliche Bemerkungen. Auf dem Video war eine enttäuschte Mutter zu sehen, der es niemand recht machen konnte, und welche die Kinder entwertete. Alle Eltern konnten sehen, dass die Aggressionen bei Tim von Minute zu Minute zunahmen, und es blieb auch der Mutter nicht verborgen. Sie stellte fest, wie sehr sich Letizia bemühte, alles richtig zu machen, und wie traurig und lustlos sie mit der Zeit dreinschaute.

Am Ende dieser Sitzung, im Kreis der Eltern, weinte die Mutter, weil sie erkannte, was in der Beziehung zu ihren Kindern trostlos und lustlos war. Sie kam an die Grenze des für sie Erträglichen. Ihr Mann legte den Arm um sie. Es war für Eltern nicht einfach, die Beobachtungen von anderen Eltern anzunehmen. Aber noch schwieriger wäre es, die kritischen Aspekte von den Therapeuten anzunehmen. Diese Arbeit und die damit verbundene Erkenntnis waren entscheidend dafür, ob Eltern auch zuhause wichtige Entwicklungsschritte machen konnten.

Juri dachte anders über die Arbeit mit den Videos; das war einer der Streitpunkte zwischen ihm und Verena. Als Analytiker war er überzeugt, dass es im direkten Geschehen keine Videos und keine Arbeit brauchte. Wenn die Eltern den Raum hatten, über ihre Fantasien und Gefühle, über ihre Ängste und Motive bewusster nachzudenken, konnte eine Entwicklung in Gang kommen. Dass er neuen Methoden gegenüber skeptisch eingestellt war und therapeutisch eine konservative Haltung vertrat, wusste Verena. Sie musste ihm trotzdem zugestehen, dass er unter den Analytikern zu den ganz offenen gehörte. Wer mit Kindern, Jugendlichen und Erwachsenen arbeitete, die unter Störungen litten, die ganz früh entstanden waren, konnte eine dogmatisch-orthodoxe Psychoanalyse nicht umsetzen. Denn Kinder, die sich so verhielten wie Tim, weil sie schwere Bindungsstörungen hatten, mussten alles ausagieren. Sie verfügten kaum über Steuerung und Selbstreflexion. Juri und sie sagten immer wieder zueinander: »Wer weiss, wo wir stecken geblieben wären, wären wir nicht ständig gezwungen, uns mit der Wucht des Agierens und der szenischen Kreativität dieser Kinder auseinanderzusetzen.« Und an Seminaren mit Analytikerinnen von Erwachsenen schüttelten sie den Kopf, wenn diese verschrobenes Zeug behaupteten, das mit der Realität einer traumatischen Kindheit nichts zu tun hatte.

Weil es unterdessen dunkel geworden und der Verlauf des Weges nur noch zu ahnen war, wählte Verena bei der Verzweigung den Pfad, der sie zurückbringen würde. Er war von Hufspuren aufgewühlt, und sie sank mit ihren neuen Wildlederschuhen plötzlich in nasse Löcher. Sie beleuchtete den Weg notdürftig mit dem Display ihres Handys. Ein kräftiger Wind schüttelte grosse Tropfen von den Bäumen; sie leckte einen dicken Wassertropfen von ihrer Lippe, als wäre er eine Träne.

Ihre Gedanken schweiften wieder zum Nachmittag. Insbesondere mit Tim war es zu einer denkwürdigen Szene gekommen: Vier Familien dekorierten Lebkuchen, als Tim seine Mutter mit einem Nussknacker in den Hintern zu zwacken versuchte. Obwohl die Mutter laut schimpfte, konnte sie sich nicht effektiv gegen Tims Plagereien wehren, der sich auf ihre Kosten amüsierte. Weil der Vater danebenstand und unbeteiligt eine Spritzglasur mischte, machte Herr Huber, ein anderer Vater, ihn auf den Tulmult aufmerksam. Tims Vater sah auf und grinste nur. Verena trat zu den beiden Männern und fragte Tims Vater, ob dies bei ihnen zuhause eine eher typische Situation sei. Nach einigem Zögern bejahte er, aber vor allem stiess nun Tims Mutter zu ihnen und sagte: »Oh ja, sehr typisch.« Verena fragte, wie man die Position der Mutter stärken könne. Nun kam ein angeregtes Gespräch zwischen allen Eltern zustande, die ihre Lebkuchen verlassen hatten, um sich mit ihnen auszutauschen. Der Vater konnte berichten, dass er sich jeweils nicht einmische, weil er Angst habe, dass er im Ärger handgreiflich werden könnte. Daher überlasse er Mutter und Sohn mit ihren Konflikten lieber sich selbst. Verena wies ihn darauf hin, dass er erzählt hatte, wie sein Vater zu selten präsent gewesen sei und er ihn als Junge vermisst habe. Der Vater wurde nachdenklich, aber Herr Huber nahm ihn in Schutz und sagte: »Es gibt doch so viele Unternehmungen, die du mit dem Jungen machst: Klettern, Skifahren, ihn auf Baustellen Bulldozer fahren lassen …« Das Gesicht des Vaters hellte sich auf. Eine andere Mutter blieb aber beharrlich und meinte, es wäre ja gut und schön, wenn der Vater viel mit seinem Sohn unternehmen würde, aber hier gehe es doch um etwas anderes. Hier gehe es darum, dass Tim die Mutter nicht in den Po zwicken dürfe.

Verena war erleichtert, dass die Gruppe so gut arbeitete. Die Eltern verhielten sich wertschätzend und unterstützten sich gegenseitig. Gleichwohl wurden die wunden Punkte und die blinden Flecken in die Runde eingebracht. Tim war es sichtlich unangenehm, dass sie über ihn sprachen. Unter keinen Umständen hätte er hören wollen, was die Erwachsenen diskutierten. Gedankenversunken arbeitete er an einem Lebkuchenmotiv: Er rollte den Teig zwischen den Handflächen zu einer Rakete. Dann machte er einen dicken Lebkuchen-Planeten, auf dem die Rakete landen konnte. Den Planeten verzierte er reichhaltig, damit seine Astronauten etwas zu essen vorfinden würden, wenn sie ausstiegen. Von diesen Fantasien erzählte er stolz seiner Mutter, und Verena hörte dem Gespräch zu. Es gefiel ihr, dass Tims Mutter über seine Ideen lachen konnte, scheinbar ohne sich für ihn schämen und ohne ihn korrigieren zu müssen.

Als sie nun auf dem Waldspaziergang darüber nachdachte, fand sie die Metaphorik sehr typisch für Tims innere psychische Dynamik. Er tankte gleich seiner Rakete gierig vom Süssen, das die Mutter als Mutter-Planet spendete, und attackierte sie fast gleichzeitig mit dem Nussknacker, vermutlich um wieder Distanz herzustellen. Und doch blieb er immer wieder in dieser zu grossen Nähe haften. Wie könnte sie als Therapeutin eine gesunde Bindung besser unterstützen? Sie wusste es nicht.

Als Verena fast beim Dorf angelangt war, nahm sie die Abzweigung, die über den Hof zur Klinik führte. Da entdeckte sie Juris Wagen auf dem Vorplatz von Hans und Renzo. Er war da? Sie hatte geglaubt, er hätte heute frei. Vielleicht hatte er mit den Pferden zu tun? Die Fenster im oberen Stock waren hell erleuchtet. Voller Vorfreude, alle beisammen anzutreffen, rannte Verena die Treppe hoch; sie wollte schnell hallo sagen.

Kurz streifte sie der Gedanke, vielleicht nicht willkommen zu sein. Dieses Zögern bezog sich auf das Gespräch, das sie und Juri kürzlich im Stall geführt hatten und das sie nun per E-Mail fortsetzten. Ihr schien, sie seien zu weit gegangen im Austausch ihrer Gedanken und Gefühle, ihr Geschäker und Geplänkel heizten die erotischen Fantasien immer weiter auf; alles rief nach einer Entladung. Oben angelangt, fasste Verena entschlossen die kühle Klinke, die in einer schön gegossenen Rosette endete, und drückte sie herunter; sie hob sich mit Widerstand aus dem Metallträger. Es kam Verena vor, als würde sie mit dem Ruck ihre inneren Hemmnisse wegdrücken.

Ein starker Essensgeruch schlug ihr entgegen. Auf diesen Anblick war sie nicht gefasst gewesen, und sie wäre gerne an die frische Luft zurückgewichen. Doch für eine Umkehr war es zu spät. Da sassen Hans und Renzo mit Juri, und die Frau neben ihm musste Gisela sein. Verenas stummes Entsetzen vertiefte sich, als sie die erstarrten Gesichter sah. Sie schaute auf den Tisch mit den zur Hälfte leer gegessenen Tellern: eine reiche Berner Platte. Hans tauchte als erster aus der Versteinerung auf und begrüsste Verena herzlich. Er versuchte, die allgemeine Verwirrung aufzulösen, indem er sich beeilte zu sagen: »Wir sind seit Tagen am Räuchern, und nun sind Würste und Speck fertig. Komm, setz dich zu uns und probiere davon.« Hans machte ihr Platz. Sie gab allen die Hand und setzte sich neben Renzo auf die feste Eckbank, vorsichtig zu Gisela hinüberschauend, die Verenas Blick nicht erwiderte. Verena versuchte Halt zu finden, indem sie sich lebhaft für den Räucherprozess interessierte. Renzo holte ein zusätzliches Gedeck, schenkte allen Wein nach und reichte ihr von den Essigbireli aus dem Einmachglas.

Dass ein alter Bauer ihnen das Wursten und Räuchern schon vor ein paar Jahren beigebracht hatte, zeigte, wie gut die beiden Schwulen im Dorf integriert waren. Wetterkenntnisse waren dabei unabdingbar: Es musste draussen anhaltend kühl sein, ohne zu gefrieren, damit das Konservieren durch den Rauch dem Verderben der Fleischware zuvorkam. Es war dieses Jahr Ende November geworden, bis sie beginnen konnten; vorher war es einfach zu warm gewesen. Jetzt verstand Verena, warum die Metzgete traditionell immer im Herbst stattfand. Der Hof verfügte über einen alten Räucherkamin, und Hans übte und perfektionierte diese Kunst seit Jahren. Diesen Winter konnten sie erstmals das Fleisch der eigenen Wollschweinferkel verarbeiten. Hans variierte die Holzsorten, die Gewürze, die Anzahl Rauchtage. Verena beruhigte sich, während sie die Wurst aus der Haut drückte. Das Gespräch wechselte zur Frage, wie es gewesen sei, sich als schwules Paar in einem ländlichen Dorf niederzulassen, unter Menschen, die mehrheitlich konservative Ansichten hatten.

»Nun ja, es war eigentlich ganz einfach«, meinte Hans. »Wir haben unsere Partnerschaft nie versteckt und mit den Dorfbewohnern so viel Kontakt wie möglich gesucht. Die Bauern haben uns sofort mit gutem Rat oder Gerätschaften ausgeholfen.«

Renzo fügte an: »Vielleicht waren sie auch froh, dass sich jemand um den alten Hof und die Mühle kümmerte, die schon lange leer standen. Sie sind sehr stolz auf das Dorf und auf ihre alten Häuser, und was sie als gemeinsames Feindbild zusammenschweisst, sind die neu zugezogenen Städter. Drüben am südlichen Hang wächst eine grössere Überbauung.«

»Die Bauherren haben sich nicht beliebt gemacht, weil sie nicht nur die Bauleitung und die Handwerker, sondern sogar das Holz aus dem Ausland kommen liessen. Da waren wir den Dörflern – wenn auch schwul – schon fast willkommen.«

Renzo nickte: »Was sie wirklich über uns reden, wissen wir allerdings nicht.«

Hans lachte: »Sie machen Schwulenwitze.«

Verena wusste, dass Hans und Renzo in der Landwirtschaft eigenwillige Wege einschlugen. Sie experimentierten auf dem kleinen Stück Land mit ursprünglichen Anbauformen, bei denen die Kulturen nebeneinander und durcheinander gepflanzt wurden. Sie züchteten alte Sorten und werteten die Ergebnisse mit dem Schweizerischen Forschungsinstitut für biologischen Landbau aus. Renzo sprach alle im Dorf an und befragte sie über althergebrachte Sorten; er war sozusagen der Dorfethnologe für biologischen Landbau.

»Aber einen gibt's im alten Bauernhaus oben auf dem Grünboden«, sagte Hans und machte ein grimmiges Gesicht. »Der hat uns in den ersten zwei Jahren unsere Wasserfassung mit Jauche versetzt. Das Wasser kam braun aus dem Wasserhahn. Das war richtig übel.«

»Das darf ja nicht wahr sein, warum denn das?«, fragte Juri entsetzt.

Hans erzählte, dass er von ihnen Land pachten wollte, das sie selbst brauchten. »Erpressung war das«, sagte Hans mit einem abschliessenden Kopfnicken.

Und Gisela rief aus: »Das ist wie beim alten Gotthelf!«

»Ja«, meinte Renzo, »wir wohnen im Gotthelf-Land, und die Menschen sind wohl immer noch dieselben.«

Gisela erkundigte sich nun zuvorkommend, ob Verena heute gearbeitet habe, und bemühte sich, etwas über Inhalt und Ziel der Familientherapien zu erfahren, die sie nur vom Hörensagen kannte. Verena hielt einen kurzen Vortrag, Gisela hörte aufmerksam zu. Sofort ergriff sie die Gelegenheit, Verenas Sichtweise über therapeutisches Arbeiten zu bestätigen und damit die Psychoanalyse zu kritisieren.

Wer war Verena in ihren Augen? Verena betrachtete sie, während Gisela ihre Ausführungen über die Ineffizienz der psychoanalytischen Therapie vertiefte, und fragte sich, ob sie unter anderen Umständen ihre Freundin hätte werden können. Warum nicht? Gisela wirkte vielleicht etwas kindlich, doch etwas Kindliches war Verena ja auch zu eigen. Verena hätte gerne gewusst, wie viel sie mit Gisela verband, immerhin liebten sie denselben Mann.

Verena wurde bewusst, dass sie in einen alten ehelichen Konflikt geraten war. Wollte Gisela sich mit Verenas Hilfe bei Juri dafür rächen, dass er ihre eigene Psychotherapie abwertete? Die Psychotherapie, die sie seit dem Verlust ihres Kindes in Anspruch nahm, führte ein so genannter Trauma-Therapeut durch. Davon hielt Juri nichts, weil er sicher war, dass eine solche Therapie zwar etwas Erleichterung verschaffen konnte, aber in keiner Weise die innersten Konflikte berührte. Konflikte, die viel tiefer lagen als die, die vom Verlust des Kindes herrührten und die seiner Meinung nach von ihr nie bearbeitet worden waren. Verena kannte seine Meinung zu diesem Thema: Analytiker waren die einzigen, die nachhaltige Therapien durchführen konnten.

Es war ein eigenartiges Gespräch. Verena war klar, dass sie sich entlang eines Grats mit allerhand Abgründen bewegte. Hatte Gisela keine Ahnung davon, wie eng Verena mit Juri befreundet war und wie sehr sie beruflich und privat im Austausch standen?

»So«, abrupt und für alle überraschend erhob sich Verena. »Ich gehe nach Hause, bevor der Hahn kräht, und wünsche euch allen einen schönen Abend.«

Die zweideutige Bemerkung galt Juri. Gisela sass hier wie ein unwissendes Kind, welches das Rätselhafte ahnt und es trotzdem nicht verstehen kann. Verena, die ihre Füsse in die vom Waldboden nassen und schmutzigen Schuhe zwängte, bedankte sich für die exzellente Berner Wollschweinplatte und sorgte dafür, dass sie so schnell wie möglich fortkam. Der Wind riss so stark an ihrer Jacke, dass sie den Oberkörper wegdrehen musste, um den Reissverschluss schliessen zu können. Sie war erleichtert, der von Sauerkraut geschwängerten Luft und den Spannungen entronnen zu sein. Sie war wütend auf Hans und Renzo und noch viel wütender auf Juri. Sie hatten sich heimlich verabredet, ohne ihr etwas zu sagen! Dieser Ort gehörte Juri und ihr!

Verena wusste natürlich, dass dieser Vorwurf purer Unsinn war. Hätte Juri ihr etwa sagen sollen: »Ich bin mit Gisela am Freitag bei Hans und Renzo eingeladen?« Dunkel lag das Therapiegebäude vor ihr. Als sie die Fernsteuerung ihres Autso anklickte, die sie wie einen Handschmeichler mit ihrer linken Faust im Mantelsack umschlossen hielt, zwinkerten ihr die Blinklichter zu. Das wäre eine gute Werbung, dachte sie: Eine einsame, traurige Frau, die im windigen Dunkel auf ihren Wagen trifft, der sie freudig blinzelnd empfängt und ihr Wärme, Licht und Schutz spendet. Dazu waren Autos da. Verliebte und Familien mit Hunden konnten ebenso gut Zug fahren. Sie öffnete die Tür, liess sich, ohne den Mantel auszuziehen, auf den Sitz fallen, legte ihre Stirn auf das harte, kühle Kunstleder des Steuers und umklammerte es mit beiden Händen. Sie weinte zuerst leise, schluchzte dann hemmungslos. Die Tränen tropften auf ihren Mantel. Als sie mit dem Ärmel über die triefende Nase fuhr, stieg aus dem mit Kunstleder überzogenen Steuerrad ein leichter Geruch von Rasierwasser in ihre Nase. Max müsste hier sein, um sie zu trösten. Ausgerechnet Max!, dachte sie. Juri ist verheiratet, und Gisela wird für den Rest des Lebens seine Frau bleiben, und du hast deinen Max, der im Frühling wieder da sein wird. Letzteres sagte sie etwas lauter, als ob sie sich selbst davon überzeugen wollte. Leider vermisste sie nicht Max, sondern Juri. Sie drehte den Zündschlüssel, die tröstliche Bluesstimme von Eric Clapton erklang aus dem Radio und bewirkte, dass sie den Schmerz ein bisschen annehmen konnte, und sie sagte zu sich: Du hast Liebeskummer und du teilst ihn mit Millionen anderer Menschen.

Sie biss in ein Lebkuchenherz, dessen nicht ganz getrocknete Glasur am Innensaum der Jackentasche geklebt hatte. Tims Mutter hatte es ihr heute Abend zum Abschied in die Hand gedrückt. Juri hätte diesen Lebkuchen sofort weggeworfen; er warf alle essbaren Geschenke von Patienten weg. Patienten sollten nicht den Analytiker ernähren, trösten, beschwichtigen – sie kamen, um mit ihm zu arbeiten. Verena dachte einen kurzen Moment an das Unglück dieser Mutter und steckte das letzte Stück Lebkuchen in den Mund. Immerhin war es ein Leb-Kuchen. Welch schönes Wort für ein Gebäck, dachte sie. Dann manövrierte sie das Auto sorgfältig aus dem Parkplatz, weil sie durch die beschlagenen Fenster kaum etwas sehen konnte, schaltete die Lüftung höher und bog in das Strässchen ein. Schneeregen eilte in schrägen Bahnen über die Windschutzscheibe. Unten sammelten sich stets grösser werdende Häufchen Nassschnee. Sie schaltete die Scheibenwischer ein.

Das Selbstmitleid hatte sich gelegt, Verena musste auf die Fahrbahn achtgeben. »Scheisse«, sagte sie halblaut. In welches Drama hatte sie sich da hineingeworfen? Ich bin wie die kanadische Goldrute, dachte sie, ich verbreite perfid unterirdisches Gift. Ich bin wie giftiger Honig vom Jakobsgreiskraut. Diese Einsicht bestürzte sie so, dass sie sofort die Musik abstellte. Ein Gefühl tiefer Scham ergriff sie.

25

Beim Einschlafen bestieg Tim in der Fantasie seine Rakete, die ihn als Astronauten durchs All auf seinen Planeten aus Teig schiessen sollte. Gerade war er mit der Rakete gelandet und tief in den Mailänderliteig eingedrungen.

Hart stiess er seinen Penis gegen das Bettzeug, das er sich zwischen die Beine geklemmt hatte. Nun würde er sich durch den weichen Teig wühlen und währenddessen naschen.

Er spürte Hunger und stand auf. Die Zimmertüre seiner Mutter war immer noch geschlossen. Als sie den dritten Lebkuchen in sich hineingestopft hatten, hatte er zu ihr gesagt: »Du fette Sau, darum bist du so dick!«, worauf sie wortlos, mit über die Backen rollenden Tränen, ins Schlafzimmer verschwunden war. Er ging durch die Stube zurück in die Küche. Der Vater schnarchte vor dem laufenden Fernseher, seine Pantoffeln lagen auf dem Boden, etwa dort, wo sie heruntergefallen sein mussten. Das schnell wechselnde Licht des Fernsehers spiegelte sich in einer zur Hälfte leergetrunkenen Bierflasche. Als Tim am Sofa vorbeischlich, stiess er mit den Füssen gegen eine leere Zigarettenschachtel. Das Süsse war weg, stellte Tim vor dem geöffneten Schrank enttäuscht fest. Die Mutter musste alles weggesperrt haben. Manchmal hortete sie die süssen Vorräte sogar bei sich im Schlafzimmer, damit er sie nicht stehlen konnte. Aber er entdeckte eine Packung Fruchtquarks im Kühlschrank. Drei von sechs waren noch übrig. Er nahm sie mit in sein Zimmer, hockte sich mit gekreuzten Beinen aufs Bett, entschied sich zuerst für Banane, zog die Folie vom weissen Rand und steckte die Zunge einige Male so tief wie möglich in den kühlen Quark; den Rest spachtelte er mit dem Finger heraus, dem Rund des Bechers entlangfahrend. Als er alle Quarks aufgegessen hatte, stopfte er die drei leeren Hüllen ineinander und warf sie unter das Bett, saugte an den klebrigen Fingern, um sie dann einige

Male an der Pyjamahose abzustreichen. Er fragte sich, welche Süssigkeiten Letizia von der Mutter bekommen hatte und ob sie ganz allein die anderen drei Fruchtquarks gegessen hatte, während er in Bad Bösbach gewesen war. Dass die Mutter wieder ein Kind kriegen sollte, ärgerte ihn. Heute Abend, als sie ihm mitten im spannendsten Timi-Turner-Film den Fernseher abgeschaltet und Tim geschlagen hatte, als er ihn wieder einschalten wollte, da wollte er sie in den dicken Bauch treten. Nur der Vater konnte ihn mit festem Griff davon abhalten. Er war zornig auf seine fette Mutter, auf dieses Baby in ihrem Bauch, darauf, dass sie ihm das Fernsehen verbot. Nachher musste er zur Strafe ins Zimmer, was ihn noch wütender machte. Der Vater schrie ihm nach: »Du kannst dann dein Protokoll des Ausrastens auf der Gruppe ausfüllen!« Das war ihm gerade scheissegal. Die Vorstellung eines schreienden Babys, das am Busen der Mutter hing, regte ihn auf. Manchmal freute er sich zwar auch auf das Kleine; er würde es überallhin mitnehmen, auf seine Streiftouren durch den Wald oder in die Schule. Vor allem wollte er einen Bruder haben und nicht noch eine doofe Schwester.

Als er sich wieder unter die Decke legte, schweiften seine Gedanken mit Genugtuung zum Gespräch mit dem Vater, dem er heute auf der Heimfahrt erzählt hatte, wie er einmal die Frau Liechti gefesselt hatte. Der Vater hatte ihm nicht geglaubt, er sah es im Rückspiegel an den hochgezogenen Augenbrauen. Trotzdem wurde er ärgerlich, zu Tims Erstaunen nicht auf ihn, sondern auf die Liechti, denn er sagte: »Die sollte man alle irgendwo anbinden und abschwarten, diese Psychofuzzis!« Sagte sein Vater! Tim war verwirrt. Es schwang etwas in Vaters Stimme mit, das er nicht einordnen konnte. Aber er war sehr einverstanden, dass die Frau Liechti eine Psychofuzzi war. Er hätte den Vater gerne gefragt, was das Wort bedeutete. Tim hatte »Fuzzi« etliche Male selbst gebraucht, ohne zu wissen, was es hiess, deshalb wagte er nicht nachzufragen. Er wollte weder das gute Gefühl, mit seinem Vater einig zu sein, aufs Spiel setzen, noch sich mit Unwissenheit blamieren, denn er ahnte, dass das Wort mit einem Thema zu tun hatte, über das er nicht Bescheid wissen wollte.

Mit dem Gefühl, stolz sein zu können, legte Tim sich hin, löschte das Licht und zog die Decke über sich. Er suchte auf seinem iPod Helene Fischers *Atemlos durch die Nacht*, sein Lieblingssong. Seine Fantasien wanderten zum Bugatti, den er in einem Ausstellungsraum in der Gstaader Dorfstrasse mit seinen Eltern bestaunt hatte. Früher hatte er die amerikanischen Truckrennen geliebt und wäre gerne eigenhändig einen solchen Truck gefahren, aber nun fand er diese Fahrzeuge kindisch; das war etwas für kleine Buben. Einen echten Bugatti hatte er nie zuvor gesehen; der Wagen hinter der Glasfront hatte deshalb einen tiefen Eindruck hinterlassen. Tim setzte sich also in diesen Bugatti, in den er wie angegossen passte; im Geist war er ein grossgewachsener Mann. Seine Mutter konnte nicht einsteigen, weil sie zu dick war, aber sein Vater sass neben ihm auf dem Beifahrersitz – oder war es Helene Fischer? Er startete den Motor und trat aufs Gaspedal. Das Glas des Ausstellungraums barst mit einem lauten Knall und splitterte als Glasregen auf die Frontscheibe, dann war er auf der Strasse. Er summte den Refrain mit. Das Lied war zu Ende, aber er wollte seinen Traum noch fertig träumen. Er überholte im Slalom einmal rechts dann wieder links, zuerst auf der Hauptstrasse, dann auf der Autobahn; er glaubte zu fliegen, er sah das Blaulicht der Polizei im Rückspiegel. Sein Vater schaute ihn anerkennend an. Bäume und Häuser verschwammen, Tims Augenlider wurden schwer und fielen manchmal zu, der Mittelstreifen entglitt seinem Blick und löste sich zwischendurch ganz auf; manchmal hob das Auto ab, dann sah er die gewölbte Erde weit unter sich, eingetaucht in den bläulich-grünlich schimmernden Schein seines Nachtlämpchens. So kurvte, wankte und schwankte er in den Schlaf.

26

Vor Weihnachten erlebte Verena die Sitzungen mit Tim entspannter, inhaltlich konstruktiver und strukturierter als früher. Er erforschte und pflegte Falken, Milane und Mäusebussarde. Er kannte alle Raubvogelarten und erklärte seiner Therapeutin, wie die geschützten Tiere aufgezogen und ausgewildert werden, wobei er allerhand angesammeltes Sachwissen mit seinen Fantasien mischte. Frau Liechti schrieb er die Rolle eines väterlichen Begleiters zu: Sie war oft ein pensionierter Polizist, der ihn hin und wieder auf seinen Waldpatrouillen begleitete. Der Polizist begleitete ihn, weil er noch ein kleiner Junge war und man ein bisschen um ihn besorgt sein musste. Sie hörte mit Genugtuung von Marie-Louise, dass Tim die Regeln in seinem realen Alltag auch besser einzuhalten vermochte.

Im Spiel wohnte er auf einem Jägerhochsitz, als wäre er selbst ein Adler im Horst, stapelte dort oben fiktive Essensvorräte, liess sich aber von seiner Mutter alle paar Wochen eine warme Mahlzeit und einen Kuchen schicken. Zur Schule ging dieses Waldkind nicht – stattdessen studierte es das Zusammenleben der Vögel, rettete verlassene Jungvögel, deren Eltern von Wilderern abgeschossen worden waren, und zog sie in seiner Jagdhütte tief im Wald auf. Manchmal stellte er die Wilderer, brachte sie gemeinsam mit dem Polizisten alias Liechti ins Gefängnis und wurde als Held gefeiert. Die Jungvögel zog er mit dem Milchfläschchen auf, als handle es sich um Säugetierbabys. Er bewachte die Nester gegen Schlangen und grössere Raubtiere und war nie ohne Fernglas unterwegs, um die Übersicht über das ganze Revier zu behalten. Es war schön zu sehen, wie er sich spielend um etwas kümmern konnte, das verletzlich und bedürftig war. Trotz seiner Identifikation mit der Rolle des beschützenden Wildhüters erschien Tim selbst so verlassen und bedürftig wie eines seiner Vögelchen, die er ständig fand und barg, um ihre gebrochenen Flügel zu schienen.

In der heutigen Stunde schien er seiner Therapeutin richtig gut gesonnen, sodass er sogar ein bisschen Nähe suchte. Denn er bot ihr – also seinem Polizistenfreund – an, bei ihm in der Jagdhütte zu schlafen. Das war eine besondere Ehre, und Verena freute sich darüber. Sie war nicht mehr ausschliesslich entweder sein erbärmliches Opfer oder ein ihm feindlich gesinnter Verfolger; hin und wieder pflegten sie annähernd das, was man als normale Freundschaft unter Männern bezeichnen konnte.

Tim erklärte während des Spiels, er leide nachts in seiner Hütte an Alpträumen, und sie müsste, während er träume, darüber erschrecken. Nun begann er, mit geschlossenen Augen auf dem Sofa liegend, heftig am ganzen Leib zu zittern, wälzte sich im Bett und stöhnte dazu. Verena sass ihm gegenüber auf dem Stuhl und betrachtete die Szene. Der Anblick weckte tatsächlich zuerst ihr Bedauern und dann ihr Interesse. Während dieser offensichtlich verstörenden Träume hantierte er wild mit seiner Waffe und bedrohte damit imaginierte Feinde. Verena, die auf ihrem Stuhl nebenan schlief, bangte um ihr Leben. Sie stand auf, nahm ihm behutsam die Pistole aus der Hand und kommentierte das, was sie sah, während er weiterschlief und -träumte. »Dieser Junge hat beunruhigende Träume. Es ist gefährlich, wenn er in der Nacht schlafwandelnd mit Waffen hantiert.« Tim wachte auf und wollte, dass sie den Arzt rufe. Das tat Verena gerne. Der Arzt, den sie zu spielen hatte, sollte eine tödliche Krankheit feststellen, wies Tim sie an. Sie machte sich als Arzt entsprechend grosse Sorgen. Tatsächlich tat es Verena leid, ihn sterben zu sehen, obwohl sie doch wusste, dass es beim kindlichen Sterben nicht um das reale Sterben ging. Vielmehr wollen Kinder herausfinden, ob man traurig wäre und sie vermissen würde, wenn sie sterben würden; vor allem aber wollen sie wissen, ob man mit allen Mitteln versuchen würde, sie am Leben zu erhalten. Das Sterben konnte als Bild für Entwicklungsstillstand, Emotionslosigkeit oder Ausdruck totaler Isolation und Erstarrung betrachtet werden, manchmal auch als Not, etwas Unerträgliches zu erleben, das kaum auszuhalten war. Sie versicherte ihm ihr Interesse an seiner Lebendigkeit in allen Facetten. Während sie sein Leiden, sein Sich-Wälzen und Zittern und den Schweiss auf seiner Stirne genau beschrieb, blätterte sie in ihrem dicken Diagnostikbuch, um herauszufinden, woran der Junge leiden und wie die Heilung vonstattengehen könnte.

Tim kam ihr zum Glück zuvor, indem er selbst die Diagnose stellte: Er hatte Tollwut. »Vor Wut toll werden, das soll es geben«, versicherte sie ihm und war froh, ein gemeinsames Verständnis seiner inneren Zustände entwickeln zu können. Aber sie freute sich zu früh, denn nein, es war doch nicht Tollwut. In seiner Fantasie waren es nun die Auswirkungen von Drogen, die er zu sich genommen hatte – so änderten sich seine Assoziationen rasend schnell. In seinem Fall bewirkte die Droge sehr angenehme Zustände; er schüttelte sich heftig und hopste auf dem gefederten Sofa wie ein Verrückter auf und ab und lachte dazu. Er wollte Frau Liechti unbedingt von dieser Droge anbieten, die ihn in so erstaunliche Zustände versetzte. Weil er insistierte und ihr nicht anders als spielend seine Gefühle begreifbar machen konnte, nahm Verena also Teil an seiner Erfahrung, indem sie dieselbe Droge zu sich nahm. Es schüttelte und bebte in Frau Liechtis Körper, dass sie fast aus der Haut fuhr. Tim krümmte sich vor Lachen, so sehr begeisterte ihn der Anblick seines Spiegels.

Wie sollte sie nun mit ihrem im Spiel derart aufgeregten Zustand noch zum Denken fähig sein? Es war purer Unsinn, was sie da mit dem Jungen machte, man hätte ihr zu Recht vorwerfen können, die analytische Haltung gänzlich aufgegeben zu haben. Das war das Schwierige mit diesem innerlich angetriebenen Kind: Das laufend improvisierte Spiel erforderte so viel präsentes Engagement, dass kaum Zeit zum Denken blieb. Einen inneren Raum aufrechtzuerhalten, der das Nachdenken über die Bedeutungen erlaubte, entsprach ungefähr der Kunst, eine Fremdsprache simultan zu übersetzen.

Die Stunde kam an ein Ende. Natürlich war wichtig, was Tim von sich zu zeigen versuchte, auch wenn sie zusammen lachen mussten und sie sagte: »Gell, jetzt weiss ich, wie es sich manchmal in deinem Körper anfühlt.« Auf eine Deutung im engeren Sinn verzichtete sie, denn sie wollte ihn nicht damit überfordern.

Nach der Sitzung fantasierte sie, worum es im Einzelnen ging, aber genau wissen konnte sie es nicht. Wollte er ihr etwas zeigen von seiner inneren Anspannung, von der Hyperaktivität, der tollen Wut, unter der er oft litt, weil er sie so schlecht steuern konnte? Immer, wenn das Kind getrieben oder aggressiv war, sagte vielleicht ein Elternteil: »Hat er eigentlich sein Ritalin genommen?« Oder: »Komm, nimm noch eine Vierteltablette!« Oder hatte er etwa an das Tabu gerührt, von dem zu sprechen verboten war: von dem verstorbenen drogensüchtigen Onkel? Wollte Tim mit ihr dieses Thema erforschen? Vielleicht waren es genussvolle sexuelle Erregungszustände, die er darstellte und erkundete und von denen er wissen wollte, ob Verena sie auch kannte. War Tims Kernfrage, ob die sexuellen Kräfte so gefährlich waren, dass sie tödlich sein konnten für ihn, für seine Therapeutin? Wenn es die sexuellen Triebe waren, die sich bei einem Zehnjährigen mit Wucht meldeten, dann empfand er das Wilde und das, was sich verselbständigte, vielleicht ähnlich gefährlich wie eine geladene Waffe im Bett. Diente das Schlafwandeln dazu, diese Erregungszustände nicht bewusst werden zu lassen, weil sie ihm zu gefährlich wurden? Tim liess seine Therapeutin berührt, aber unwissend in der Mehrdeutigkeit.

27

Das bewegte Leben der Therapiestation wurde für zwei Wochen Weihnachtsurlaub unterbrochen. Verena war auf dem Weg in den Jura, den Gebirgszug, der sich im Winter in ein Paradies für Langläufer und Schneeschuhwanderer verwandelte. Die Tafelberge des Schwarzwaldes und des Juras waren jedoch die letzten Jahre ohne Schnee geblieben, oder die Schneedecke war so dünn, dass keine Pistenmaschine eine Loipe anlegen konnte. Auch dieses Jahr war noch kein Schnee gefallen. Es waren keine Leute unterwegs. Die Gegend würde hier zukünftig so aussehen, fast menschenleer.

Die Trockenmauern, welche die Felder umrandeten, schimmerten kalkgrau in der Abenddämmerung. Schlammbraun und schiefergrün lagen die nackten Äcker und Wiesen da, dunkle Gruppen gross gewachsener Tannen schluckten den Rest des Dämmerlichts. Sie erinnerte sich, dass sie vor Jahren an Weihnachten jeweils den Hauseingang vom Schnee freischaufeln musste, um eintreten zu können. Und im Familienalbum gab es Fotografien aus den 1950er und 1960er Jahren, die das Haus mit menschenhohen Schneemauern zeigten, welche die Fenster im Erdgeschoss verdeckten und Autos auf dem Parkplatz verschluckten.

Als sie mit dem riesigen Bartschlüssel bange die antike schwere Holztüre einen Spalt öffnete, trat sie fast auf eine zierliche Eidechse, die sich die Türschwelle als Ort des Winterschlafs ausgesucht hatte. Verena legte Schlüssel und Tasche auf den Boden, um sie näher betrachten zu können. Sie war vielleicht schon erfroren. Wie konnte man den Tod von der Kältestarre unterscheiden? Verena schob das kaum drei Zentimeter lange Tierchen, das eigentlich zu jung und zu zart war, um einen langen Winter zu überstehen, auf ihre Kreditkarte, ging damit in die Scheune und legte das steife Ding in eine Ecke des rohen Kalkgemäuers. Zuallererst musste sie ein Feuer entfachen, denn es war eiskalt. Sie nutzte den Gang in die Scheune, um Holz zu holen.

Das Streichholz erlosch, bevor es am Zündwürfel Gefallen finden konnte. Der zweite Versuch misslang ebenso, der Kamin zog kein bisschen, weil er zu kalt war. Früher hatte sie mit beliebig viel Zeitungspapier innerhalb kürzester Zeit das Feuer hell und heiss auflodern lassen können. Sie kniete sich vor das weit geöffnete Glas des Ofens, ihr Mantel bereitete sich wie ein Teppich um sie herum aus und war sofort mit Holzstaub übersät. Sie wollte zusehen, wie das Flämmchen sich an den Holzscheiten emporschlängelte, aber die Flamme war ohne Begehren, und Verena fühlte sich ungeschickt. Sie fror.

Ihre Gedanken wanderten zu ihrer alten Mutter, die ihre Wohnung nie auf mehr als achtzehn oder neunzehn Grad aufgeheizt hatte, um sich aus dem gesparten Geld Winterschuhe mit Wollfell-Futter zu kaufen. Sie war sparsam wie in Kriegszeiten, ass kaum noch Fleisch und war sich dabei nicht einmal bewusst, dass sie sich ökologisch so korrekt verhielt, wie Greta Thunberg propagierte.

Verena hatte den alten Rücken der Mutter eingesalbt, ihre Hände lagen gross und warm auf dieser zarten weissen Haut des ihr gänzlich unvertrauten und zerbrechlich wirkenden Körpers; sie spürte das von Osteoporose gekrümmte Rückgrat und empfand fürsorgliche Zuneigung. Oder war es ein Gefühl grossen Bedauerns über das Leben, das sich dem Ende zuneigte? Ein Erschauern vor dem Tod, der sein Nahen mit diesen untrüglichen Zeichen des Zerfalls ankündigte? Verena hatte ihre Mutter am Weihnachtstag wieder verlasssen, obwohl die Ferien gerade begonnen hatten und sie ihr alle Zeit der Welt hätte schenken können. Sie war 80 und schon mehr als ein Jahrzehnt allein und entbehrte seit so langer Zeit jeder Zärtlichkeit.

Ein Ton holte Verena aus den Gedanken. Sie wühlte in ihrer Tasche zwischen Lippenstift, Sonnenbrille und Schlüssel, bis sie ihr vibrierendes Smartphone zu fassen bekam. Judith rief mit Videoübertragung an. Verena war überrascht und verlegen, sah dann das erfreute Gesicht von Max zuerst verwackelt und dann schärfer, neben ihm sass Judith. Kopf an Kopf blickten sie Verena an und begrüssten sie fröhlich. War es die Hilflosigkeit im Umgang mit der Technik oder der unverhoffte Anblick dieser ihr nahestehenden Menschen, die sich am anderen Ende der Welt aufhielten, der sie verwirrte? Judith war nicht verlegen, sie lachte Verena durch das Handy an, wünschte ihr fröhliche Weihnachten, wollte wissen, wo sie war und wie viel Uhr es war. Verena drehte sich um und hockte sich mit dem Rücken zum Feuer, sodass man hinter ihr den Schwedenofen sehen konnte. Judith rief ihr etwas zu, was sie nicht verstand, zeigte mit dem Finger in Verenas Richtung und sagte, das Feuer würde gleich ausgehen. »Ja«, grinste Verena zurück. »Ich habe es seit einer halben Stunde nicht entfachen können, deine Hilfe fehlt mir!« Judith gewährte ihrerseits mit einer 360-Grad-Drehung einen Blick in das Lokal, in dem sie eben das Mittagessen bestellt hatten: Rote Lampions und geschnitzte Drachen zogen an Verena vorüber mit dem der elektronischen Bildübertragung eigenen Rucken der Verzögerung. Im Bild war nun wieder ein verwackelter Max zu sehen: Er erzählte fröhlich, dass sie für heute Abend Tickets in der Radio City Music Hall reserviert hätten. Verena wünschte ihnen ein feines Essen in der neuen Welt und einen unterhaltsamen amerikanischen Weihnachtsabend.

Nachdem sie aufgehängt hatte, rollten Tränen über ihre Wangen. Warum war sie allein hier? Sie war von der Intensität ihrer Gefühle überrascht und fragte sich, ob sie das Zusammensein mit Max und Judith vermisste. Ja, sie vermisste die beiden, und vor allem vermisste sie menschliche Nähe. Verena wandte sich ein drittes Mal dem Feuer zu, das unterdessen tatsächlich wieder erloschen war. Es wäre möglich gewesen, nach New York zu fliegen, dennoch bedauerte sie nicht, hierhergekommen zu sein. Sie war wehmütig, weil die Zeit vorbei war, die sie als Familie hier verbracht hatten; die langen Abende am Feuer mit Halma, Ligretto und Hütchenspiel, bis Judith irgendwann wütend wurde, weil sie müde war, und

Max sie ins Bett brachte, um danach am Feuer zu sitzen und noch ein Glas Wein zu trinken. Dass es in ihr den Wunsch nach einer leiblichen Tochter gegeben hätte, wies sie von sich.

Verena sah aus dem Fenster in die schwarze Nacht. Ein Zug mit hell erleuchteten Fenstern schlängelte sich, von Le Locle kommend, vom einen zum anderen Fensterrand und verschwand. Max hielt sich nicht besonders gerne im Jura auf. Wenn er dennoch kam, verbrachte er ganze Tage in der Stube. Das Fenster des fünfhundertjährigen Jurahauses, das zur Zeit der vorindustriellen Heimarbeit vergrössert worden war, damit genug Licht für die Präzisionsarbeit der Uhrenmacher einfallen konnte, verdeckte er mit dem Vorhang, um am Bildschirm arbeiten zu können. Sein Laptop ruhte auf dem schweren Kiefernholztisch, auf dem Verenas Urgrossvater Uhrwerke zusammengebaut hatte. Max war bei der Arbeit oft schweigsam bis unfreundlich, weil er sich konzentrierte. Auch ihr Urgrossvater musste ein schweigsamer und depressiver Mann gewesen sein, dachte sie. Ihre Schwester, die der Familiengeschichte nachgegangen war, hatte im Einwohnerregister von Le Locle gelesen: »Stieg am 16.10.1883 in den Doubs.« Ihr Vater hatte stets behauptet, es sei aus Scham gewesen, weil sein Grossvater für die Rettung des Betriebs die kleinen Ersparnisse seiner fast erwachsenen Tochter, Verenas Grossmutter, aufgebraucht hatte und nicht zurückzahlen konnte.

Vermutlich war Max jeweils ihretwegen in den Jura gekommen. Sie hatte vor einigen Jahren gehofft, dass der Interneteanschluss an der latenten Verstimmung, die ihn im Jura befiel, etwas ändern würde. Aber auch wenn der Himmel weit war wie im hohen Norden und Max den schnell wechselnden Wolkenformationen etwas abgewinnen konnte, war ihm die Gegend zu einsam; der Zugang zum Internet änderte daran nichts. Seine Inspiration fand er nicht in der Einöde der Freiberge, sondern in den belebten Restaurants der Flughäfen und im überfüllten Intercity. Selten war er dazu zu bewegen, mit Verena langlaufen zu gehen. Nach wenigen Kilometern auf der Spur, die er in braunen Manchesterhosen und rosa

Sweatshirt mit staksigen Schritten auf den alten Schuppenskiern zurücklegte, machte er im nächsten Bistro bei einem Kaffee Schnaps und mit einem Buch einen langen Halt.

In regelmässigen Stössen blies Verena sachte in das Feuer, das einen zaghaften Anfang nahm. Was mochte Juri jetzt im Engadin tun? Die tiefen Atemzüge taten wohl und entspann-ten Verena. Nachdem sie einen grossen Krug Tee gekocht hatte, holte sie von der Tenne so viel Holz, wie auf der Armbeuge Platz fand, und setzte sich näher zum Kamin. Die Strahlungshitze erlaubte ihr, die dem Feuer zugewandte Schulter aus dem Mantel zu schälen. Das Raumthermometer zeigte zwölf Grad. Ihre Füsse waren immer noch eiskalt; sie zog die Winterschuhe wieder an.

28

Es war klug, dass er sich bei dem Sturmwetter nicht für die Skier entschieden hatte. Mit den Schneeschuhen sollte eine kleine Tour ins Fextal problemlos möglich sein. Dass die Eiskristalle wie feine Klingen waagrecht auf sein Gesicht trafen, während er die Riemen der Schneeschuhe festzurrte, überraschte Juri dennoch. Ob Verena seinen Schal noch hatte?

Er keuchte, während er den Weg bergauf stapfte, der vor seinen Augen zunehmend im Schnee versank. Er musste heute viel Kraft aufwenden für den Pfad, der sich an anderen Tagen lieblich durch den Lärchenwald des Fextals schlängelte. Das Vorwärtsstapfen beruhigte sein aufgewühltes Gemüt. Gisela hätte heute Morgen nicht auf diese Weise aus den Ferien abreisen dürfen. Früher hätte er versucht, sie umzustimmen. Er wäre ihr nachgegangen und hätte sie gebeten, zurückzukommen. Auch heute verspürte er den Impuls, ihr die wenigen Kurven ins Tal zu folgen, er wusste auswendig, wann der nächste Postbus von Sils Maria abging.

Warum konnte er nicht richtig mit seiner Frau streiten? Sie hatte eilig die Koffer gepackt und war mit stummer Sturheit gegangen. Wie gerne hätte er eine Frau, die einen Konflikt ausdiskutieren konnte und einem schwierigen Thema nicht auswich. Ach, wie neurotisch sie war! Er erhöhte das Marschtempo. Verena hatte unrecht, wenn sie behauptete, ein Paar sei zu gleichen Teilen beziehungsfähig oder -unfähig. Er war sicher, dass ein Partner neurotischer als der andere sein konnte: Er hatte eine Entwicklung gemacht, die Gisela verpasst hatte.

Schritt für Schritt schob er seinen Körper vorwärts gegen den Wind, als würde er den nicht beendeten Streit mit seiner Frau gegen die Naturgewalt austragen. Ärger konnte er allerdings nie lange aufrechterhalten, und er wusste, dass Gisela nicht für immer verschwunden war. Aber er hätte ihr, als sie grusslos gegangen war, gerne noch nachgerufen, dass es ihr Wunsch gewesen sei, jedes Jahr im Hotel Waldhaus zu logieren. Obwohl das nicht ganz stimmte. Seit dem ersten Langlauf-Marathon, 1988, war das Engadin seine grosse Liebe. Später verdiente er während der Semesterferien in St. Moritz als Skitechniker sein erstes Geld. Damals war er sogar in Sils Maria Langlauf-Lehrer, unter anderem für die Hotelgäste des Waldhaus. Aber er suchte nicht den Luxus dieses Grandhotels, das war Giselas Traum. Und es war auch der Traum seiner Mutter gewesen. Er erinnerte sich sehr genau, wie seine Mutter das erste Mal beglückt zum Hotel auf dem Hügel im Wald hinaufgeschaut hatte. Wie sie mit ihm, er war gerade 17 Jahre alt geworden, allein ohne Vater und Geschwister, unsicheren Schrittes andächtig das Foyer betreten hatte. Wie sie sich dafür geschämt hatte, nicht die richtigen Kleider für diesen Ort zu tragen. Sie lebte den Traum eines Aschenbrödels. Und er, war er damals nicht ihr Prinz?, dachte er halb bitter, halb belustigt. Das war so lange her. Er erinnerte sich, stolz gewesen zu sein, den Kaffee auf Schweizerdeutsch bestellen zu können.

Und heute war er nicht einmal mehr ganz sicher, ob er noch verheiratet war. Vielleicht war tatsächlich alles in die Brüche gegangen und Gisela würde sich trennen. Oder er würde sich trennen. So hatten sie sich noch nie gestritten. Er hatte sie dieses Mal nicht geschont, hatte endlich gewagt, zu sagen, wie sehr er sich wünschte, dass sie ihn als anderen liebte und schätzte und nicht als Verdoppelung ihrer selbst. Er verlangte schliesslich auch nicht ständig, dass Gisela so werden sollte, wie er war. Aber warum wollte sie nicht wissen, in wen er sich verliebt hatte? Wie konnte es sein, dass er sich so schwertat, offen zu sein, sie hingegen sein Geständnis einfach zu überhören schien?

Der Wind hatte etwas nachgelassen, dafür fielen nun dichte, schwere Flocken aus dem weissen Nichts. Er versuchte zu sehen, wo die Sonne stand; sie war nicht auszumachen, rundherum nur Schneegestöber. Einige gelb-orange Lichtsensationen irritierten ihn. Das war wohl dem Weiss des Nebels geschuldet. Und seinen müden Augen. Er hatte die ganze Nacht kein Auge zugetan. Gleichwohl, er war an ganz andere Strapazen gewöhnt.

Dass er gestern endlich einen Anlass gefunden hatte, über sich und sein Befinden zu sprechen, schenkte ihm Gelassenheit und Zuversicht. Plötzlich war alles ganz einfach. Er wollte kein Doppelleben, weder damals noch heute.

Wo war er eigentlich? Seiner Meinung nach hätte jetzt die kleine Brücke kommen müssen. Egal. Man konnte sich in diesem Tal nicht verirren. Es gab nichts, was gefährlich war. Das steile Flussufer vielleicht. Rechts ging es zum Muott' Ota, links war das Tal durch die Berghänge des Marmorè begrenzt, und dazwischen gab es nur stille, klärende Einsamkeit. Und wenn eine Lawine ihn begraben würde?

Die liebe Hanka. Vor dreissig Jahren war sie seine erste grosse Liebe gewesen. Das erste Mädchen, dem er sich anvertraut hatte. Sie verführte ihn lachend zum ersten Kuss, als sie zu ihm sagte: »Nur du, Juri, schaust nie nur mit den Augen, sondern willst immer alles berühren. Es muss schön sein, mit dir zu küssen.« »Mit dir küssen«, sagte sie, er erinnerte sich noch ganz genau. Hanka war ihm in allem voraus gewesen. Auf diesen ersten Kuss folgten viele weitere, es war herrlich. Später schenkte Hanka ihm ein handgebundenes Buch mit leeren Seiten. Sie schrieben sich fast jeden Tag und legten dann das Buch in das Versteck unter die Eiche. Sie schrieben über Politik und über die Liebe. Hanka zeichnete Akte von ihm in Kohle unter jener Eiche – vor seinem inneren Auge sah er die Seiten mit den unbeholfenen Zeichnungen seines jungen nackten Körpers vor sich; die Akte verschmierten mit der Zeit. Zärtlich erinnerte er sich an ihre schwungvolle Schrift, während er sich für seine Krakelschrift geschämt hatte. In seinem letzten Eintrag hatte er sich endlich erklärt, sich entschuldigt, ihr die Wahrhaftigkeit seiner Liebe versprochen. Bis dahin hatte er das, was er ihr wirklich zu erzählen gehabt hätte, nicht mitteilen dürfen: Er war das beste Nachwuchstalent im Skilanglauf und erhielt als Junior im tschechoslowakischen Team von Václav Korunka die Einladung für die Teilnahme am Engadiner Skimarathon. Seine Mutter durfte ihn begleiten, weil er minderjährig war, der Vater und der Rest der Familie schickten die beiden voraus in der Annahme, dass sie ihnen nachreisen würden, sobald sich eine Möglichkeit ergab. Sein Grossvater war bereits Mitglied der Sokols, ehemalige Kämpfer gegen die Nazis, ein seit dem Weltkrieg tief demokratischer Club. Doch dann fand die Unterwanderung und Vereinnahmung durch die Kommunisten statt. Sein Onkel war Mitunterzeichner der Charta 77, ein Visum für die ganze Familie hätten sie niemals bekommen.

Diese Aussicht auf eine Flucht hatte den Fluss seiner Hingabe an Hanka unterbrochen; er liess das Buch im Versteck liegen und vermied es, Einträge zu machen, suchte Ausreden, indem er das Training vorschob, und ging ihr aus dem Weg. Sie glaubte ihm nicht. Und wenn er schuldbewusst doch etwas in das Buch hineinschrieb, kostete ihn dies Stunden; die Schrift war verkrampft, und es gingen ihm nur traurige Gedanken durch den Sinn. Er kämpfte gegen den Kloss in seinem Hals, riss Einträge wieder heraus, entschied sich dann endlich für Liebesgedichte, die aber von Abschied handelten. Manchmal mied Hanka Juri ebenfalls für Tage; vermutlich war sie gekränkt, weil er sich ihr auf nicht greifbare Weise entzog. Dann wieder war sie besorgt, ob er krank sei, suchte nach Erklärungen.

Er wollte nie mehr Flüchtender sein, er wollte nie mehr mit dem Kopf das eine denken und mit dem Herz etwas anderes fühlen.

Was war das, das aus dem Nebel auftauchte? Gehörte dieses dunkle Haus, dessen Kontur er vage zu erkennen glaubte, zum Anfang eines Dorfes, vielleicht zu Fex Crasta? Er trat näher und stellte fest, dass es kein Haus, sondern ein grosser Granitblock war, der aus dem Nichts ragte, und er grub in seinen Erinnerungen, ob ihm dieser markante Felsbrocken etwas sagte. Er spürte nun Erschöpfung und vor allem Müdigkeit und Hunger. Es war deutlich weniger kalt; er roch seine Ausdünstung aus dem Krageninnern und erinnerte sich vage, dass Hanka, wie jetzt Verena, seinen Körpergeruch gemocht hatte. Handschuhe, Jacke, alles war von Schweiss durchnässt.

Hanka und er waren in der Tschechoslowakei in dem Wissen aufgewachsen, dass alles an der Oberfläche auch eine tiefere und versteckte Botschaft enthalten konnte. Und er durfte ihr nicht einmal das sagen: Dass sie alle seine Botschaften richtig verstanden hatte. Noch Jahre später, während der Ausbildung zum Psychiater, vergingen viele Stunden seiner Psychoanalyse damit, die traumatischen Folgen der Schuld wegen des begangenen Verrats zu verarbeiten. Hanka und alle anderen, die er ohne Abschied zurückgelassen hatte: seinen Onkel und die anderen Verwandten, seine Trainingskumpel und besonders Václav, sein Trainer, der ihm wie ein Vater gewesen war. Es war der längste, traurigste und unerträglichste Winter, den er je erlebt hatte. Es dauerte Jahre, bis er die mühsam erkämpfte Freiheit des Westens für sich wirklich nutzen und geniessen konnte, obwohl schon wenig später der eiserne Vorhang zwischen Ost und West gefallen war und sie als Familie bald darauf wieder vereint waren.

Mit Hanka hat er nie mehr Kontakt aufgenommen. Aber einmal, in einem Antiquariat in Wien, war ihm eine Langspielplatte von Jarošlav Hutka in die Hände gefallen. Sobald er sie zuhause hören konnte, hatte er sich, wie damals mit Hanka, auf den Fussboden gesetzt und die inoffizielle Nationalhymne der samtenen Revolution mitgesummt. Während Juri sich diesen Erinnerungen hingab, begann er das Lied zu singen. Er wusste alle Strophen noch auswendig, als wären nicht zwei Jahrzehnte vergangen. *Mocná je zbraň, Mocnější je právo, co je nejmocnější, pravdomluvné slovo.* Besonders diese zweitletzte Strophe hatte es ihm damals schon angetan. *Die Waffe ist mächtig, das Gesetz ist mächtiger, was ist am mächtigsten? Das wahrhaftige Wort.*

Dass er nicht sicher war, ob es leicht bergauf oder geradeaus ging, verunsicherte Juri. Er nahm vielleicht eine trügerische Steigung wahr, weil das Vorwärtskommen durch die Tiefen des Schnees mühsam war. Und was wäre, wenn er im Begriff war, im Kreis zu gehen, weil er keinen blassen Schimmer hatte, in welche Richtung er ging; und wenn er hier herumirren würde, bis es Nacht wurde? »Zatracenej!«, fluchte er laut, weil er das Handy im Hotel liegen gelassen hatte. Er hatte es in der Hand gehalten, es sich aber anders überlegt; jetzt lag es auf dem Tisch im Hotelzimmer. Wie dumm und typisch für ihn, dachte er. Nur, weil er nicht erreichbar sein wollte. So hatte er es sich immer vorgestellt: Dass er einsam sterben würde. Wie spät mochte es sein? Dass er nichts zu essen mitgenommen hatte, bereitete ihm die geringsten Sorgen; er konnte stundenlang Höchstleistungen erbringen, ohne zu essen. Diese Gewissheit erfüllte ihn für einen kurzen Moment mit einem Triumphgefühl und lenkte seine Erinnerungen zu seinem erfolgreichsten Rennen, das Jizerská 50 im tschechischen Isergebirge. Die totale Beherrschung seiner Skier, die schier unerschöpfliche Kraft, die seinem Körper innewohnte, das Laufen an den Grenzen des Möglichen bis zum Verschwinden von körperlichem Leiden und Besinnung – während er diesen Empfindungen nachhing, die sich als ins Fleisch eingeschriebene Erinnerung über Jahre lebendig erhalten hatten, nahm ihn eine Beobachtung in Anspruch, die er noch nie gemacht hatte: Der frische Schnee wurde bei jedem Schritt durch das Loch an der Spitze der Schneeschuhe gepresst. Genau wie bei der Knetmaschine, die zu bedienen Natascha noch nicht genügend Kraft gehabt hatte. Kurz vor ihrem Unfalltod hatte er für seine Tochter Knet-Spaghetti aus der Lochpresse gedrückt. Und sie hatte immer mehr davon verlangt, weil sie Haare für ihre Engel brauchte. Zusammen hatten sie sich über die vielen Engel mit Haaren, die sie geformt hatte, gefreut.

Er schaute eine Weile den frisch gepressten Schneewürmchen zu, dann bemühte er sich wieder, die Richtung zu halten. Irgendwann müsste er doch die Talstrasse queren? War der Himmel dunkler geworden? Woher kam das Glockengeläut?

Waren es die Glocken der Kapelle von Fex Crasta, oder war es eine Sinnestäuschung? Wollte er heute in diesem Tal sterben? Er gab sich während eines kurzen Moments den Fantasien seiner Beerdigung hin, die in der wunderbaren kleinen Kapelle von Fex Crasta stattfinden würde. Er wäre aufgebahrt in der Kuppel unter den Fresken, die Gottvater abbildeten, der seinen gekreuzigten Sohn im Schoss hielt. Die Freske berührte ihn immer eigentümlich. Verena würde ihm sagen, dass er von seinem Vater so liebevoll hätte angenommen werden wollen. Und das stimmte. Er war immer auf der Suche nach einem Vater gewesen. Zuerst war Václav diese Vaterfigur; später sein Psychoanalytiker, der einzige Mann, der ihn sehen konnte wie niemand zuvor, und der war vor einem Jahr gestorben. Er vermisste ihn noch immer und sprach innerlich oft mit ihm, obwohl er ihn auch vor dessen Tod selten, vielleicht nur zufällig an einem Vortrag, gesehen hatte.

Gisela war sicher schon zuhause angekommen. Von links vernahm er ein Motorengeräusch, der Schneepflug vielleicht! Er versuchte, die entsprechende Richtung einzuschlagen.

29

Verena wollte die Ferientage im Jura dazu nutzen, den von den Kostenträgern verlangten Arztbericht über Tims Therapieverlauf zu schreiben, damit die Fortsetzung der Behandlung die nächsten Wochen bewilligt und bezahlt würde. Auf der Station fand sie kaum Zeit dafür. Draussen tobte ein Sturm, Schneeregen fegte über die Wiesen. Sie legte einige Holzscheite in den Ofen und sah das Feuer auflodern. Heute Morgen hatte sie mit der Durchsicht der Einträge der Therapiesitzungen und der Protokolle der Sozialpädagogen begonnen und startete nun den PC auf.

Tims Fortschritte waren offenkundig. Auf der Gruppe sei er zugänglicher und auch ehrlicher geworden. Sie schrieb einige Sätze. Dann sah sie in Gedanken Tim, der fast jeden Tag bei den Wollschweinen vorbeischaute, diese fütterte, beim Ausmisten half und sich liebevoll mit ihnen unterhielt. Er hatte an den grunzenden Viechern, die wie eine Mischung aus Schwein und Bär aussahen, einen Narren gefressen. Verena wurde warm ums Herz. Sie musste sich zwingen, zum diagnostischen Denken und zur trockenen Sprache der Berichte zurückzufinden, sie konnte ja nicht über Tims Verhältnis zu den Wollschweinen schreiben. Oder doch – sie musste die gewachsene Empathie benennen.

Aber wie sollte sie seine Wutausbrüche bewerten? Auf der Therapiestation waren seine Wutanfälle nur noch selten, aber zuhause gingen immer noch Sachen kaputt. Sie musste auch über diese Aggressionen berichten, die zeitweise seinen Fortschritten zuwiderliefen. Manchmal kann ein Kind, wenn es über Jahre das Bild des bösen Kindes von sich verinnerlicht hat, nicht glauben, dass es nicht mehr ausschliesslich »böse« ist. Es findet gleichsam in einem Wiederholungszwang immer wieder zum Zerstörerischen zurück.

Immerhin: Neuerdings konnte Tim nach Rückschlägen

Humor entwickeln, manchmal sogar über sich selbst lachen, und er ertrug Kritik viel besser. Ausserdem begann er allmählich die immer gleiche Rolle des Versagers oder des Schuldigen abzulegen. Ein ebenso untrügliches Zeichen für eine positive Entwicklung war seine Fähigkeit, Trauer über Trennungen auszudrücken. Ob sich die Invalidenversicherung oder die Krankenkasse dafür interessierten? Wohl kaum. Oder konnte Verena erklären, dass die Fähigkeit, Beziehungen einzugehen, immer mit sich bringt, dass man auch abhängig und verletzlich wird?

Die Therapiesitzungen vor dem Wochenende waren deshalb die schwierigsten, das wurde beim Lesen der Einträge noch einmal deutlich: Oft war Tim im Spiel ein anhängliches und manchmal verzweifeltes Kind. Immer wieder verwendete er das Motiv des Jungen, der einen Flugzeugabsturz überlebt hatte und wie Robinson Crusoe auf einer Insel hauste. Wenn sie als Therapeutin in die Rolle von Freitag schlüpfen durfte, war sie immerhin ein menschliches Wesen, das Anteil nehmen sollte an dem, was er erlebte. Dann wohnten sie zu zweit auf der Insel, fingen Tiere ein, die sie zähmten, nährten und züchteten. Insgesamt kreisten seine Fantasien um ein sehr behütetes Inseldasein, demjenigen des Kleinkindes ähnlich, das Tag und Nacht in ungestörter Zweisamkeit mit der Mutter verbringt. Eine Welt ausserhalb ihrer Inselwelt existierte leider noch kaum; da lag noch ein ganzes Stück Arbeit vor Tim und ihr. War er den Zuständen der Verlassenheit in solchem Mass ausgesetzt gewesen, dass er so bedürftig war? Dazu passte, dass er, unterdessen ein zehnjähriger Junge, in anderen Sitzungen zum Gugus-dada-Baby regredierte, das auf den Knien davonrobbte und von Verena gesucht und gefunden werden wollte.

Diese Fantasien, die miteinschlossen, dass er mit Menschen verbunden und von ihnen abhängig war, erlaubten ihm zeitweilig, auf seine narzisstische Grossartigkeit zu verzichten. Dann war er ein ganz normaler, liebenswerter, empathischer und sozial interessierter Junge. Aber man konnte ihm im Alltag förmlich zusehen, wie fragil dieses neue Selbstverständnis war. Das Eingeständnis der Abhängigkeit schien bei ihm immer wieder umzuschlagen in Panik, kontrolliert und beherrscht zu werden. Dann verkehrte er seine subjektiv empfundene Ohnmacht in Omnipotenz.

Bei der Durchsicht der Einträge gewann Verena einmal mehr einen Eindruck, wie schwierig sich die Ablösung von Mutterfiguren gestaltete, wenn das Fundament der Beziehung so unsicher war. Es würde bedeuten: verbunden zu bleiben, ohne zu verschmelzen. Ein Individuum zu werden, ohne verloren zu gehen. Teil einer Gemeinschaft zu sein, ohne die totale Kontrolle über andere ausüben zu müssen.

Verena war von neuem beeindruckt, wie es Tim im Spiel möglich war, den seelischen Wachstumsprozess darzustellen: Einmal hatte er die Idee, dass er als Hund einen Chip trüge, dessen wechselnde Farben anzeigten, wie es ihm ging. Der Chip würde beispielsweise davon Kenntnis geben, dass er wütend sei und nicht angerührt werden dürfe. Mit anderen Worten: Erste Fähigkeiten, den eigenen Zustand mental zu fassen und mit Worten zu beschreiben, waren aufgetaucht. Während anderer Sitzungen spielte er ein Äffchen, das sprechen lernte. Tim hatte auf seinem Weg vom triebhaften Wesen zur Menschwerdung die Sprache entdeckt und die Möglichkeiten des Denkens, die sich ihm eröffneten. Sie staunte, wie präzis er Wesentliches in Bildern auszudrücken vermochte.

Das Durcharbeiten der Krankengeschichte half ihr zu verstehen, wo sich der Junge in der Entwicklung befand. Und die Versicherer hatten bei so viel investiertem Geld ebenfalls Anrecht auf einen Wirkungsnachweis. Aber in welcher Weise konnte sie den Prozess den Krankenkassen plausibel erklären? Und wie lange war ein Aufenthalt gerechtfertigt? Wofür musste die Öffentlichkeit aufkommen? Fast jedes Kind war mit der Zeit so gerne auf Bad Bösbach, dass es das Ende des Aufenthaltes nicht herbeisehnte. Und die Eltern wurden zu richtigen Teams, zu vertrauten Zeugen von wichtigen Prozessen. War die Klinik nicht auch eine Insel? Ein Ort, wo Familien sich wahrgenommen und ernstgenommen fühlten? Wo keine Gewalt herrschte; wo all das zu gelingen schien, was zuhause so schwer zu erlangen war? Erst kürzlich wollte eine Mutter wissen, ob bei ihnen eine Stelle frei würde; sie hätte liebend gerne in ihrer Institution gearbeitet.

Eine Mail von Juri riss Verena aus ihren Gedanken. Ihr Herz schlug wild, jedes Mal diese Mischung aus Angst und Freude. Ein Bangen, was seine Antwort enthalten würde, denn seit der Begegnung mit Gisela auf dem Hof schrieb Juri nur selten zurück. Insgesamt erlebte sie ihn oft distanziert. Vielleicht war es seine Art, bedrückt zu sein? Sollte sie sich eine Pause gönnen und die Mail von Juri lesen? Nein, sie zwang sich, zuerst den Bericht fertigzuschreiben.

Was gut und was böse war, erforschte Tim fortan in allen Facetten seines Rollenspiels. Einmal bemerkte er, dass er im Grunde ein Wolf im Hundepelz sei. »Warum im Hundepelz?«, wollte Verena wissen. Die Antwort fiel so einfach wie bestechend aus: »Wölfe werden abgeschossen, Hunde haben alle lieb.« Sollte er ein triebgesteuerter, einsamer Wolf sein? Oder sollte er sich den Regeln der menschlichen Gesellschaft fügen und sich domestizieren lassen? Und als würde Juri mit ihr sprechen, hörte sie ihn sagen: Ist da nicht auch eine Botschaft, die sich an dich richtet, Verena? Was er im netten Hundepelz zeigt, ist nicht sein ganzes Selbst; da gibt es versteckt noch einen wild-aggressiven Tim, der jederzeit hervorbrechen kann. Lass dich nicht blenden. Juri war im Geist immer da, wenn sie über Patienten nachdachte. Sie gab ihm nur teilweise recht und diskutierte in Gedanken mit ihm. Sie hätte es eher so betrachtet, dass Tim dachte: Wenn ihr wüsstet, wie böse ich wirklich bin, dann würdet ihr mich niemals gernhaben.

Was von alledem konnte sie in ihrem Bericht unterbringen? Konnte der Vertrauensarzt jemals verstehen, wie kunstvoll und auf welch verschlungenen Pfaden sich der menschliche Geist entwickelte? Wie zart und zerbrechlich diese Prozesse waren, die von den Beziehungserfahrungen handelten, die der Junge Tag für Tag sammeln musste, um frühere dysfunktionale Strukturen in funktionalere umwandeln zu können? Und würde der Vertrauensarzt der Versicherung begreifen, dass man diese Entwicklung nicht hinkriegte, indem man den Kindern Verhaltenspläne, Belohnungs- und Bestrafungssysteme verordnete, notfalls mit Time-out in der Gummizelle? Wie sollte sie ihr Verständnis von seelischem Wachstum in die mechanische Sprache des offiziellen Diagnosesystems bringen, in dem nur Symptome und messbares Verhalten zählten?

Verena machte noch einen Kaffee und schrieb den Bericht, indem sie die Kategorien, für die sich die Versicherung interessierte, schematisch beantwortete. Sie machte einen Ausdruck und legte ihn auf die Seite, sie müsste ihn sicher später noch einmal sprachlich überarbeiten. Danach las sie Juris Mail.

Verena, liebste Freundin
Du bist mir so kostbar geworden. Die gütigen, verständigen Worte Deiner gestrigen Mail rühren mich, ich bin Dir so dankbar. Nein, ich bin nicht verschwunden, ich verschwinde nicht einfach so. Gerne und oft bin ich mit den Gedanken bei dir, meistens bist Du diejenige, die mich zwischen vier und fünf Uhr besucht, dann erzähle ich Dir dieses und jenes, denn du sprichst in mir Seiten an wie niemand zuvor.

Ich kann und will nicht länger aus meinem Herzen eine Mördergrube machen. Du brachtest etwas in Gang, was zwangsläufig mit Gisela zu einer Krise – gestern zur Krisis, ganz im Sinne der griechischen Tragödie, mit offenem Ausgang – führen musste. Nachdem Gisela ges-tern überstürzt abgereist war, ging ich voll quälender Gedanken und mit schwerer Brust im dicken Nebel schneeschuhwandern. Zeitweilig verirrte ich mich. Ich bin noch am Leben. Der gestrige Tag war qualvoll. Aber das Gefühl, überleben zu können, hat etwas Reinigendes, hinnehmen zu können, was immer geschieht – auch das Scheitern meiner Ehe.

Ich liebe Gisela. Vor den Augen unserer Freunde haben wir mit der Trauung unsere Verbindung bezeugt. Es sind fünfzehn Jahre vergangen, in denen wir vieles geteilt haben. Wir haben ein Kind bekommen, und wir haben es zu Grabe getragen. Weder kann ich das alles hinschmeissen und zerschlagen, noch will ich mich einfach arrangie-

ren und begnügen mit dem, was wir haben. Aber ich kann nicht einfach aus meiner Ehe flüchten und mich in Deine Arme werfen. Dafür würde ich mich verachten. Wenn ich ein junger Mann und ungebunden wäre, würde ich Deine Türen einrennen. Was würdest Du dann wohl machen? Wenn Du mich wegweisen würdest, käme ich wieder. Vielleicht nicht wie ein Tiger mit einem gezielten Sprung, vielleicht wie ein Kater vor dem Mauseloch. Ich bin mir sicherer geworden über die Bedeutung, die Du für mich hast. Ich will die Freundschaft zu Dir erhalten und vertiefen können. Meinst Du, das wäre eine Illusion, für Dich, für mich?

Ich freue mich, Dich im neuen Jahr in unserem Bad Bösbach wieder wohlauf anzutreffen. Dein Juri

Wie sollte sie den Brief verstehen? Diese Zuneigung zu ihr, der Wunsch nach Freundschaft und im gleichen Atemzug die Erklärung, dass er seine Frau niemals verlassen würde. Wollte sie einen Mann haben, der nie einen Sprung wie ein Tiger wagte? Aber wie sollte sie sich Freundschaft zu einem Mann vorstellen, den sie jeden Tag begehrte? Und der sie begehrte? Hatte Juri zu viel getrunken? Jedenfalls war dieser Mann ganz durcheinander. Und sie war es auch.

Und sie war ausserdem verärgert. Sie suchte im Nussbaumschrank nach Max' Whisky und schenkte sich ein Glas ein. Barfuss ging sie nach draussen und schlug mit einem Sprung einen Eiszapfen von der Kante des Dachs; er zerbrach am Boden. Sie las die Bruchstücke zusammen, ging ins Haus und warf das Eis in den Drink. Wie allein sie war. Und wie dumm sie war, nicht nach New York geflogen zu sein. Sie beschloss, Max anzurufen.

Max freute sich. Sie erzählte vom fehlenden Schnee, vom Eiszapfenwhisky, vom Chip, den Tim erfunden hatte, um mentale Zustände anzeigen zu können. Max hörte interessiert zu, aber als sie sorgenvoll mutmasste, dass solche Chiptechnologie bald Realität sein würde, widersprach er. Obwohl er sich seit dreissig Jahren mit Künstlicher Intelligenz beschäftigte, glaubte er nicht im Traum an diese Möglichkeit. Zu oft hatte die Informationstechnologie Ähnliches versprochen und hatte es nie realisieren können. Das sagte er im Brustton der Überzeugung, obwohl sie ihn darauf hinwies, dass er sich in manchen Entwicklungen getäuscht hatte. Dass die Gesichtserkennung so rasant Fortschritte machen würde, hatte er beispielsweise nicht vorausgesehen. Er bestätigte, dass es mit den jetzigen Gesichtserkennungsprogrammen bereits möglich war, Gefühle richtig zu interpretieren. Verena fragte ihn, ob er ein solches Gadget haben wollte, wenn es das gäbe.

»Ein Chip, der anderen zeigt, wie man sich fühlt?«

Sie wusste, dass er mit seiner Smartwatch die Anzahl Schritte, den Herzschlag sowie die Dauer und Tiefe des Schlafes aufzeichnete. Es war einen Moment still, Max war vielleicht von der Frage überrascht; er schien darüber nachzudenken und meinte dann ein bisschen belustigt, er glaube nicht, dass er ein solches Gerät haben wollte. Verena lachte.

»Wir überschätzen die Künstliche Intelligenz, die immer eine Beschreibung von etwas ist. Es mag möglich sein, mit einem Informatikprogramm Gefühle zu beschreiben und zu klassifizieren. Aber es kennt die Bedeutung der Gefühle nicht. Auch ein solches Gadget kann nicht anzeigen, wie sie eingebettet sind in ein Ganzes, in eine Bedeutung, die immer subjektiv ist. Und darum nützt der Chip an sich nicht viel.«

Verena erwiderte: »Klar, du hast mir das öfter erklärt. Und wenn ich versuche, deinen Einwand psychologisch in eine Theorie zu betten, sagt Tim eigentlich nur, dass ihm jemand fehlt, der seine Gefühle richtig interpretiert und hilft, sie für ihn lesbar zu machen. Das Wissen um die eigenen Gefühlszustände entsteht in den ersten zwei Lebensjahren. Der das Kind spiegelnde Erwachsene benennt, was das Gesichtchen des Kindes ausdrückt. Erwachsene geben also ständig Biofeedbacks. Und noch mehr als das: Eltern bieten eine mögliche Interpretation im Kontext an. Jetzt bist du wütend, weil es nicht geht … Jetzt bist du enttäuscht, weil er nicht gekommen ist … etc. So entsteht ein Konstrukt, das wir Selbst nennen. Mit der Zeit versteht das Kind, was es fühlt, die Erwachsenen helfen ihm dabei. Sein Selbst entsteht über den Austausch mit den anderen.«

Max antwortete nicht.

»Bist du noch da?«

»Ja.«

Sie wusste, dass er Vorträge hasste, die länger als 60 Sekunden dauerten. Er hasste sie sicher auch tausende Meilen von ihr entfernt. Es tat ihr leid, dass das Gespräch nicht gelang; sie verabschiedete sich, obwohl sie heute gerne mit ihm weitergesprochen hätte, weil sie ein gemeinsames Thema mit Max gefunden hatte.

Verena hoffte, dass der Whisky ihr Denken vernebeln würde. Sie wusste noch weniger als zuvor, über wen sie sauer sein sollte: über Juri oder doch eher über Max. Sie hätte gerne einem Mann die Schuld gegeben, ärgerte sich aber eigentlich über sich selbst. Es war absurd, dass sie Max mit einem Chip zur Erkennung der Gefühle ausstatten wollte, während sie selbst nicht annährend über die Dinge sprach, die für ihre Beziehung wichtig gewesen wären. Sie rechtfertigte sich sofort damit, dass Max in gewisser Weise gar nicht ihr Partner war. Er war zu weit weg, um ein Partner sein zu können, und sie kam zum Schluss, dass es während seiner Abwesenheit durchaus angemessen, ja legitim gewesen wäre, einen Geliebten zu haben.

Sie stand auf, um sehen zu können, was sich draussen bewegte. Ein Schaf schaute neugierig durch das Stubenfenster. François hatte seine Tiere bei dem schneelosen Winterwetter auf die Weide gelassen, und dieses vorwitzige Schaf hatte es geschafft, die Abschrankung zum Haus zu durchbrechen. Zuerst lachte Verena. Shaun, das Schaf, kam auf Besuch. Sie stand auf, öffnete das verdreckte Fenster und sprach ein paar freundliche Worte zu dem neugierigen Tier im dicken Pelz, das aber sofort einen Schritt zurückwich. Sie schloss das Fenster wieder, aber Shaun kam näher und schien durch die Scheiben ins Innere des Hauses sehen zu wollen. Als sie eine Weile in die Schafsaugen schaute, wurde ihr elend zumute.

War dies das einzig Lebendige weit und breit? Sollte sie es Woody Allen gleichtun und mit dem Schaf eine Liebesbeziehung anfangen? Oder sollte sie sich doch lieber einen Hund anschaffen wie einige alleinstehende Psychiaterinnen?

Verena nahm das Handy und wählte wieder die Nummer von Max. Haltlos weinte sie in den Telefonhörer, mit einem verwirrten Mann auf der anderen Seite der Erdkugel, der vergeblich herauszufinden versuchte, was mit ihr los war. Schluchzend brach sie das Gespräch ab, ohne sich erklären zu können. Max rief wenig später zurück, weil er beunruhigt war. Sie erzählte ihm all das, was sie seit vielen Monaten hätte erzählen müssen. Sie berichtete, wie sich ihre Beziehung zu Juri in diesem halben Jahr zu einer Liebesbeziehung entwickelt hatte, die sich allerdings nur schriftlich und in Andeutungen abspielte. Max hörte zu, ohne sie zu unterbrechen, und sagte nichts. Viele tausend Meilen Schweigen trennte sie. Verena unterbrach das Schweigen, das sie schlecht ertrug. »Ich verstehe, dass ich dich verletze, und es tut mir leid, dass ich nicht früher versucht habe, mit dir darüber zu sprechen.« Sie hätte jede andere Reaktion erwartet als das, was er nach einem Räuspern sagte: »Hör zu, eine solche Liebe ist wie eine Naturgewalt, dagegen kann ich nichts ausrichten.« Und nach einer Pause: »Ich würde dich jetzt gerne in den Arm nehmen.«

Am nächsten Morgen fand sie eine Mail von Max im Posteingang. Er entschuldigte sich für sein langes Wegbleiben und versprach, nach Beendigung des Projekts in Shenzhen nach Hause zu kommen. Seine Arbeitgeber fragten sich, ob es in Anbetracht der politischen Lage weitergeführt werden könne; es sei höchst ungewiss, wie lange er noch bleibe, seine Firma erwäge, alle Mitarbeitenden nach Hause zu holen. Der Schluss des Briefes lautete so: *Bis ich im Juli mit dem Projekt in Brasilien starte, werden wir uns richtig gut um unsere Beziehung kümmern, es ist mir ein grosses Anliegen. Ich will mit dir zusammen sein. Ich umarme dich, dein Max.*

Zum Glück kam am nächsten Tag ihre Freundin Marianne zu Besuch. Während Marianne durch die ganze Schweiz zu ihr in den Jura reiste, ging Verena in der nächstgelegenen Stadt einkaufen, setzte das aufgetaute Voressen von François' Lamm mit indischem Curry, Kokosmilch und Kürbisstücken auf den Herd und putzte das Haus.

Wie schön es war, die vertraute Freundin zu umarmen. Nach dem Essen setzten sie sich mit einem Kaffee an den Kamin, und Marianne hörte sich die Fortsetzung der Geschichte mit Juri geduldig an, samt Auszügen der letzten Mail, die Verena Marianne vorlas.

»Ach, meine Liebe!«

Sie stand auf und strich Verena über das Haar.

»Du mit deinem Doktor Schiwago! Komm, lass uns ein paar Schritte draussen machen, bevor es dunkel wird.«

Auf den Weiden des Jurahügelzuges sahen sie ein Dutzend Pferde stehen. Die reglosen Tiere zeichneten sich am Horizont wie Scherenschnittmotive gegen den schwefelgelb beleuchteten Himmel ab. Es regnete und windete.

»Du hast doch einen Mann verdient, der nicht kastriert ist«, sagte Marianne unvermittelt. Verena protestierte: »Er ist nicht kastriert. Du müsstest ihn sehen. Du hast das falsche Bild eines Psychoanalytikers im Kopf, der immer mit steinerner Miene in einem Sessel sitzt. Das trifft auf Juri überhaupt nicht zu. Er hat Temperament, er reitet Pferde, er hat …«

»Schon gut«, sagte sie beschwichtigend, »aber all das nützt dir nicht viel.« Nach einer kurzen Pause fuhr sie mit Verve fort: »Er wird nie dein Mann werden! Hör einfach auf, darauf zu hoffen. Die Mail, die er geschrieben hat, spricht eine deutliche Sprache. Er ist verheiratet, er ist treu; du hast ihn doch die ganze Zeit verführen wollen, und er blieb standhaft. Vielleicht weckst du seine Leidenschaft, aber an seiner Haltung ändert sich nichts; du wirst sehen, er wird nie zu dir kommen! Seine Ehe mag nicht die erfüllteste sein, vielleicht vertrocknet er allmählich, doch das ist noch lang kein Grund zum Gehen. Er ist nicht die Art von Mann, der seine Frau verlässt.«

Verena war überrascht über die forsche Tonlage von Marianne. Ihre Freundin schien nachzudenken.

»Warum willst du ihn verführen? Ich verstehe es nicht ganz. Du hast eine tolle Stellung in der Klinik. Was sollen diese Versuche, dich in den Ruin zu treiben? Irgendwie scheint mir, als würdest du etwas Selbstschädigendes tun. Und was ist mit Max?«

Sie schwieg, während sie die Kapuze über den Kopf zog; der Wind blies kalt.

Verena war bestürzt über das, was Marianne laut aussprach. Und es kam ihr die Sitzung mit Tim in den Sinn, der nicht wusste, ob er wild sein sollte oder die Vorzüge der Domestizierung haben wollte.

»Ich würde dir einen Mann gönnen, der da ist. Oder tickst du so, dass du irgendwie einen Mann brauchst, der nicht da ist?«

»Meinst du das ernsthaft?«, fragte Verena erschrocken.

»Ich denke schon.« Marianne klang wieder verständnisvoll, als sie hinzufügte: »Sonst hättest du einen, der da ist. Das würdest du vielleicht gar nicht ertragen. Du brauchst doch deine Freiheiten, und vielleicht brauchst du dein persönliches Drama. So richtig leidenschaftlich liebt es sich doch nur aus der Ferne.«

Verena erzählte ihr vom Telefonat mit Max gestern – wie verständnisvoll er sich über ihre Verliebtheit geäussert hatte – und auch von der Mail, die er geschrieben hatte.

Marianne fand seine Reaktion unbegreiflich: »Warum ist Max so tolerant – oder liegt in der vermeintlichen Toleranz Gleichgültigkeit? Zeigt er keine Eifersucht? Der hat, wenn du mich fragst, einen Sprung in der Schüssel.«

Verena wusste es nicht und echote mit ironischem Tonfall: »Richtig leidenschaftlich liebt es sich doch nur aus der Ferne – vielleicht tickt Max auch so.« Sie erzählte Marianne von ihrer Enttäuschung, weil Max nach dem Chinaaufenthalt für weitere Wochen beruflich in Brasilien weilen würde.

»Früher«, sagte Marianne, »wären unsere Männer auf hoher See gewesen, oder Söldner in fremden Diensten. Oder sie hätten uns im berühmten Zermatt Jahr für Jahr für eine Wintersaison zurückgelassen, um im Ausland tätig zu sein. Und wir hätten die Landwirtschaft geschmissen und unsere sieben Kinder allein durchgebracht, zusammen mit allen Frauen, die unser Schicksal geteilt hätten.«

Verena nickte und schüttelte fast gleichzeitig den Kopf, sagte abwehrend: »Aber jetzt ist nicht früher.« Marianne liess nicht locker: »Das stimmt, aber heute sehen die Wanderarbeiter in China ihre Liebsten mit Glück einmal pro Jahr für zehn Tage am Neujahrstag.«

»Ich wohne nicht in China«, antwortete Verena streitlustig.

Marianne insistierte: »Dein Max ist jedenfalls ein Wanderarbeiter. Dann trenn dich von Max und suche einen, der zu haben ist. Und ich wette«, fügte sie hinzu, »dein Dr. Schiwago ist doch ein Mann zum Einschlafen.«

»Das mag sogar stimmen, jedenfalls sagt er das von sich selbst. Er sagt, er sei ein langweiliger Mensch.«

»Vielleicht hat er recht, du solltest ihm glauben.« Sie erhob die Stimme und sagte: »Du träumst von einem wilden Mann, der er nicht ist. Es ist dein Bild von ihm, und er weiss längst, wie falsch deine Projektionen sind. Frag du dich lieber, warum du solches Zeug in ihn projizierst.«

Verena musste an den Hund von Tim denken. Auch Juri war ein domestizierter Hund, es steckte kein Wolf in ihm, kein Tiger, nicht einmal eine Katze. Und dann kam ihr wieder die Geschichte der Kirke in den Sinn, die er ihr im letzten Herbst geschickt hatte. Juri war von der Kirke gefangen genommen und in ein Schwein verzaubert worden, und die Kirke war sie selbst.

Marianne schien ehrlich aufgebracht zu sein und riss Verena aus ihren Gedanken. »Warum trennst du dich eigentlich nicht von Max?«, fragte sie. Verena wusste es nicht. Marianne war auf einen wunden Punkt gestossen. Sie müsste viel ernsthafter darüber nachdenken.

Es wurde kalt, und die Nässe auf dem asphaltierten Strässchen gefror. Die Salzmaschine war noch nicht gekommen. Sie kehrten um. Mittlerweile war es dunkel geworden. Wenn eines der seltenen Autos in der Dämmerung auftauchte, traten sie einige Schritte ins gefrorene Gras hinaus und warteten, bis es vorbeigefahren war.

»Mir scheint, du musst mit Juri einen Weg finden, bei dem ihr den Eros für eure Arbeit nutzen könnt. Warum kann das Erotische nicht eure Zusammenarbeit inspirieren, ohne dass ihr die Sexualität ausleben müsst? Du klingst immer so begeistert, wenn du von ihm und eurer Arbeit auf der Station sprichst. Du musst doch nicht jeden Mann haben, der dir gefällt!« Nach einer Pause fügte sie an: »Als Paar hättet ihr das, was alle Paare haben.«

»Und das wäre?«

»Alltag mit Routine, mehr oder weniger offenes Desinteresse, Machtkämpfe, Vermeiden von Nähe … und überhaupt!« Marianne klang jetzt entrüstet: »Wie könntet ihr als Paar eine Klinik leiten? Einer von euch müsste sowieso weggehen. Ich habe einmal erlebt, dass ein Paar eine Klinik leitete: Es war eine Katastrophe.«

Marianne wirkte gereizt, das Thema schien sie zu ermüden. Verena wollte auf ihre Einwände eingehen und sich erklären, aber Marianne schnitt ihr das Wort ab und sagte mit einem breiten Grinsen: »Okay, du würdest also mit Juri die Klinik leiten, bei diesen Schwulen auf dem Hof wohnen, nach der Arbeit würdet ihr gemeinsam ausreiten, am Wochenende würdest du mit ihm Ziegen und Wollschweine ausmisten oder Holz fällen und den Garten jäten«, sie holte Luft. »Und in den Ferien würdest du mit ihm im Jura Langlauf machen oder an dieselben Fachkongresse reisen.« Sie lachte Verena aus. »Im Ernst, Verena, ist es das, was du wirklich möchtest: 24/7 mit ihm zusammen sein? Viel Vergnügen!«

Verena packte Mariannes Arm, schüttelte und riss daran wie ein junger Hund und tanzte um sie herum, sodass Marianne fast das Gleichgewicht verlor. Sie lachten beide, und Verena sagte: »Im Ernst, so habe ich mir das vorgestellt!«

Sie hatte nichts dagegen, als Marianne sagte: »Komm, lass uns ins Haus gehen, Kaffee trinken und Musik machen. Und über Männer lachen.«

30

Es war ein milder Vorfrühlingstag, und die Kinder hatten angefangen, am neuen Pflanzgarten hinter dem Haus von Hans und Renzo zu arbeiten.

»Warum ist man reich, wenn man den Kuckuck hört?«, wollte Tim wissen.

»Das gilt nur, wenn man Geld im Sack hat«, meinte Hans.

Tims von lehmiger Erde schwer behangener Stiefel ruhte auf der metallenen Kante des Spatens. Mit den Händen umfasste er das Ende des Holzstiels und legte das Kinn auf die übereinander liegenden Handrücken. Der über den Spaten gebeugte zarte Rücken verstärkte den Eindruck seiner Verletzlichkeit. Juri betrachtete seine Silhouette. Wo er diesen Filzhut gefunden haben mochte? Einen Augenblick lang verwandelte sich für Juri die Gestalt des Zehnjährigen in die eines alten gebrechlichen Mannes. Die dünnen, vom gefühlten Unglück immer ein bisschen zusammengekniffenen Lippen, der angespannte Kiefer, das fein geschnittene Gesicht. Juri versuchte sich vorzustellen, wie Tim in fünfzig Jahren aussehen würde. Welche von Neugierde und Lust angetriebenen Kräfte, welche von Angst, Wut und Enttäuschung stammenden Verhärtungen würden seinen Männerkörper formen?

»Früher war für den Bauern entscheidend, wie viel Korn sich im Frühling noch im Sack befand. Ohne vorrätiges Saatgut konnte im Frühling auch nichts gesät werden. Darum blieb der Bauer arm, der nichts im Sack hatte, wenn der Kuckuck rief«, hörte er Hans sagen. Tim nickte.

»Wie bei Hay Day«, sagte Tim. Das war ein Computerspiel, das er in süchtiger Manie spielte, wenn man ihn gewähren liess. Der Reichtum und die Ländereien eines fiktiven Bauernhofes wurden darin ständig durch Investitionen vermehrt. »Allerdings spielt es für die Pixel von Hay Day keine Rolle, ob tiefer Winter ist oder ob der Kuckuck ruft«, mischte sich

Renzo ins Gespräch und fügte hinzu: »Der Kuckuck steht übrigens auf der Roten Liste.«

Das mochte wahr sein, dachte Juri, denn auch er hörte den Kuckuck fast nie mehr rufen. Aber er fragte sich, ob Renzo den Jungen mit den dunklen Gedanken an das Aussterben der Vögel behelligen musste. Er war gekommen, weil er sehen wollte, wie die Arbeit im Gemüsegarten gedieh.

»Zum Kuckuck mit deiner Roten Liste!«, rief er so laut, dass die anderen seine Anwesenheit jetzt bemerkten. Tim richtete sich auf und wollte wissen, was eine Rote Liste sei. Renzo und Tim diskutierten lebhaft. Tim fügte dem Gespräch sein Wissen um das leidvolle Einfangen der Zugvögel mit Leim und Netz auf Malta hinzu, eine Doku-Sendung darüber hatte ihn offensichtlich nachhaltig betroffen gemacht. Ganz vom Thema in Anspruch genommen, setzte sich der Bub auf das Steinmäuerchen, liess die Beine baumeln und stiess mit der scharfen Unterseite des Spatens einige Male auf einen hervorstehenden Stein, während er Drohungen ausstiess: »Ich werde die Vogelräuber mit ihren selbstgemachten Fallen schnappen und ins Gefängnis stecken!« Renzo lachte.

Hans nahm Tim den Spaten aus der Hand und sagte: »Das reicht, so geht er kaputt.« Er zeigte ihm die Scharten, die im Schaufelblatt zu sehen waren.

»Machst du noch ein bisschen weiter?«, fragte Hans.

»Nein, der Rücken tut mir weh und ich habe Blasen.«

Tim zeigte ihm seine Handflächen.

»Hol die Handschuhe.«

Tim blieb ungerührt sitzen. Hans fuhr kommentarlos mit dem Umstechen des Bodens fort. Kraftvoll stiess er das Metall tief ins Erdreich, hob schwere Schollen aus dem Boden, schlug mit der Kante das Graswurzelwerk von der Erde und warf das Gras auf einen wachsenden Haufen. Tim sah eine Weile zu; seine Augen wanderten vom grossen, mit dem Spaten hantierenden Mann zum Schaufelblatt und wieder hoch zum Gesicht von Hans, dem der Schweiss übers Gesicht den Hals hinabrann.

Am Rande des Gartens schüttelten Jenny und Alicia Kompost durch ein Drahtmaschengitter und betrachteten die Würmer, begleitet von lauten Ausrufen des Ekels. Das Quieken und Kreischen der Mädchen lenkte Tims Blick in ihre Richtung. Er sprang vom Mäuerchen, zog Stiefel und Socken mitten auf dem Feld aus, vermutlich weil er mit den Erdschollen an den Schuhen nicht gut rennen konnte, und näherte sich den Mädchen barfuss. Als er die beiden erreicht hatte, bückte er sich, zog blitzartig einen sich im Sonnenlicht um sich selbst drehenden Kompostwurm vom Drahtgeflecht und warf ihn der überraschten Jenny in den Ausschnitt des T-Shirts, um sich sogleich mit einigen grossen Sprüngen in Sicherheit zu bringen. Niemand ausser Juri wusste, warum die Mädchen aufheulten. Alicia rannte mit Erde in den Händen hinter Tim her. »Du verdammter Arsch, du Sau«, schrie sie, aber flink sprang er weg; sie konnte ihn nicht damit bewerfen. Sie rief ihm stattdessen von den schlimmsten Kraftausdrücken zu, die ihr an in den Sinn kamen. Tim lachte. Luc kümmerte sich um den Haufen wild gewordener Kinder, und Juri machte sich auf den Weg ins Büro; er hatte noch viel zu erledigen.

Er freute sich über das, was er zu sehen bekommen hatte. Die Entwicklung, die Tim seit dem Eintritt gemacht hatte, war beachtlich. Tim würde im Frühling die Station verlassen und nach Hause zurückkehren; seit Januar besuchte er einmal wöchentlich die Stammklasse in seinem Dorf. Mehr Sorgen bereitete ihm Alexandra. Er entdeckte sie weiter oben am Bach. In Begleitung anderer Kinder mühte sie sich mit einer Schlauchrolle ab, die vermutlich die Bewässerungsanlage für den Garten werden sollte. Sie war immer noch stark untergewichtig und hatte seit dem Eintritt in die Therapiestation das Gewicht lediglich halten können. Es ging ihr offensichtlich nicht gut. Seit Kurzem wusste sie, dass sich die Eltern trennen würden. Innerlich ärgerte sich Juri über ihren Vater. Er war ein in der Gegend bekannter Architekt und war unlängst ausgezogen, weil er eine junge Freundin hatte. So viel

Egoismus und Verantwortungslosigkeit, dachte Juri, jetzt wo seine Tochter ihn brauchen würde. Alexandra hatte mit Ölkreide ein Bild von einem Vater gemalt, der sein Kind zum Abschied küsst, bevor er ins Auto steigt. Als es fertig war und sie es gemeinsam mit ihm betrachtet hatte, hatte sie zu weinen begonnen. So viel Schmerz hatte sie in der Therapie bisher nie gezeigt. Juri litt mit der Jugendlichen und hoffte, dass das Zulassen der Trauer sie entlasten würde.

Die Trauerweiden am Ufer des Baches begannen auszuschlagen, filigrane lanzenförmige Blättchen kringelten sich dem Licht entgegen. Dieses Grün war der denkbar zarteste Frühlingsgruss; eine süsse Freude breitete sich in ihm aus, in die sich aber, wie so oft, Melancholie mischte. Es war der letzte Frühling, den er hier verbringen würde.

Während Juri zurück zur Therapiestation spazierte, war er in Gedanken beim Treffen mit dem Schwager, das am Wochenende stattfinden würde. Der Umbau des Einfamilienhauses, das er und Gisela von ihren Eltern übernehmen würden, war in vollem Gange. Sie wurden aufgefordert, die Innenausstattung auswählen. Es war ein Haus aus den 1960er Jahren, recht grosszügig, aber bieder schweizerisch. Nicht das Haus seiner Wahl, aber es hatte einen grossen Garten mit einem alten Nussbaum darin. Und es war so stadtnah gelegen, dass er sogar seine Praxis darin einrichten konnte. Mit Hilfe seines Schwagers waren sie im Begriff, etwas Ansprechendes daraus zu machen. Juri wusste, wie sehr sich Gisela auf den Umzug und den Neubeginn in ihrer Heimatstadt freute; wie sehr sie sich freute, ihre Freundinnen in der Nähe zu haben, wie erfüllt sie von ihrem Projekt war. Er war sicher, dass dies der richtige Weg war.

Er würde endlich mit Verena reden und ihr sagen müssen, dass er sich entschieden hatte, zu kündigen. Er hielt die Zerrissenheit nicht mehr länger aus und konnte sich nicht vorstellen, so weiterzuleben. In Gedanken war Juri Tag und Nacht mit Verena zusammen. Wenn er mit Gisela am Tisch sass, sass Verena neben ihm, und er sprach mit ihr statt mit seiner Frau. Er erwachte jeden Morgen in der Früh und besprach den Tag mit Verena, während Gisela voller Vertrauen und nichts ahnend weiterschlief. So konnte er nicht weiterleben. Der Gedanke an den Abschied und an das bevorstehende Gespräch mit Verena erzeugte auch jetzt eine bleierne Schwere. Er schalt sich, feige zu sein.

In seinem Büro öffnete Juri beide Fensterflügel, um die frische Frühlingsluft hereinzulassen. Während er sich ans offene Fenster lehnte, diktierte er die Zusammenfassung eines Eintrittsgesprächs. Als er den Eintrag beendet hatte, beobachtete er die Amsel, die schon geraume Zeit am Boden vor dem Fenster in grosser Aufregung ziellos hin und her hüpfte. Sie stiess mehrmals einen schrillen Laut aus, der eher einem gequälten Schrei als dem Gesang einer Amsel ähnelte. Beim Hinhorchen verdichtete sich die vage Empfindung zu einem Verdacht. Der alte Schmerz durchfuhr ihn mit unerwarteter Heftigkeit: Er hielt eine Hand auf die schmerzende Stelle über seiner Brust und versuchte, tief zu atmen. Im Innern hörte er ihr helles »Papa, Papa!«. Nach ihrem Tod war es oft geschehen, dass er sie sah oder hörte. Jetzt sah er sich wieder im Dunkeln vor dem Kinderzimmer auf der obersten Treppenstufe sitzen, den Kopf in die Hände gestützt. Tage und Wochen nach dem Tod seines Kindes hatte er auf diese Weise versucht, der Verlockung zu widerstehen, nachzusehen, ob Natascha nicht doch in ihrem Bettchen lag.

Er stellte ein Bein auf den Heizkörper und stiess mit dem anderen kräftig vom Boden ab, während seine Hände den Fensterrahmen umfassten und er versuchte, die Beklemmung abzuschütteln. Als die Füsse auf dem Fensterbrett Halt gefunden hatten, streckte er den Kopf gebückt aus dem Fensterrahmen, bog die Äste des Spaliers zur Seite und suchte das Nest. Erst vor zwei Tagen hatte er es entdeckt und zugeschaut, wie die fast nackten Vögelchen ihre weichen gelben Schnäbel dem Futter, das die Eltern brachten, entgegenreckten.

Das Nest war leer. In dem Moment begann es zu regnen.

31

Seit fünf Tagen regnete es ununterbrochen. Tim war enttäuscht, dass sie heute nicht mit dem Fahrrad zur Turnhalle ins übernächste Dorf fahren würden. Sein Lehrer hatte es so entschieden, weil die Nachrichten auch für heute Starkregen angesagt hatten. Das Radio hatte eine seltene Westwindlage mit noch mehr Regen gemeldet und vor Murgängen und Überschwemmungen gewarnt. Von seinem Grossvater wusste Tim, was ein Murgang ist. Dieser hatte ihm letzten Sommer einen Erdrutsch auf der Alp gezeigt; die Weide war zur Hälfte weggebrochen, stattdessen war am Berg eine nackte Stelle zu sehen. Die Stelle sah aus wie eine seiner häufigen Schürfungen an den Beinen.

Tim war untröstlich, denn die Turnstunden mochte er am allerliebsten. Endlich gab es einen Lehrer, der ihn den Rückwärtssalto lehrte und ihm den Absprung von den Schaukelringen aus dem Sturzhang beibrachte. Auf den Handstand war er besonders stolz, er beherrschte ihn jetzt sogar auf den Holmen des Barrens. Seine Eltern hatten ihn im nächsten Semester fürs Kunstturnen angemeldet. Tim konnte es kaum erwarten, bis er die Kunststücke in seiner eigenen Klasse zeigen konnte. Mit seinem Lehrer wurde vereinbart, dass Tim extra Turnstunden von anderen Klassen des Schulhauses besuchen dürfte. Zum Beispiel dann, wenn er die Anspannungen nicht mehr aushielt. Seit einem Monat hatte er, zum ersten Mal in seiner ganzen Schulzeit, kein Ritalin mehr nehmen müssen.

Dass er stattdessen mit seinem Lehrer im Werkraum die Rakete fertig bauen durfte, war nur ein kleiner Trost. Er hatte eine erste Rakete getestet; die flog aber nicht, sondern plumpste nach dem Start geradewegs zu Boden. Der Lehrer hatte, ohne sich im mindesten darüber aufzuregen, mit ihm besprochen, was er ändern musste, und er hatte eine zweite angefertigt. Jetzt befestigte er die Zündschnur daran, dann musste er sie nur noch anmalen. An seinem Abschiedsabend würde er sie steigen lassen. Heute hatte er den Auftrag gefasst, die Wünsche für seine Zukunft aufzuschreiben, die er mit der Rakete abschicken wollte.

In Gummistiefeln ging Tim vom Werkraum zum Wohnhaus. Das Wasser stand überall und bildete Pfützen auf dem Vorplatz, der auch als Fussballfeld diente. Ein Entenpaar watschelte über den Rasen und suchte nach Futter. Der kleine Bach war ein reissender brauner Fluss geworden, einzelne Wellen schwappten über den Zaun, viele abgerissene Äste steckten in den Drahtmaschen fest. Wenn das Wasser weiter anstieg, würde es bald das Haus erreichen. Ein Windstoss peitschte den Regen in sein Gesicht; er rannte über den Platz zum Hauptgebäude mit den Wohngruppen und trat durch die Glastür. Der Teppich dahinter war von Nässe durchtränkt und von Schlamm überzogen. Er stieg die Treppe hoch und versuchte, den nassen Stellen auszuweichen. Weil er seine Hausschuhe nicht gefunden hatte, zog er seine Stiefel wieder an.

»Tim, hopp, Hausschuhe anziehen und Imbiss machen, alle warten!«, rief Marie-Louise.

»Hab ich schon!«, maulte er zurück, es regte ihn auf wenn sie ihn massregelte.

Er hatte vergessen, dass er heute für alle das Pausenbrot bereitstellen sollte, und beeilte sich. Für sich machte er einen warmen Kakao, dann ging er zu jedem Kind der Gruppe und fragte, was es trinken wolle; dann schnitt er das Brot. Er fand die Stimmung zugleich aufregend und gemütlich; er liebte Unwetter. Laut rauschte von draussen der angeschwollene Bach. Drinnen war es dunkel, als wäre es später Abend. Das Licht war an.

Die Kinder machten alles für ein Monopoly parat; Alexandra wollte die Bank sein und bündelte die Geldscheine. Tim verliess den Tisch, ging zum Fenster und schaute hinaus.

»Wow, mega!«, rief er. »Kommt her, der Bach ist über das Ufer getreten!« Alle Kinder eilten herbei. Er konnte zusehen, wie ein unterspültes Stück Strasse vor seinen Augen wegbrach. Als wäre der Asphalt der Zufahrt nichts als eine Brotrinde wie die, die er vorher im Kakao aufgeweicht hatte. Das Wasser riss den Belag auseinander, füllte den Graben innert kürzester Zeit auf und strömte eilig als braune Brühe auf das Klinikgebäude zu.

»Kann Asphalt plötzlich weich werden?«

Niemand antwortete Tim.

Marie-Louise knallte den Hörer des Telefons hin und suchte hektisch ihr Handy. Sie fluchte laut und sagte »Scheisse«, was Tim nicht entging, obwohl er nur am Rande mitbekam, was drinnen gesprochen wurde. Heisse Aufregung durchströmte ihn, es war, als würde sein Inneres brennen; eine Glut bereitete sich vom Bauch im ganzen Körper aus und liess seine Hände heiss werden. Er lief wie ein gefangenes Tier hin und her und fragte, ob er rausgehen dürfe, bekam aber keine Antwort. So rannte er zur Garderobe und zog die Gummistiefel wieder an. Doch die Glastüre im Parterre war verschlossen. Es machte ihn rasend, dass er drinnen eingesperrt war und die Katastrophe verpassen würde, die sich draussen abspielte. Ohne die Stiefel auszuziehen, stieg Tim wieder die Treppe hoch und schaute zusammen mit Kevin aus dem offenen Fenster des Gruppenraums. Es regnete in Strömen, das Strässchen und die Zufahrt hatten sich in einen reissenden Bach verwandelt, der den Vorplatz füllte. Unten sah er Hans mit dem Fendt vorbeifahren; er hatte die Greifzangen montiert. Von weitem war die Feuerwehr zu hören. Karin befahl, die Fenster zu schliessen. Als kein Kind gehorchte, schob sie Tim forsch zur Seite und schloss die Fenster selbst.

»Hei, blöde Karin!«

Tim öffnete das Fenster wieder.

»Schau«, schrie er, »dort schwimmt ein ganzer Baum mit Wurzeln!«

Schade, der Baum wurde nicht bis zu ihnen gespült, er blieb weiter oben hängen. Tim erinnerte sich an die Hölzchen, die er jeweils oberhalb der Brücke reinwarf, um schnell auf die andere Seite der Brücke zu rennen und sie dort zu entdecken, falls sie nicht, wie dieser Stamm, stecken geblieben waren. Alle Kinder kamen ans Fenster gerannt und kommentierten aufgeregt das Geschehen draussen. Die Feuerwehr war weiterhin zu hören, aber zu sehen war sie noch immer nicht. Irgendwann verloren die Kinder das Interesse an der Überschwemmung, ausser Tim, der hingerissen hinausschaute. Dass Luc die Kinder wieder zum Monopoly an den Tisch rief, bemerkte er nicht. Tim stellte sich vor, wie er in den wilden Fluten River Rafting machen und das Floss unter der Brücke hindurchsteuern würde.

Alex versuchte, den vom Geschehen gebannten Tim vom Fenster wegzuzerren.

»Komm jetzt mit uns Monopoly spielen, wir wollen anfangen!«

Er spürte ihre Hand an seinem Gürtel; sie zog heftiger, doch er hielt sich trotzig am Heizkörper fest. Als eine Gürtelschlaufe riss, entbrannte in ihm eine unbeschreibliche Wut; er drehte sich blitzartig um und schlug Alex ins Gesicht. Ihr Aufheulen steigerte seinen blinden Zorn, und er holte mit aller Wucht zum nächsten Schlag aus. Luc trat wie ein Felsblock dazwischen. Tim, nun ausser sich, schlug auf Luc ein, dieser packte seine Hände und hielt sie fest. Tim rammte den Kopf gegen Lucs Brustkasten. Weil Luc ihn mit einer kräftigen Drehung wegschob, trat er mit den Füssen gegen Lucs Schienbein und versuchte, sich aus dem Griff zu winden.

Im Geist wurde Tim von einem Strom fortgerissen, versuchte sich festzuhalten, strampelte im Schlamm, hatte Angst zu ersticken, tastete nach Grasinseln, an denen er sich festhalten könnte. Aussen und innen verschmolzen zu Bildern des Taumelns und Strudelns.

Dann schrie er mit neu entfachter Energie: »Ich will raus hier, ihr seid gemein, lasst mich los, ich hasse euch, ich hasse euch, ich will zu Dänu, ich will mit Hans auf den Fendt, ich will draussen dabei sein!« Tränen standen in seinen Augen.

»Später gehen wir alle raus«, sagte Frau Liechti, »ich weiss, dass du dabei sein möchtest, aber jetzt ist es zu gefährlich.«

Er kam erst wieder zur Besinnung, als er sich eingeklemmt zwischen den riesigen Oberschenkeln von Luc wiederfand; sein Kopf lehnte an Lucs Brustkasten. Stumm fixierte Tim das Muster des Parkettbodens. Er hätte nicht sagen können, wie viel Zeit verstrichen war. Luc hielt ihn immer noch fest. »Geht es wieder?«, hörte er Luc fragen. Er nickte stumm, verharrte aber in dieser Stellung. Er fühlte sich unendlich müde, als wäre alle Kraft aus seinem Körper gewichen. Frau Liechti sagte: »Kannst du den Weg vom Wolf zurück zum Menschen finden?« Er sah einen Wolf in der Falle, und dieser Wolf war er. Er sah verschwommen, wie sie Luc einen Kaffee hinstellte. Jetzt kam sie mit einem Glas Tee zu ihm, kniete neben ihn nieder, zog ihm die Stiefel einen nach dem anderen sorgsam aus. Er spürte, dass jemand Liebes seine Pfoten aus der Falle löste. Dann hielt Frau Liechti das Glas vor sein Gesicht und sagte: »Da draussen und in dir drin gibt es eine grosse Katastrophe.«

Er trank in so grossen Schlucken, dass der Tee aus dem Mundwinkel auf seinen Pullover rann. Jegliches Zeitgefühl hatte er verloren. Aber in diesem Moment war es schön, im Schutze des warmen Körpers zu verweilen. Er glaubte sich zu erinnern, dass er gestern haargenau dies geträumt hatte: Er war ganz weit hinuntergefallen, bei der Landung hatte er sich im Schoss einer Frau wiedergefunden, die ihn mit beiden Armen umfangen hielt. Beim Aufwachen war er trunken vor Glück, am liebsten hätte er das Traumgeschehen angehalten, um darin noch ein bisschen zu verweilen. Merkwürdig, die Frau war jetzt Luc, der ihn festhielt. Seine Muskeln entspannten sich.

In diesem Moment erlosch das Licht im Raum; es war fast dunkel wie in der Nacht, und für einen Augenblick verstummten alle. In der Stille hörte man weiterhin die Sirenen und das Geräusch des reissenden Wassers. Das Monopoly stand verlassen auf dem Tisch. Marie-Louise durchsuchte die Schränke nach Kerzen, und Luc, der sich auf die Polsterbank gesetzt hatte, versuchte mit dem iPhone seine Freundin zu erreichen.

Tanja, die vorher die Bettdecke hinter sich hergezogen hatte, lag mit dem Daumen im Mund zusammengerollt im Polsterstuhl unter der Decke vergraben und schien abwesend zu sein. Jenny und Alicia sassen links und rechts von Luc und beugten sich ebenfalls über sein Display. Sie wurden sehr aufgeregt, als sie erfuhren, dass sie auf Bad Bösbach vom Rest der Welt abgeschnitten waren; jedenfalls hatten sie keinen Strom, und das Festnetz war ausgefallen. Luc fragte Verena, ob er aus den Kontakten einen Elternchat herstellen und die Eltern benachrichtigen solle, bevor niemand mehr das Handy aufladen könne. Verena stimmte nach kurzem Zögern zu. Es war zwar mit dem Datenschutz nicht vereinbar, aber hier erforderte die Situation Flexibilität und Menschenverstand. Jenny und Alicia halfen Luc, den Chat einzurichten.

Kevin fragte, ob das Wasser bis zu ihrem Fenster steigen könnte – was Karin entschieden verneinte –, und ob sie, wie bei *Retter im Einsatz*, mit dem Helikopter biwakiert würden? Tim, der noch auf dem Boden sass, richtete sich auf und sagte zu Kevin: »Es heisst evakuiert, nicht biwakiert.« Dann stand er auf, stopfte seinen Pullover in den Hosenbund und ging auf Frau Liechti zu.

»Jetzt weiss ich, warum der Bach diesen komischen Namen hat.«

Aus seinem Gesicht strahlte Genugtuung.

Frau Liechti schaute ihn mit diesem merkwürdigen Blick an, von dem er nie wusste, was er bedeutete.

»Geh zu Alex und sag etwas wegen vorhin.«

Etwas Schweres lag in seinem Magen, und alles zog sich in ihm zusammen. Er wand sich und konnte keine Worte der Entschuldigung finden. Aber dann sah er Alex auf sich zukommen, und es fiel ihm ganz leicht. Er streckte ihr die offene, zu einem »Give me five!« geformte Hand entgegen und fragte, ob er ihr wehgetan habe.

»Ja«, sagte sie, aber sie machte komische Faxen dabei, und er wusste, dass es wieder gut war. Er hatte sich schon lange nicht mehr so leicht gefühlt.

32

Im Dunkeln stieg Juri die Holztreppe zu Hans und Renzo hoch und zog bei jedem Schritt eine schmutzige Wasserspur hinter sich her. Verena, die hinter ihm die Treppe hochging, sagte: »Du siehst aus, wie wenn du gerade dem Grab entstiegen wärst und dem Jüngsten Gericht entgegengingst.«

»So fühle ich mich auch«, erwiderte er.

Sie waren bis auf die Knochen nass, seine Kleider waren von oben bis unten mit einer Schlammschicht überzogen. Bis vor Kurzem hatte er geholfen, aus Sandsäcken Barrikaden vor der Therapiestation aufzuschichten. Renzo stand vor dem Holzkochherd und schob dünn gespaltene Holzscheite in die Flammen. Über dem Herd hing eine Petroleumlampe, die einzige Lichtquelle in der Wohnung. Er empfahl allen eine kalte Dusche; nachher könnten sie Kleider von ihm und Hans ausleihen. Ein Topf mit brodelndem Wasser stand auf dem russigen Herd.

»Ladies first«, sagte Juri mit einer Verbeugung und fühlte in den Schlammklamotten die Komik der Geste. Er stellte sich mit dem Rücken gegen den Herd, um sich aufzuwärmen. Verena liess sich nicht zweimal bitten, riss sich die Kleider vom Leib und warf das Bündel, nackt wie sie war, auf die Veranda. Hans kam ihr mit einem Frotteetuch entgegen. Ach, wie Juri es mochte, dass sie so unkompliziert war. Und gleichzeitig stand ihm eine zweite Lesart vor Augen: Sie zog sich für ihn aus. Obwohl er ihr Spiel durchschaute, fand er Gefallen daran. Es ging nicht lange, bis sie von der Dusche zurückkam; sie schlotterte, warf ihm ihr Tuch zu, und er duschte im lichtlosen Bad, so schnell es ging, denn das Wasser aus der solarbetriebenen Anlage war eiskalt. Sein Rücken schmerzte, und er hatte sich an der Hand verletzt. Er würde nachher um Verbandsmaterial bitten. Verena trat aus Renzos Zimmer, sie lachte, während sie in viel zu grossen Leinenhosen ein paar

Schritte machte. Die selbstgestrickten Wollsocken hingen vorne schlaff herunter und streiften den Boden. Hans bot Juri ebenfalls Kleider an, was er dankend annahm.

Er trat zu den anderen und setzte sich an den Tisch. Hans brachte ihm Verbandszeug. Renzo hatte Brot, Käse und Speck aufgestellt und stieg jetzt auf die Eckbank, um den selbst hergestellten Nusslikör vom Regal herunterzuholen – den hatte er ihnen bisher noch nie offeriert. Sie erzählten Hans und Renzo, wie die Kinder die Katastrophe aufgenommen hatten.

»Ja, die Kinder schlafen«, sagte Verena auf Renzos Frage. »Es ist wenigstens zu hoffen. Mal sehen, wie sie mit der Situation zurechtkommen. Die Eltern sind informiert, aber ich habe keine Ahnung, wie es morgen weitergeht. Übrigens: Dort, wo der Garten unserer Kinder war, habe ich nur noch eine Schlammlawine vorgefunden.«

»Und sonst?«

»Der Therapieflügel ist fünf Zentimeter hoch mit Schlammwasser überzogen«, sagte Juri. »Die Sandsäcke haben Schlimmeres verhindert, aber ich nehme an, dass die Räume, der Boden und das meiste Inventar zerstört sind.« Verena meinte: »Die abartig hässliche Neubausiedlung unterhalb von Bad Bösbach hat's leider nicht erwischt, soweit ich sehen konnte.«

Renzo stiess eine Art Grunzlaut aus, vielleicht war es ein Seufzer.

»Wie sollen wir in der Therapiestation weiterarbeiten, wenn die Räume erst gereinigt, getrocknet und dann renoviert werden müssen?«, fragte Verena deprimiert. Niemand wusste es.

Renzo erzählte vom Gespräch mit einem Feuerwehrmann. Dieser habe behauptet, der Bach sei unmittelbar bei der Therapiestation auf ihr Gelände ausgewichen, weil sich im Zaun zu viel Schwemmmaterial angesammelt hatte. Und der Feuerwehrkommandant meinte, der Zaun sei in Bezug auf Hochwasser eine fahrlässige Fehlkonstruktion.

»Ein Idiot ist er, als Nachbar hätte er uns das auch früher mitteilen können«, erboste sich Juri, und Verena meinte mit leicht schnippischem Tonfall: »Siehst du, Juri, ich war immer gegen diesen Zaun.«

Sie stiessen mit dem Nocino darauf an, dass Hans' und Renzos Hof glimpflich davongekommen war. Die Pferde, Ziegen und Wollschweine standen im trockenen Stall. Das Umland mochte betroffen sein, aber das Gebäude stand nicht zufällig seit vierhundert Jahren unversehrt an dieser Stelle. Renzo war der Meinung, dass morgen das Militär einen provisorischen Übergang über den Bösbach bauen würde, über den dann die Maschinen zum Abpumpen des Wassers gebracht würden und ebenso schnell die Versicherung käme, um den Schaden zu beziffern.

»Ich bin mir sicher, dass es schnell besser wird, denn der Wind soll im Laufe der Nacht drehen.«

Verena schnitt ein grosses Stück Käse ab und griff nach dem Brot. Juri bemerkte, dass sie munter, ja glücklich aussah. »Verena, das scheint dir zu passen heute Abend«, sagte er verwundert. Sie lachte ihn an.

»Jetzt haben wir zwei einen Abend für uns! Genauso hatte ich mir das als Kind vor dem Ende des Skiurlaubs in den Bergen ausgemalt. Die Strasse sollte von einer Lawine verschüttet werden, damit ich nicht zur Schule müsste, ich sehnte die Katastrophe herbei. »Also«, sie schien zu zögern und neigte den Kopf, »eigentlich fantasiere ich genau das, was Tim mit seinem einsam-zweisamen Inseldasein inszeniert hat; diese Parallele ist mir jetzt wirklich unangenehm. Aber sie ist nun mal da.« Sie errötete.

»Verena, hör auf, dich so streng zu bewerten, du gehst oft hart mit dir ins Gericht; diese Sturzflut bringt doch in uns allen Tieferliegendes zutage«, sagte Juri.

Hans nickte und sagte: »Ich war auch befremdet über meine offensichtliche Lust, mit der Maschine durch den Dreck und das Geröll zu fahren, aber es war affengeil, als ich der Feuerwehr half, die Brücke von dem gewaltigen Geschiebe zu befreien. Nur hat es leider nichts genützt; die letzten Stunden mussten wir machtlos zuschauen.«

»Und wie ist es dir ergangen, als die Brücke vor deinen Augen auseinanderbrach?«, fragte Renzo Hans, der aufgestanden war, um noch einmal durchs Fenster in die Nacht hinauszuschauen.

»Ich weiss es nicht«, meinte Hans. Er überlegte eine Weile: »Ehrlich gesagt, nicht schlecht. Es war aufregend, ähnlich wie beim Fällen sehr grosser Bäume: Man vernimmt die ächzenden Laute des Baumes und weiss, dass er gleich stürzen wird; die Spannung wächst, du trittst mit einem Sprung zur Seite und schaust erwartungsvoll, wo genau er niederkrachen und was er noch mit sich reissen wird.« Er hielt inne und schaute die anderen erstaunt an, als ob er sich über seine Fantasien wundere. Dann korrigierte er sich: »Nein, das stimmt nicht ganz – als Stücke der Brücke wegbrachen, da war Angst, Bedauern und Lust. Ich glaube, alles war gleichzeitig da, irgendwie kann ich es nicht einordnen.«

»Aber du warst wenigstens auf der richtigen Seite des Ufers«, meinte Renzo lachend, klatschte die Hand auf Hans' Schulter. Er legte den Arm um ihn, zog Hans zu sich auf die Bank und küsste ihn.

Juri berichtete von einer ähnlich destruktiven Episode aus seiner Jugendzeit, die er seltsamerweise lustvoll in Erinnerung hatte: Nach einem grossen Ostergelage mit einigen Verwandten mussten seine Schwestern die kostbaren böhmischen Kristallgläser, der Stolz seiner Eltern, abwaschen und mit den besten, aus feinem Leinen gewobenen Tüchern abtrocknen. Es war seine Aufgabe, sie anschliessend in die Schränke des Stubenbuffets zurückzustellen. Allerdings trug er die Gläser nur auf die Ablage des Buffets, liess sie dort stehen und vergass sie. Ausgerechnet an dem Tag fiel das über dem Möbel hängende Bild, das seit Urzeiten dort gehangen hatte, herunter; es riss die Gläser wie eine Lawine mit sich, und sie zerschellten in tausend Scherben und begruben das Bild unter sich.

»Ich musste mit einem Lachanfall den Raum verlassen, weil niemand verstanden hätte, was daran lustig war; indirekt war ich ja am Unglück schuld. Meine Mutter erzählte später, die zerbrochenen Gläser seien für sie ein eindeutiges Zeichen gewesen, dass der Zeitpunkt für die Flucht gekommen war. Wenige Monate später wurde dieser Entschluss mit der Einladung ins Engadin tatsächlich gefasst.«

»Ja, das ist merkwürdig«, sagte Verena, »es gibt eine Zerstörungslust, die man normalerweise unterdrückt. Auch bei Tim habe ich etwas Ähnliches wahrgenommen. Der Bub war von den Wassermassen richtiggehend fasziniert.« Sie erzählte von Tims Wutanfall.

»Genau«, sagte Juri aufgeregt, »das Destruktive ist so lange lustvoll, als man das demolierte Objekt nicht als Teil von sich selbst erlebt. Das ist ein Mechanismus der Abspaltung.«

Verena wandte sich an Juri: »Weisst du noch, was unser alter Chefarzt einmal in einer Fallbesprechung zur Pyromanie gesagt hat?«

Renzo runzelte die Stirn und wollte etwas sagen, wurde aber von Verena unterbrochen: »Der Pyromane will alles, was Struktur hat, zum Beispiel ein Haus mit Räumen, die etwas unterteilen, verschmelzen, in etwas Undifferenziertes verwandeln. Könnte es sich bei Tim nicht um die gleiche innerpsychische Dynamik handeln? Feuer und Überschwemmungen lassen Strukturen gleichermassen zusammenbrechen! Mir fallen gerade mehrere Spielsequenzen aus unseren Therapiesitzungen ein, die diese Vermutung bestätigen.«

Juri hätte gerne darüber diskutiert, aber Renzo und Hans mochten sich ihre psychologischen Interpretationen offensichtlich nicht länger anhören. Sie standen auf und machten Anstalten, ins Bett zu gehen. Juri sah auf die Uhr. Es war schon weit nach Mitternacht.

Verena trat in sein Zimmer, stellte die brennende Kerze auf den Boden, streifte die viel zu grossen Leinenhosen ab und schlüpfte unter seine Decke, als wäre das schon immer so gewesen. Insgeheim hatte er gehofft, dass sie zu ihm kommen würde. Er hatte für sich ein kleines Schlupfloch offengelassen, ohne direkt Schuld auf sich laden zu müssen.

Juri nahm sie in den Arm, und sie schmiegte sich an ihn.

Ganz still lag sie da, auch er rührte sich nicht. Festhalten wollte er sie, damit weder sie noch er in diesen Abgrund fallen und weggeschwemmt werden würden. Eine Insel des Stillhaltens. Den Fluss der Zeit wollte er anhalten. Hier sein und weg sein, er wünschte sich beides. Verschwinden oder erlöst werden. Ihr Brustkorb hob und senkte sich. Weiter weg war das Rauschen des wild gewordenen Wassers zu hören. Sonst war es ganz still.

»Du bist mein Jüngstes Gericht«, sagte er mit belegter Stimme und drückte sie fester an sich.

»Das ist die Apokalypse«, entgegnete Verena, »das Jüngste Gericht kommt später.« Er war froh, dass Verena ihren Humor behalten hatte.

»In der russischen Kultur ist die Apokalypse nicht das Ende. Es ist schon ein Ende – aber es ist mehr als das: Es ist der Moment, in dem sich die grosse Einsicht offenbart«, entgegnete er aufgekratzt.

»Zum Beispiel, dass du und ich heute Nacht Mann und Frau werden?«

Sie drückte seine Hand fester. Er schüttelte den Kopf und schwieg. Niemals würde er sich hinreissen lassen. Sie stützte sich auf und strich mit den Fingern eine Haarsträhne aus seiner Stirn, sah ihn zuerst belustigt an, dann wurde sie ernst und schaute in seine Augen, als wolle sie seine Gedanken ergründen. Er hielt ihrem Blick stand. Sie sagte: »Ich soll Kirke sein? Du hast aber in deiner Mail das Ende der Legende sträflich verfälscht. Als Kirke von Odysseus' Schwert bedroht wurde, musste sie ihm versprechen, dass sie ihm nichts antun würde, und dann führte sie ihn in ihr Schlafgemach.«

»Ja, siehst du, da bin ich nun«, erwiderte er, von ihr angestachelt.

Sie lachte. Eine Woge seligen Glücks trug ihn davon. Ihr Haar fiel auf seine Schultern. Er spürte alle Finger ihrer Hand mit festem Druck von der Stirn über seinen Schädel bis zum Schädelansatz fahren. Sie wiederholte diese Zärtlichkeit mehrmals. Wohlbehagen und Lustschauer durchströmten ihn. Sie legte sich wieder hin und vergrub ihr Gesicht in seiner Halsbeuge. Er umfasste sie mit seinem Arm und drückte sie an sich, ihr Schenkel lag auf seinem harten Geschlecht. Voller Verlangen streichelte er ihre Taille, ihr Gesäss. Ihre Muskeln spannten sich an, sie begann sich zu recken und zu strecken und atmete schnell. Das Tier in ihm hätte sie packen, sich auf sie werfen und mit ihr in einem wilden Ritt davonstürmen wollen.

Als Bub stand er gerne bei der Achterbahn, für die seine Eltern kein Geld hatten, und schaute dem rasenden Auf und Ab von unten zu. Er konnte schon damals am Zusehen Genuss finden, und der Verzicht war ihm nie schwergefallen. Er würde auch jetzt verzichten können.

Ihre Lippen suchten in einer Art Verzweiflung seinen Mund, als wollte sie nur noch diesen einen Mund küssen, aus dem er ihren Namen flüsterte.

»Es geschieht, was sich seit unseren ersten Begegnungen anbahnte: Du wirst diese Nacht mein Mann und ich deine Frau.«

Aber Juri drehte sein Gesicht entschieden weg. Er entzog sein Bein ihrer Umklammerung, ergriff aber ihre Hand, umschloss sie fest, flocht seine Finger in ihre und sagte: »Du hast die schönsten und stärksten Hände, die ich kenne, du, meine Bäuerin! Weisst du eigentlich, dass ich meinen Namen nach meinem russischen Grossvater trage? Juri heisst auf Russisch Bauer.«

Während er dies aussprach, wurde er von einer bisher nie gefühlten Trauer erfasst. Das war die Frau, mit der er leben wollte. Und das war der Ort, wo er leben wollte. War es ein Trugbild oder die Wahrheit? Schwindel drehte in seinem Kopf. In seinen inneren Welten gab er der natürlichen Lust nach, und eine Bilderflut überschwemmte ihn buchstäblich. Doch er baute darauf, dass mächtige Stützmauern ihn vor dem realen Sündenfall bewahren würden. Und während Verena in Erwartung der Erlösung tief atmend neben ihm lag, konnte er seinen inneren Bilderbogen nicht weiter unterdrücken; er stellte sich vor, wie ihr Kopf unter die dicke Bettdecke verschwinden und ihr Mund sich dort verlieren würde, wo er ihn haben wollte. Sie würde dort verweilen und geniessen, wie er in ihr wüchse; sie schlösse die Augen und öffnete umso mehr ihren Mund, und er liesse es zu; zärtlich und mit pochendem Herzen suchte sein Arm ihren Kopf, er liesse sie nicht mehr los, so wie sie ihn nicht mehr los liesse, und sie täte immer weiter das, was nur eine Liebende täte, bis sein Geschlecht sich besiegt zurückzöge.

Der Rausch seiner Fantasiewelt war ihm nichts Unbekanntes. Er führte umso mehr einen Kampf gegen sich selbst, indem er versuchte, die Bilder der Verführung aus seinem Innersten zu vertreiben. Die Lust wurde nun zur schmerzhaften Fliehkraft, die ihm den Atem nahm und auf die Brust drückte. Er schob Verenas Kopf zur Seite, damit die Fantasie – jene von Verena und die seine – nicht real werde, und seufzte tief. Er spürte zuerst seine Hände nass werden, und dann rann kalter Schweiss über seinen Körper. Er wusste nicht, wie er Schmerz, Angst und Lust noch länger aushalten sollte. Müdigkeit ergriff Besitz von ihm und liess die fiebrige Erwartung schwinden. Mit dem Ermatten dachte er nicht ohne Groll, dass er sogar in seiner frivolsten Lust derjenige war, der genommen werden wollte, von Verena, seiner Jägerin. Dass es ihm nicht einmal in Gedanken gelang, den Sprung des Tigers zu wagen. Noch nie hatte er das tiefe Versprechen der Treue so annährend gebrochen wie jetzt, und Scham kam auf. Es war gut, Verena loszulassen, denn so wie es jetzt war, konnte er nicht weiterleben. Er nahm am Rande wahr, dass sein Arm schwer auf ihrer Brust lag, dann sank er in einen tiefen traumlosen Schlaf.

33

Verena löste ihre Finger aus den seinen, streichelte seine Hand und verweilte mit den Fingerspitzen beim Ehering. Er hatte sich über die Jahre tief ins Fleisch eingegraben, und in diesem Moment wurde ihr bewusst, dass sie den Kampf um ihn verloren hatte: Juri hatte ihr vor Augen geführt, dass Grenzen auch gewaltigen Erschütterungen standhalten können. Sie lag regungslos, einem erlegten Tier gleich, neben dem schlafenden Unerreichbaren.

Wie soll es nun weitergehen, fragte sie sich, und was war mit dem fernen Max, den sie immer noch als ihren Lebenspartner bezeichnete? War Max eine Selbsttäuschung, Selbstbetrug, oder würde sie den Weg in eine Zukunft mit ihm finden? Mit dem trüben Gedanken, dass sie alles verlieren würde, fiel sie in einen unruhigen Schlaf.

Verena erwachte mit einem Stechen im Schädel und Halsweh, es war noch dunkel draussen. Juri lag nicht mehr neben ihr. Sie stand auf, zog die einzelnen Kleidungsstücke aus dem Haufen, der neben dem Bett auf dem Boden lag, und kleidete sich an.

Juri sass mit Hans am Tisch, sie tranken Kaffee. Sie setzte sich zu ihnen und fragte sich, wie zerzaust sie aussehen mochte. Es gab immer noch kein Licht, um sich im Spiegel betrachten zu können.

Hans bohrte mit einem Werkzeug Löcher in einen Gurt und sagte zu ihr: »Den kannst du haben, sonst fallen dir meine Hosen heute ständig herunter.«

»Du bist ein Lieber, Hans, vielen Dank!«

Verena stand auf und zog den Gürtel durch die Schlaufen. Juri schenkte ihr Kaffee ein und schob ein Birchermüsli auf der Tischplatte in ihre Richtung. »Mich ängstigt der Anblick, der uns bei Tageslicht erwartet«, sagte sie. Juri nickte und sagte: »Wir gehen rüber, schauen, wie es den Kindern und dem Team geht, und dann sehen wir weiter.«

»Und noch mehr als das Chaos draussen ängstigt mich die Vorstellung, dass du die Station verlassen wirst«, richtete sich Verena mit verärgertem Ton an Juri. »Du verlässt das sinkende Schiff.«

Es wurde ihr erst jetzt wieder so richtig bewusst, dass sie mit seinem Wegzug auch die Projektionsfläche ihrer unerfüllten Sehnsucht verlieren würde. Tatsächlich fand sie Juris Weggehen tausendmal schlimmer als das Chaos draussen.

»Warum sinkend? Ich bin ja noch hier, bis die Station wieder aufgeräumt ist.«

»Sinkend«, meinte sie, während sie den Kopf hob, den sie bisher auf die Hände gestützt hielt, »weil sich alles verändern wird. Die Station wird geschlossen werden, sie ist zu wenig rentabel. Hast du gelesen, wer letzte Woche als CEO in die Spital-AG gewählt wurde?«

»Ja, es ist übel.«

»Genau«, fuhr sie gereizt fort. »Der Wandel wird nicht lange auf sich warten lassen.«

Juri zuckte mit den Schultern.

»Wie viele Psychotherapie-Stationen wie die unsere kennst du in der Schweiz?«, fragte sie verärgert. Er sagte nichts. »Siehst du? Keine! Kein Mensch interessiert sich für Qualität und Nachhaltigkeit! Allein werde ich nicht dafür kämpfen können.«

»Wenn das stimmt, könnten wir diesen Wandel auch zusammen nicht aufhalten«, sagte er. Es klang feige in ihren Ohren.

»Müssen denn immer die begabtesten Therapeuten früher oder später die Kliniken verlassen und Privatpraxen eröffnen?«

Sie spürte genau, wie unpassend der Moment war, Spitalpolitik zu diskutieren. Verena wurde sich ihrer Bitterkeit bewusst und versuchte einen versöhnlicheren Ton anzuschlagen: »Wenn du die Stelle hier verlässt, kannst du wenigstens einige unserer Kinder nachbehandeln, zum Beispiel Tim.«

Juri schwieg. Sie hatte den Eindruck, dass er nach Worten rang, und fragte sich, warum ihre Feststellung ihn verstummen liess. Er richtete sich auf, umfasste mit beiden Händen die Tasse, als suche er Halt, und sagte: »Gisela und ich werden nach Basel ziehen. Wir werden das Haus der Schwiegereltern übernehmen. Falls wir wieder ein Kind haben, will Gisela nicht mehr hier wohnen und an den Unfall erinnert werden. Und sie will ihre Familie in der Nähe haben.«

Verena war wie vom Schlag getroffen und schaute zu Hans, der auf dem Holzherd einen neuen Kaffee aufsetzte. Er hob bedauernd die Schultern, als er sah, wie erschüttert Verena von der Nachricht war. Sie stand auf und umarmte Hans, der sie fest an sich drückte. Sie weinte, und ihre Tränen rannen auf sein Hemd, während Juri der Szene scheinbar teilnahmslos beiwohnte. In diesem Moment begriff sie, dass nichts Juri aufhalten konnte, weder ihre Liebe noch die Bedürfnisse der Kinder auf der Station oder Hans und Renzo mit den Pferden. Es schien, als würde ihr der Boden unter den Füssen weggezogen. Sie war so umfassend enttäuscht von Juri, dass sie sich nicht mehr richtig spürte. Sie ahnte, dass ein Leben ohne Juri die einzige reale Option war, und es wurde ihr klar, dass sie sich den drängenden Fragen ihres Lebens nun endlich stellen musste.

34

Es war hell geworden, als Verena und Juri auf dem Weg zur Therapiestation am Bösbach vorbeigingen. Rotweisse Plastikbänder, die den eingestürzten Übergang markierten, bewegten sich im Wind. Leute vom Zivilschutz staksten in grossen Stiefeln um die Abschrankungen. Die kleine Brücke war weggerissen worden, die im Nichts endenden Strassenstumpen sahen aus wie amputierte Gliedmassen. In Wellen und Wirbeln zog das dreckbraune Wasser an den umgerissenen Trümmen vorbei, aus denen Armierungseisen und Leitplanken wie hilflose Arme in die Luft ragten und ins Leere griffen.

Auf der anderen Seite des Bachs stand ein Armeelaster mit Soldaten, die im Begriff waren, mit dem Lasterkran ein Metallelement zu platzieren. Ein grosser Feuerwehrwagen steckte mit den Rädern seitlich tief im Morast. Weiter weg sah Verena zivile Autos, die hinter einer Absperrung mit geöffneten Fahrzeugtüren warteten. Leute standen herum. Reporter des Schweizer Fernsehens missachteten die Absperrungen, um Aufnahmen zu machen. Sie wurden von Zivilschützern zurechtgewiesen. Eine Drohne surrte über ihnen, wohl ebenfalls vom Fernsehteam, das die Überschwemmung auf Bad Bösbach offensichtlich als filmwürdig erachtete.

Eine frische Brise riss blaue Löcher in die Wolkendecke, die nassen Wiesen schimmerten sattgrün im Morgenlicht. Der Wasserspiegel musste bereits gesunken sein, ein grünes Grasband hob sich linienförmig von dem mit Schlamm überzogenen Ufer ab. Das Ufer war von Schutt, Ästen und Unrat verunstaltet und an einzelnen Stellen ganz weggerissen worden.

Wie gerne hätte Verena etwas von der Innigkeit der gemeinsamen Nacht in den Tag hinübergerettet, während sie zusammen zur Station gingen. Der Anblick der Verwüstung katapultierte sie mit Wucht in die ungeborgene Gegenwart.

Wortlos betrachteten sie, was die Sturzflut angerichtet hatte. Verena fasste Juri an der Hand, er erwiderte ihren Händedruck. Geschiebe mit Steinen, Ästen und Unrat drückte gegen die Sandsäcke, welche die Glastüre des Hauptgebäudes hätten schützen sollen. Scherben hingen im verbogenen und zerbrochenen Türrahmen.

Zwei Personen, die sie noch nie gesehen hatten, stapften im gefluteten Erdgeschoss umher und begrüssten sie. Es waren die Gemeindepräsidentin und der Chef des Zivilschutzes. Juri führte ein kurzes Gespräch mit ihnen, während Verena in den zu grossen Stiefeln durch das Erdgeschoss watete. Es roch nach Kanalisation. Etwas, das aussah wie ein Drucker, stand von Schlamm überzogen am Boden, auch der Papiervorrat von Brigittes Büro lag aufgequollen im Schlammwasser. Überall Wasser und Schutt. Die untersten Regale des Archivs, aus denen Verena gestern Abend die Akten hatte retten können, standen im Schlamm.

Sie warf einen Blick in ihren Therapieraum. Auch hier ein bizarres Bild: Der ganze Raum hatte sich in einen unterspülten Sandkasten verwandelt, Sandspielfigürchen und Plüschtiere lagen auf dem schlammigen Boden, als hätte jemand in der Nacht ein verrücktes Spiel gespielt. Der Teufel hat sich hier vergnügt und ein Chaos veranstaltet, dachte Verena. Die Eindrücke der Zerstörung, und sie fand das sehr befremdlich, prallten an ihr ab. Es fiel ihr schwer zu glauben, dass sie inmitten einer Realität stand – die Bilder waren zu surreal.

Sie ging in den ersten Stock. Jetzt spürte sie wieder ihr Halsweh. Wenn sie nur nicht krank würde. Die zwei Besucher hatten mit Juri auf der Polstergruppe Platz genommen. Verena setzte sich an den Frühstückstisch der Kinder neben Dänu, der in einem blauen Überkleid am unteren Tischende sass. Er sah übernächtigt aus und hatte starken Mundgeruch.

Die Kinder waren aufgewühlt und Maire-Louise liess sie durcheinanderreden. Sie wollten wissen, wie es weitergehen würde, wann sie rausgehen könnten, was kaputt gegangen war, was aus dem Fussballplatz geworden war. Alicia weinte und wollte dringend ihre Eltern anrufen, aber niemand hatte ein funktionierendes Handy. Luc, dessen iPhone nur noch einen winzigen Rest Akku hatte, erhob sich, um die Besucher um ein Handy zu bitten. Tanja kauerte mit angezogenen Beinen auf dem Stuhl und kaute stumm an den Fingernägeln; sie hatte rote Backen und glänzende Augen. Jenny wollte wissen, was mit der Brücke passiert war und wie lange sie abgeschnitten sein würden. Tim behauptete, nachts unten am Bach gewesen zu sein, aber niemand beachtete ihn.

Das Gespräch wurde von der Gemeindepräsidentin und dem Zivilschutzchef unterbrochen, die an den Tisch traten und sich vorstellten. Die Kinder verstummten trotz der Aufregung sofort und wandten sich erwartungsvoll den beiden Fremden zu. Verena spürte deutlich die Entlastung, weil jemand die Führung übernommen hatte. Die Gemeindepräsidentin informierte sachlich, der Zivilschutzchef gab Anweisungen und verbot, Wasser aus den Leitungen zu verwenden. Er erklärte auch den Grund. Es war beruhigend, wie er den Kindern im Ausnahmezustand Sicherheit vermittelte. Verena fühlte sich plötzlich an den Verkehrsunterricht in der Primarschulzeit erinnert: Die soliden Verkehrspolizisten hatten, genau wie heute dieser breitbeinig dastehende Mann in grauer Zivilschutzkleidung, immer dem Wachtmeister Dimpfelmoser aus dem Kasperlitheater *Räuber Hotzenplotz* geglichen. Sie spürte förmlich die Magie der Uniform.

Laut Plan sollten zuerst die Kinder nach Hause gebracht werden. Es begann eine aufgeregte Diskussion, aber dann trat Marie-Louise mit neuen Nachrichten in den Raum. Alle Eltern seien bereits auf dem Weg hierher. In kurzer Zeit würde die Ersatzbrücke passierbar sein. Luc hielt Verena sein iPhone mit dem Elternchat vor die Nase. Verena las und staunte: Die Eltern hatten sich bestens organisiert, in einem langen Verlauf von gestern Abend und heute Morgen stand geschrieben, welche Kleidung getragen werden sollte, wer das Essen bringen würde, wer Mineralwasser bereitstellte, welches Werkzeug und Putzmaterial mitgebracht werden sollte. Verena war für einen kurzen Moment vor Rührung so überwältigt, dass Tränen in ihre Augen traten.

Sie schaute zusammen mit den Kindern aus dem Fenster, weil die Feuerwehr sich mit Blaulicht ihrem Haus näherte. Dabei wurde Verena eher zufällig vom Anblick ihres eigenen Wagens überrascht – sie hatte sich noch gar nicht gefragt, wo er geblieben war. Er war nicht mehr dort, wo sie ihn gestern Morgen geparkt hatte, sondern befand sich in Schieflage gegen den Zaun gedrückt. Geröll hatte die ganze Front zugeschüttet. Alicia, die dasselbe wie Verena gesehen hatte, kam zu ihr und legte ihren Arm um Verenas Hüfte. »Oh, Frau Liechti, ihr Auto … Es ist richtig kaputt,« sagte sie teilnahmsvoll, fast wie eine Erwachsene, die ein Kind tröstet. Verena pflichtete dem Kind bei: »Gell, Alicia, mein Auto wird nie mehr fahren.« Sie überlegte reflexhaft, ob Judiths CD darin kaputt gegangen sein konnte, als ob diese das eigentlich Kostbare wäre. Ansonsten empfand Verena nicht viel Schmerz. »Alles nur Material.« Dann wurde die Sicht auf das Wrack vom heranrollenden Feuerwehrauto verstellt. Alicia war schon weitergehüpft, ihre Lippen glänzten auch heute vom Gloss, sie hatte die Augenränder mit schwarzem Eyeliner nachgezogen und trug riesige Ohrringe. Verena würde das Mädchen wohl nie ungeschminkt sehen. Kevin nervte mit einem gellenden Taatüü-taa-taa-Geschrei, mit dem er unaufhörlich der stummen Feuerwehr zu Sirenengeheul verhelfen wollte, obwohl Jenny ihm jetzt energisch den Mund zuhielt. Es gab ein Gerangel zwischen den beiden. Die Kinder rannten aufgeregt umher, überall roch es nach Schweiss, Verena war übel. Jenny sagte: »Unsere Eltern kommen!« Tim rannte zum Fenster und rief: »Hallo, hallo Mami und Papi«, winkte dazu wie ein Verrückter und schrie und juchzte.

Marie-Louise schaute zusammen mit Verena ungläubig aus dem Fenster. Tatsächlich, hinter dem Feuerwehrauto tauchten die Eltern zu Fuss auf. Sie mussten ihre Wagen auf der anderen Seite des Baches stehen gelassen haben. In Regenkleidern, ausgerüstet mit Schrubber und Putzeimer, trotteten

Mütter und Väter wie in einer feierlichen Prozession auf das Gebäude zu. Ein Vater trug einen Hochdruckreiniger. Ein anderer zog einen Handschubkarren mit zwei Harassen Süssgetränken durch den Dreck. Tims Mutter schulterte riesige Einkaufstaschen, es schauten Schüsseln mit Essen heraus. Verena kriegte Gänsehaut beim Anblick dieses Umzugs, und wieder rannen ihr Tränen über das Gesicht.

Luc hatte die Kamera aus dem Familientherapieraum geholt und filmte und fotografierte den Menschenaufzug und die folgenden Aufräumaktionen.

Alle anderen gehorchten den Anweisungen des Zivilschutzmannes und begannen mit der Arbeit. Dänu stellte grosse Abfallsäcke bereit. Eltern trugen das ganze Inventar hinaus. Andere räumten mit ihren Kindern das Schulzimmer und den Schuppen mit den Spielsachen für draussen leer. Väter sammelten Sandspielfigürchen vom Boden der Therapieräume ein, Kinder wuschen sie und legten sie an die Sonne zum Trocknen. Alex hob die Plüschtiere auf und stopfte sie in eine Mülltüte. Verena sah Tims Plüschaffen darin verschwinden; sie griff hinein und zog den Affen wieder heraus. Sie suchte Tim. Er spritzte aus einer Ecke des leer geräumten Raumes den Schlamm mit dem harten Wasserstrahl Richtung Türe, der Zivilschutzmann leitete ihn an. Sie musste sich hinter dem Türrahmen in Sicherheit bringen. Dänu und Alexandra schoben das Material mit einer Schneeschippe in Richtung Ausgang. Verena lächelte, es war trotz allem ein heiterer Anblick. Sie konnte Tim jetzt nicht stören und trug den Affen in den oberen Stock zur Wohngruppe. Die Absaugpumpe der Feuerwehr machte einen höllischen Lärm und Verena war froh, ihr für einen Moment entfliehen zu können. Dieser Dreck überall! Sie zog die Stiefel aus. Schlammwasser auf der wunderschönen Holzstiege. Die konnte später geputzt werden.

Als sie im Wohnraum angekommen war, bemerkte sie wieder, wie erschöpft sie war. Es roch nach Zwiebeln. Auf der Polstergruppe sass Tims Mutter neben Tanja, die immer noch fest in die Decke eingewickelt war. Um ihren Kopf war ein

Wickel aus einem Lappen gebunden, und Tanja drückte ihn gegen das Ohr. Tims Mutter sass zwischen Fiebermesser und leerem Beutel mit fiebersenkendem Pulver und las aus einem Bilderbuch vor. Verena setzte sich auf die andere Seite. »Tanja, bist du krank?« Tanja nickte, sie hatte ein gerötetes Gesicht und Fieberaugen. Verena spürte Mitleid. Wer kümmerte sich eigentlich um die innere Verfassung von Tanja ausser Tims Mutter, die für Tanja eine fremde Frau war? Tanja war das einzige Kind, das nicht von Eltern abgeholt wurde. Verena versuchte, mit dem Handy der Gemeindepräsidentin Tanjas Pflegeeltern zu erreichen, doch es war gesperrt und sie musste zuerst die Besitzerin auf dem Gelände suchen. Es blieb ihr nichts anderes übrig, als die Stiefel wieder anzuziehen; sie spürte, wie ihr der Schweiss ausbrach. Endlich erreichte sie Tanjas Pflegeeltern, die in der Hektik im Elternchat vergessen worden waren. Sie würden Tanja am Abend zu sich holen. Verena war erleichtert und informierte das Kind.

Sie riss nun für sich einen Beutel des fiebersenkenden Pulvers auf und mischte es mit dem Tee, den Tims Mutter mitgebracht hatte. Plötzlich ging das Licht an, Verena holte ihr Ladekabel und schloss ihr Handy an den Strom. Die Sonne schien gleissend durchs Fenster, und sie löschte das Licht.

Eltern, Kinder und das Team arbeiteten gemeinsam bis zum Mittagessen. Die Feuerwehr machte keine Mittagspause, sie pumpte das Wasser ab und reinigte die verstopften Abflüsse. Der Zivilschutz war mit Traktoren und Baggern im Gelände unterwegs und befreite den Zaun vom Schutt. Irgendwo war eine Motorsäge zu hören.

Ein Vater bereitete auf dem leicht erhöhten Vorplatz den Grill vor, Mütter holten Salate und Plastikgeschirr aus unförmigen Taschen. Die Sonne beschien die Schlammwiese, die in der Wärme zu dampfen anfing. Während sich Verena auf eine umgedrehte Plastikkiste setze, deren Kanten unangenehm ins Fleisch schnitten, schaute sie auf das rege Treiben.

Die Katastrophen-Hilfstruppe verwandelte sich in eine spontane Partygesellschaft; offensichtlich waren die Eltern ein verschworenes Team geworden. Sie neckten sich gegenseitig, machten Witze mit Luc, leiteten die Kinder an und übernahmen sowohl die Beziehungsarbeit als auch die notwendigen konkreten Tätigkeiten. Verena war von kompetenten Menschen umgeben. Sie, die hier tagaus, tagein Behandlungen vornahm, war die Einzige, die neben sich stand.

Die Eltern wussten, dass Alexandras Vater ein Bautrocknungsgerät hatte organisieren können und bald damit eintreffen würde. Tatsächlich erschien der als Architekt tätige Vater mit seinen Starallüren wenig später. Lässig schob er die Sonnenbrille über die graumelierten Haare, als er die Anwesenden mit Pokermiene begrüsste. Immerhin kam er heute ohne weibliche Begleitung. Er fragte in die Runde, wer ihm helfen könne, das Heizgerät auszuladen. Seine Tochter schien er weder zu bemerken noch nach ihr zu suchen. Als sie zu ihm rannte und ihn begrüssen wollte, änderte sich nichts an seiner kühlen Gestik, als sei Alexandra nicht sein, sondern irgendein Kind. Verena ärgerte sich unglaublich über den aufgeblasenen Mann. Sie suchte Juris Blick, um zu sehen, ob er das Gleiche beobachtete; aber Juri war mit etwas anderem beschäftigt und hatte die Szene nicht gesehen. Immerhin hatte der Architekt in dieser kurzen Zeit eine Bautrocknungsmaschine beschafft. Er zog mit Dänu in Richtung Gebäude davon. Alexandra, die weiterhin vom Vater übergangen wurde, trottete hinter den beiden Männern her. Marie-Louise rief: »Komm deine Wurst aufessen, Alex!« Alexandra drehte sich widerstrebend um und kam langsam zurück.

Die Kinder stellten sich als Menschenkette auf, die vom Garten bis zur Küche der Wohngruppe reichte, wo Luc den Kaffee für alle Eltern bereitmachte; statt Wassereimer wurde Kaffee weitergereicht. Markus sang mit den Kindern ein afrikanisch klingendes Lied, das er irgendwann allen beigebracht haben musste und das von Klatschbewegungen und Stampfen begleitet war. Jemand schnitt den Kuchen. Verena holte Dänu und den Architekten zum gemeinsamen Kaffee. Die beiden waren damit beschäftigt, Löcher in die Wände zu bohren, um das Trocknungssystem anzubringen. Sie sah, dass der alte Parkettboden mit Wasser vollgesogen war und sich an einzelnen Stellen wölbte.

Verena schlug mit dem Löffel an eine Salatschüssel, um sich mit einer kleinen Ansprache an die Eltern zu wenden: »Liebe Eltern, liebe Kinder.« Mit einem Finger auf dem Mund gebot Markus den Kindern, still zu sein. Der letzte Kaffee im Pappbecher schien einen Abnehmer gefunden zu haben, denn Luc trat aus dem Haus und kam zu ihnen. Die Eltern hörten auf zu reden.

»Heute Nacht haben wir eine unglaubliche Sturzflut erlebt, deren Folgen uns noch eine Weile beschäftigen werden. Der Bösbach ist eben ein Bösbach, wie Tim gestern richtig sagte, und jetzt wissen wir, warum er diesen Namen hat. Ich bin sehr froh, dass niemandem etwas zugestossen ist. Als ich vom Hof drüben, wo ich für die Nacht ein Bett erhielt, hierherkam und die weggerissene Brücke und das Chaos um und in unserem Haus sah, wurde mir eindringlich bewusst, dass es wenig braucht, um aus dem Geleise zu geraten. Damit haben wir alle Erfahrung. Jetzt möchte ich euch einfach aus tiefstem Herzen danke sagen. Heute Morgen habt ihr uns mit allen Kräften geholfen, buchstäblich aus dem Dreck zu kommen. Ihr habt das Aufräumen geplant und angepackt und euer Know-how zur Verfügung gestellt. Wir haben heute jede helfende Hand gebraucht. Eure Hilfe kam so schnell und so erfrischend unkompliziert.«

Verena hielt einen Moment inne und versuchte den Faden nicht zu verlieren. Während sie das Ende der Rede kreierte, wurde sie von ihren eigenen pathetischen Worten überwältigt, und eine Träne rollte über ihre Wange. »Wir können viel von euch lernen, ihr macht uns Mut, unsere Arbeit so schnell wie möglich wieder aufzunehmen. Das Team wird am Montag wieder für die Kinder da sein; auch wenn bis dann die Hälfte der Räume nicht zur Verfügung stehen wird, soll es für alle weitergehen. Bis dahin bleibt gesund und kommt gut nach Hause.«

Ihre Stimme brach weg, sie war wieder den Tränen nahe, ohne zu wissen, was sie so bewegte. Einzelne begannen zu klatschen, aber dann kam ihr noch etwas in den Sinn, und sie fuhr mit einem Kloss im Hals weiter: »Gestern haben wir wegen des Stromausfalls und dem schwindenden Akku einen Elternchat gestartet. Das ist nicht vereinbar mit dem Datenschutz, ich bitte euch den Chat wieder zu löschen.« Der Vater von Tim stand auf und sagte, er würde den Chat mit den Nummern gerne behalten, andere Eltern bestätigten seine Ansicht. Verena tauschte einen Blick mit Juri und sagte: »Wir werden das bis Montag klären.« Juri nickte.

Nach und nach waren alle Eltern mit ihren Kindern ins verfrühte Wochenende abgereist. Auch Tanjas Pflegeeltern kamen und holten sie ab. Dänu verschwand und kehrte mit Bierflaschen zurück, die er aus seinem Keller geholt hatte. Sie rückten zusammen und tranken das Bier. Es wurde kühl, und Verena fragte Juri, ob sie seine Jacke nehmen dürfe, die auf einer Kiste lag. Luc schaute sich seit geraumer Zeit die Filmausschnitte an, die er aufgenommen hatte, und lud sie jetzt auf das Tablet hoch. Markus zeigte den Anwesenden Tims Rakete, die sich mit Wasser vollgesogen hatte. Er hatte sie aus dem Dreck gezogen, wollte dem Jungen den Anblick aber noch nicht zumuten; er wusste, wie viel Tim an diesem Flugkörper lag. Luc sah von seinem Gerät auf und meinte, man könnte Tim eine Drohne schenken und sie zum Abschied steigen lassen. Verena musste schmunzeln. Sie sagte: »Luc, ich liebe deine witzigen Ideen über alles, aber es kann nicht sein, dass wir Tims Verlust und seine Trauer darüber mit einem teuren Gerät zu überdecken versuchen.« Dänu gab Verena recht: »Das Leben ist nicht immer Fliegen.« Verena lachte und fügte hinzu: »Das Leben ist auch kein Ponyhof, kein Honiglecken, kein …« Sie suchte nach weiteren Metaphern, und Karin ergänzte: »Kein Wunschkonzert.« Verena lachte und konnte damit nicht mehr aufhören; sie bedeckte ihr Gesicht mit beiden Händen, um die Tränen zu verbergen. Es war, als würde die angestaute Anspannung von gestern und heute endlich aus ihrem Körper weichen. Das Team blickte verwundert zu ihr, aber sie konnte noch immer nicht aufhören, bis die anderen zuletzt von ihrem Lachen angesteckt wurden. Sie rieb sich mit dem Ärmel die Tränen weg, während sie ein Taschentuch suchte. Karin streckte ihr eines hin. Schliesslich beruhigte sie sich und dachte, dass sie Tims Abschied mit den Sozialpädagoginnen überdenken und planen sollte. Sie war sicher, dass sie Tim den Affen, der ein zweites Mal eine Katastrophe überlebt hatte, zum Abschied schenken würde, und hatte eine vage Idee, welche Zeilen sie ihm dazu auf einer Karte schreiben würde.

Luc setzte sich neben Verena, die sich unterdessen wieder gefasst hatte. Er streckte ihr das Tablet hin, und sie schaute sich auf dem Display an, was er aufgenommen hatte. Sie sah, wie Tim auf die Eltern zurannte, er wollte sie scheinbar ungestüm begrüssen, aber kurz vor der Begegnung wechselte er komplett die Richtung. »Juri!«, rief Verena, »komm, sieh dir das an.« Und zu Luc gewandt, sagte sie: »Kannst du ein paar Sekunden zurückspulen, und hast du eine Slow-Motion-Funktion auf dem Tablet?« Geschickt und blitzschnell bediente Luc sein Gerät, es musste ein neues Modell sein, die Aufnahmen hatten eine fabelhafte Bildqualität. Juri trat hinter die beiden, legte seine Hand auf Verenas Schulter und beugte sich ebenfalls über das Display, während sie auf Lucs Start warteten. »Schau mal«, sagte Verena, »wie Tim seine Eltern heute begrüsste! Ich war auch in der Wohngruppe und hab gesehen, wie Tim enthusiastisch aus dem Fenster der Wohngruppe ›Hallo, hallo Mami‹ geschrien und gejubelt hat, als er seine Eltern entdeckte. Ich freute mich natürlich mit ihm. Und hier …, schau! Hast du das gesehen, beweg den Film nochmals zurück, Luc, stopp, ab hier!« Verena geriet in sichtbare Aufregung: Der Junge schien fast ein bisschen zu torkeln, dann verlangsamten sich seine Schritte deutlich, einen Moment blieb er wie angewurzelt stehen. Zwar sah er seine Mutter an, aber statt auf sie zuzugehen, drehte er ab, ging links an ihr vorbei – als existierte sie nicht. »Und schau, geh nochmal zurück mit dem Film, genau, das ist typisch.« Tims

Hände und Arme schlenkerten und baumelten unkoordiniert und steif, wie wenn er die Kontrolle über den Körper verloren hätte und eine unsichtbare Macht ihn wie eine Marionette bewegte. Marie-Louise war unterdessen auch dazugestossen und schaute beeindruckt und dann bedrückt. »Und was heisst das jetzt?«, fragte Luc und sah zu ihnen auf, um eine Erklärung zu erhalten.

»Dieser Moment der Begrüssung sagt etwas über den Bindungsstil, den Tim zu seiner Mutter hat. Was du gefilmt hast, ist ein Beispiel wie aus dem Lehrbuch für den desorganisierten Bindungsstil. Statt die Mutter zu begrüssen, gerät er in einen Zustand kurzzeitiger Verstörung und vermeidet die Begegnung mit seiner Mutter.« Luc schaute verständnislos und schien auf eine weitere Erklärung zu warten. »Dieses Verhalten«, erklärte Verena, »zeigen Kinder bei einer Begrüssung der engsten Bindungspersonen, wenn sie immer wieder misshandelt werden.«

»Oder früher misshandelt worden sind«, fügte Juri korrigierend hinzu.

»Und schaut auf die Köperbewegungen von Tim«, sagte nun Marie-Louise mit Nachdruck. »Es gibt diese zwei Sekunden, in denen er in der Bewegung förmlich erstarrt, ›frozen‹ nennt man den Zustand in der Trauma-Theorie. Es ist ein Moment der Dissoziation, der innere Zustand ist so unerträglich, dass das Bewusstsein für einen Moment wegdriftet. Tim steuert sich nicht willentlich, Tim befindet sich in einem unlösbaren inneren Konflikt: Das Bindungssystem, dieser wichtige Teil, der die Mutter liebt und braucht, möchte auf die Mutter zugehen. Das Furchtsystem, das Gefahren erkennt, ist alarmiert und versucht, die Mutter zu vermeiden.« Verena, die Marie-Louise für die prägnante Erklärung dankbar war, tippte Juri an den Ellenbogen und sagte: »Meinst du, Tim kann man wirklich mit gutem Gewissen nach Hause schicken?«

»Nein«, antwortete Juri. »Tim sollte man anderswo unterbringen.« Er seufzte. Verena wusste, in welchem Dilemma sie steckten. Sie erinnerte sich an die vielen Spielszenen in den Therapiesitzungen, die auf Misshandlungserlebnisse von Tim hinwiesen. Kinder erzählen höchst selten davon, sie sind immer loyal mit den Eltern verbunden. Und auf der Station machten sie seit Jahren die Erfahrung, dass es beinahe unmöglich war, die Kindesschutzbehörde zum Handeln zu bewegen, damit ein Kind in einer Pflegefamilie oder in einem Kinderheim untergebracht werden konnte. Es sei denn, die Eltern unterstützten den Schritt von sich aus. Im Moment war Tim bei ihnen auf der Station mehr oder weniger in Sicherheit. Aber was würde geschehen, wenn er wieder zuhause wohnte? Hatte sich im Verhalten der Eltern genügend verändert? Konnten die Eltern in Überforderungssituationen mit Tim auf Gewalt verzichten?

Verena wandte sich an Marie-Louise: »Wir müssen nochmals mit den Eltern zusammensitzen und sie mit der Frage nach Misshandlung konfrontieren.«

»Ja, wir führen ein Gespräch mit den Eltern unter vier Augen. Und wir machen am nächsten Familientag das Modul ›Ohnmachtsgefühle und Gewalt‹ mit allen Eltern und Kindern.«

35

An diesem milden Juniabend sass sie wieder auf der Bank unter der Linde, zu der sie seit ein paar Tagen jeweils vor der Heimfahrt hinaufstieg. Heute hatte sie ihr Akkordeon dabei. Die Silhouette des Hügels hob sich wie eine weibliche Brust vom Horizont ab, mit einer erregten Linde obenauf. Der zu ihr herüberwehende Duft der blühenden Linde verband sich mit dem Gefühl tiefer Sehnsucht.

Juri hatte an einem Samstag sein Büro geräumt, als sie nicht anwesend gewesen war. Weil sie nichts Genaueres zum Abschied vereinbart hatten und Juri auch kein Fest machte, verschwand er auf eine Weise, die den Schmerz ein Loch in ihr Herz fressen liess. Seither hatte er auch nie mehr geschrieben. Die Trennungsschmerzen erreichten eine Intensität, als wäre ihre Haut am ganzen Leib offen und wund wie nach einer Verbrennung. Eigentlich wäre der Kummer tief genug gewesen, um sich krankschreiben zu lassen. Aber das ging ganz und gar nicht, wer sollte die Station leiten, wenn sie zusammenbrach?

Verena betrachtete den frühsommerlichen Himmel und versuchte, sich ein Bild von ihrer nahen Zukunft zu machen. Schwalben umkreisten die Linde in rasender Akrobatik. Wäre Juri ihr idealer Lebenspartner geworden, mit dem sie ein aufregendes Leben teilen konnte, ein Leben, das Intellekt und Erotik zu vereinigen vermochte? Ein Leben mit der Aussicht, den Sommer auf ewig zu spüren? Sie verlor sich in Selbstmitleid.

Sie leitete die Station nun mit dem einzigen Bewerber, der sich auf diese Stelle gemeldet hatte. Ein hagerer Mann, der seit Kurzem in der Schweiz in einer Klinik kognitive Verhaltenstherapie machte, noch nie mit Kindern gearbeitet hatte und aussah, als würde er nie an die Sonne gehen. Sie konnte sich eine längerfristige Zusammenarbeit mit dem blassen jungen Mann nicht vorstellen. Mit niemand anderem als Juri wolle sie zusammenarbeiten und könne darum auch niemandem eine Chance geben, sagte ihr Hans neulich ins Gesicht.

Sie hatte es vermieden, mit Hans über Juri zu sprechen; sie wusste nicht einmal, ob er zu ihm noch Kontakt hatte. Nur einmal tauschten sie sich darüber aus, wie es ihnen mit Juris Wegzug ging, und Hans sagte: »Juri mit seiner Frau …« Er zögerte und unterdrückte das Ende des Satzes. Nach einer Pause meinte er: »Ich habe es nie ganz verstanden, warum er den Schritt nicht gewagt hat.« Verena mochte diese Aussage nicht weiter kommentieren.

»Vermisst du ihn?«, fragte Verena stattdessen. »Ja, ich vermisse ihn jeden Tag«, antwortete er, und sie liessen es dabei bewenden.

Sie schwankte in ihrer inneren Ausrichtung. An manchen Tagen war sie überzeugt, sie würde ein Leben lang auf Juri warten. An anderen wusste sie, dass Vorwärtsgehen bedeutete, die Beziehung zu Max endlich zu klären.

Kann man sich nach dem Verlieben auch entlieben?, fragte sie sich. Sie stellte sich eine Art Heraufkraxeln aus dem bodenlosen Abgrund vor, in den die Verliebten gefallen waren.

Aber auch wenn sie Juri auf emotionale Distanz halten wollte: Noch war er da, manchmal präsenter denn je. Wenn sie hin und wieder bei Hans vorbeischaute, hoffte sie, Juri würde plötzlich im Stall auftauchen, als wäre er nie verschwunden. Noch sah sie beim Einschlafen seine melancholischen Augen. Oder sie erwachte mitten in der Nacht aufgewühlt, um mit ihm die Therapiesitzungen vom Vortag zu besprechen, und sie glaubte immer noch zu wissen, wie er ihre Arbeit kommentieren würde. Vielleicht begann sie deshalb, regelmässig zu schreiben, seine E-Mail-Adresse war schon eingetippt. Sie schrieb davon, wie sich die Therapiestation aus ihrer Sicht in die falsche Richtung entwickelte. Sie erzählte von ihren Konflikten mit dem neuen Arzt und wie der Geist der Psychoanalyse verloren ging. Sie berichtete, dass seit seinem Weggang bereits drei Mitarbeitende die Kündigung eingereicht hatten. Und gestern Abend beschrieb sie Juri vor dem Schlafengehen ausführlich, wie Tim den Therapieaufenthalt abgeschlossen hatte: Indem er – statt die Rakete abzufeuern – in der Turnhalle seiner Wohngruppe, dem Team und den Eltern Kunststücke an den Geräten vorführte. Und wie herzig er beim Kuchenessen danach das frischgeborene Geschwister herumtrug. Mit Juri im Gespräch zu bleiben, tat ihr manchmal gut, gleichsam halluziniert blieb er so Teil ihres Alltags. Aber gleichzeitig wusste sie, dass sie den Abschied dadurch unnötig in die Länge zog. Als Verena endlich all ihre Aufzeichnungen Juri in einer E-Mail schickte, kam umgehend die Meldung zurück: »Dieser Arzt arbeitet nicht mehr in der Klinik, in dringenden Fällen wenden sie sich bitte ans Sekretariat.« Seither war Juri stattdessen stiller Zuhörer ihres Tagebuchs geworden.

Sie wusste: Einsicht in die Notwendigkeit ist das eine, diese auch umzusetzen, das andere. Entsprechend ihrer Zerrissenheit begnügte sie sich damit, Juri fortan die Konzerteinladungen zu schicken, wenn sie mit ihrer Formation auftrat und hoffte, dass er sich einmal unter den Konzertbesuchern befinden würde.

Die Sonne war schon fast hinter dem Horizont versunken und es wurde kühl. Endlich nahm sie das Akkordeon aus der Hülle und sang die drei, vier Lieder, die sie trösteten.

Zuletzt sang sie *Vreneli ab em Guggisberg*. Sie spielte, sang und weinte gleichzeitig.

Dört unden i der Tiefi,
Da steit es Mülirad.
Das mahlet nüt als Liebi,
Die Nacht und ou de Tag.
Das Mülirad isch broche,
Mys Lyd, das het es Änd.

Ein Spaziergänger mit Hund schaute verschämt weg, als er an ihr vorbeiging. Die Viertausender mit dem ewigen Schnee glänzten in Rosa, dass es wehtat. Sie packte das Akkordeon ein und fuhr nach Hause.

Verena machte sich einen Tee und versuchte sich zu beruhigen. »Das mahlet nüt als Liebi« hatte sie eben auf der Bank unter der Linde weinend gesungen. Doch ist es Liebe, dachte Verena, wenn sie sich nicht entfalten kann? Ihr Mühlstein mahlte Fantasien. Mit jedem Schluck Tee ging es ihr besser. »Mys Lyd, das het es Änd«. Mit dieser Zeile im Kopf legte sie sich schlafen.

Während fast zwei Jahren, an jedem Ende des Konzerts, sang sie mit der Formation *Vreneli ab em Guggisberg* für den Fall, dass Juri einmal im Publikum wäre. Irgendwann wurde es den anderen Musikern zu viel. Und auch sie fand es zusehends absurd, an einem Bild festzuhalten, das aus einem Mangel im realen Leben geboren worden war. Juri besuchte wohl keines ihrer Konzerte, und das Lied verlor die betäubende Wirkung des Rausches.

Verena wusste, dass sie sich eines Tages an einem psychoanalytischen Kongress im In- oder Ausland treffen würden. Sie würden sich begrüssen wie befreundete Erwachsene und nicht wie Liebende. Und für Juri würde es wohl genau so sein, wie er ihr einmal erzählt hatte: Wenn man eine Beziehung gehabt hat und sich nicht mehr sieht, ist es so, als würde ein Buch voller Erinnerungen zugeschlagen. Die Bilder sind noch da, aber das Buch wurde zur Seite gelegt.

Epilog

Tim lag laut fluchend unter seinem Mofa, während er den grösseren Krümmer gegen den Zylinder presste. Scheisse, war der Tuningkrümmer vielleicht zu gross? Er hatte doch nicht etwa in Marcels Garage das falsche Stück ausgewählt? Am Nachmittag wollte er zu seinem Schatz fahren und mit ihr eine Spritztour machen. Endlich passte das Metall auf den Zylinder, und er schob den Krümmer mit einer Drehbewegung in die Öffnung. Es geht also doch, man muss nur an sich glauben und nicht gleich aufgeben, hörte er in seinem inneren Ohr den Lehrmeister sagen, der auch dann zu ihm hielt, wenn er wiederholt zu spät zur Arbeit erschien. Jetzt musste er nur noch den Vergaser einstellen. Er erhob sich, wischte die Hände an der Jeans ab, kniete, nachdem er den richtigen Schraubenschlüssel gefunden hatte, nieder und schraubte die Verschalung wieder an.

Er stiess das Mofa vom Ständer, rollte es auf den Vorplatz, drückte den Joker rein, klaubte den Schlüssel aus dem Hosensack und schwang sich auf den Sattel. Mit einem starken Tritt aufs Pedal und einer energischen Handdrehung am Gas heulte der Motor auf. Er fuhr los. Eine dicke Benzinwolke hüllte den Platz ein, und Wellen von Stolz breiteten sich in ihm aus, als sein liebster »Puchi«, wie er sein Mofa nannte, mit ungeheuerlichem Lärm davonsauste. Wie geil das war, dachte er, und ein Gefühl von Freiheit erfasste ihn. Er freute sich über sein gelungenes Frisieren, drehte mit einer scharfen Kurve, bremste abrupt, stellte das Töffli auf den Bock und schrieb, während er den Motor laufen liess, in sein Handy: *Ich mach noch was am Puchi und bin in einer halben Stunde bei dir.*

Er zog den Helm aus und wartete auf Irenes Garagenplatz, während er den Impuls unterdrückte, das Gas aufheulen zu lassen. Stattdessen imitierte er den Ruf eines Mäusebussards, was ihm fast perfekt gelang. Irene erschien heute stark geschminkt und mit übergrossen Ohrringen. Ob die pinken Strähnen im blonden Haar neu waren, wusste Tim nicht genau. Sie trug gebleichte Jeans und Texas-Stiefel, die sie mit ihm zusammen in der Stadt gekauft hatte. »Los geht's«, er drückte sie ungelenk an sich. Sie war seine erste Freundin, und sein Körper kannte noch keine Souveränität im Umgang mit Mädchen, auch wenn er sich genau das einredete: Dass er ein cooler Typ mit »Schriss« sei, wie man bei ihnen sagte. Er hielt Irene im Arm, ohne sie auf den Mund zu küssen, aber sie nahm sein Gesicht in ihre Hände und drückte ihren Mund auf seine Lippen, während sie die Zunge in seinen Mund schob. Sie roch nach Rauch und Kaugummi. Bevor sie ihn losliess, tätschelte sie ihn auf die Wange, als würde sie ihn ein bisschen belächeln.

»Fahren wir?«, fragte sie. Statt zu antworten, hockte er sich auf den Sattel und liess den Motor aufheulen, worauf sie sich einen Moment die Ohren zuhielt. Dann setzte sie schnell seinen Helm auf, den er ihr hinhielt. Er zog sie mit der Hand, die nicht am Gas war, zu sich, drückte ihre Hüften fest gegen sich und fuhr los. Sie quietschte, wohl vor Angst, weil er zu schnell in die Hauptstrasse einbog. Er liebte es, wenn sie Angst hatte. Er wollte mit ihr nach Rotlinden fahren und dort im Bären ein Bier trinken. Er spürte ihr weiches Fleisch und roch das starke Parfüm. Er war ein Eroberer, er besass das Mädchen und hielt seine Trophäe fest im Arm. Dass er am äussersten Rand des Sattels vor Schmerzen kaum sitzen konnte, fiel ihm nicht einmal auf.

Kurz bevor sie Rotlinden erreichten, sah er den Wegweiser nach Bad Bösbach. Bad Bösbach? War das so nah von seinem Zuhause? Ein Bilderreigen tanzte vor seinen Augen. Bad Bösbach. Wie lange das her sein mochte? Er bremste ab und erwischte mit einer scharfen Kurve im letzten Moment die Abzweigung, die sie dorthin bringen würde. Irene schrie: »He, wohin fährst du?« Er aber konnte nicht antworten, er wusste nur, dass er Bad Bösbach entdeckt hatte.

Als sie ankamen, liess er Irene absteigen; sie reckte und streckte ihre Glieder und rieb sich die Hände. Auch er hatte klamme Hände vom frischen Wind. Bad Bösbach lag still vor ihm. Alle Fensterläden waren geschlossen, kein Auto parkte auf dem Vorplatz. Dort hatte er nach der Quelle gesucht. Mit Belustigung fand er sogar das Loch, das er mit dem Pickel in den Boden gehauen hatte; mit den Schuhen kickte er ein paar Steinbrocken weg. Wie klein das Loch war. Ein Büschel Löwenzahn wuchs daraus hervor. Er wusste, dass ihm das Loch damals sehr tief vorgekommen war, und er erinnerte sich wieder, wie grenzenlos enttäuscht er nach langem Pickeln war, dass kein Quellwasser hervorgeschossen war.

Irene zündete sich gelangweilt eine Zigarette an. »Was tun wir hier, Tim?« Sie war offensichtlich sauer. »Du hast versprochen, dass wir zusammen im Bären einkehren. Ich muss heute Abend ins Tennis, und du schleppst mich in dieses Kaff. Was ist das eigentlich, was tun wir hier?« Tim antwortete nicht. Er befand sich in seiner Traumwelt, war wieder zehn Jahre alt und betrachtete den Zaun, den sie nach der Überschwemmung viel näher an das Gebäude gesetzt hatten als vorher. Auch hier, wie klein alles war. Wollte er einst nicht wie James Bond über den Zaun klettern und fliehen? Er lächelte und schaute auf den Bösbach, der als Rinnsal unter der neuen Betonbrücke und durch eine früher nicht dagewesene Geröllsperre hindurchfloss. Er sah vor seinem inneren Auge die Rakete, die er nie abgefeuert hatte. Und es fiel ihm ein, dass er noch einen Wunsch hätte aufschreiben sollen. Jetzt war er in der Ausbildung zum Strassenbauer und würde in drei Jahren den Lehrabschluss machen. Stolz ging er zu Irene zurück und sagte noch immer nichts. Er hatte keine Ahnung, wie er sich erklären sollte. Er nahm sie bei der Hand und sagte: »Komm, lass uns ein paar Schritte machen, ich erzähl es dir später.« Irene antwortet nun ihrerseits nichts. Sie trottete stumm neben ihm her.

Als sie bei Hans und Renzos Hof vorbeikamen, klopfte ihm das Herz bis zum Hals. Hier war er so gerne gewesen. Er fühlte Wärme und Aufregung in sich aufsteigen und hoffte insgeheim, dass Hans auftauchen würde. Ob die Wollschweine noch da waren? Er hob die Drahtmaschen des Zauns über den Holzpfahl und öffnete den Eingang zur Weide. Sie waren da. Zwei riesige Schweine lagen schlafend in einer Ecke. Irene wollte nicht mit reinkommen. Eine Sau blinzelte mit einem Schlitzauge unter ihrem Hängeohr hervor. Sie stand träge auf und trottete gemächlich in seine Richtung, in ihrem dichten weissen Pelz aus gekraustem Wollhaar hatten sich unzählige Strohhalme verfangen. Tim wich nicht von der Stelle. Irene kreischte, und er erinnerte sich an das Mädchen, dem er Kompostwürmer in den Ausschnitt geworfen hatte. Und wenn die Sau seine Margot wäre? Ob sie ihn noch kennen würde? Das Tier schnupperte an ihm und versuchte, mit dem Rüssel seine Hände zu stupsen; er entzog ihm seine Hände, indem er sie nach oben streckte. Tim hatte nichts im Hosensack, was er sehr bedauerte. Er kraulte das Schwein zwischen den Ohren, dann ging er zurück zu Irene und bat sie, mit ihm in den Stall zu kommen. Sie betrat zögerlich das Gelände, das von den Rüsseln in einen Sumpf verwandelt worden war; mit den Absätzen versank sie darin. Im Stall befanden sich tatsächlich einige sehr kleine Ferkel. Voller süsser Erinnerungen hockte er sich nieder, während sich das vorwitzigste Ferkel sofort mit staksigen Schrittchen zu ihm trollte und um ihn herumstrich. Margot, falls es dasselbe Mutterschwein war, das ihn – wie er hoffte – vielleicht noch kannte, blieb vor der Türe draussen stehen und sah zu. Nun ging auch Irene in die Knie, berührte das wuschelige Ferkel, das neugierig zu ihr kam. Sie übergoss das Tierchen mit Koseworten und streichelte es unter Ausrufen des Entzückens. Sie vergassen ob der Zärtlichkeiten die Zeit, liessen die Coolness der Teenager gänzlich zurück, als wären sie wieder Kinder, die sich vom Charme der anschmiegsamen Ferkel verzaubern liessen. Bis Irene Tim drängte, zurückzufahren, sonst würde sie zu spät zum Tennis kommen. Sie lachte laut, als sie ihre verschmutzten Stiefel betrachtete, wusch sie behelfsmässig im

Brunnentrog und stieg bei ihrem wunderlichen Freund aufs Moped.

Tim betrachtete den nackten Buddha mit dem speckigen Bauch in Irenes und Sonjas Stube, in der er unterdessen öfter sass als zuhause. Er war gerne bei Sonja, auch wenn Irene weg war wie heute Abend. Sonja setzte sich mit einer Zigarette zu ihm an den Esstisch und bot ihm auch eine an. »Dein Buddha gleicht den Wollschweinen, die wir heute gesehen haben«, sagte Tim und liess sich die Zigarette von seiner Schwiegermutter, wie er sie manchmal im Spass nannte, anzünden. Sonja war offensichtlich amüsiert über den Vergleich; sie überschlug die Beine, und er legte seinen Fuss mit der löchrigen Socke auf die lange Sitzbank, etwas, was man bei Sonja tun durfte. »Du hast Wollschweine gesehen? Wo seid ihr heute gewesen?«

Tim sah zu Boden und überlegte fieberhaft, ob er Sonja von seinem Jahr auf der Psychotherapiestation erzählen sollte. Er versuchte es mit einem Test. »Wir waren in Bad Bösbach.« Sonja runzelte die Stirn. »Wart mal, sagte sie, »Bad Bösbach, war das nicht die Psychiatrie bei uns oben?« Er nickte. Da schaute sie ihn mit einem prüfenden Blick an. »Ach, Tim, jetzt verstehe ich, du warst als Kind in Bad Bösbach? Du meine Güte!«, sagte sie lachend. Tim wusste nicht, ob er mitlachen sollte, denn es schoss ihm wie ein Blitz durch den Kopf, dass sie ihn als gestörten Jugendlichen taxieren könnte. Darum fragte er verunsichert: »Findest du das lustig?«

»Ja, das finde ich lustig, erzähl, wie war es da?«

Sonja hörte zu, kommentierte die eine oder andere Erinnerung, stellte Fragen, und er liebte es, dass sie ihm so viel Zeit schenkte. Dann wurde sie ernst und sagte: »Aber gell, irgendwie hat dir die Zeit gutgetan. Ich sehe, wie du leuchtest, wenn du von Bad Bösbach erzählst.«

»Weisst du«, erwiderte er, »es war vielleicht mein bestes Jahr.«

Sonja hob die Augenbrauen, sagte aber sofort, als würde sich dies von selbst verstehen: »Das glaube ich dir aufs Wort.« Es mochte dieses Verständnis von Sonja gewesen sein, das ihn von seinem schlagenden Vater erzählen liess. Noch nie hatte er einem Menschen davon erzählt, und wie er sich zu erinnern glaubte, wussten nicht mal die Therapeuten dort oben davon. Sonja nickte, als hätte sie dies alles wissen können. »Das letzte Mal, als mich mein Vater mit einer Ohrfeige ins Gesicht geschlagen hat, war an einem Wochenende während der Ferien. Ich habe wieder mal irgendeinen Mist gebaut und Mutter sagte es am Abend dem Vater. Weisst du«, sagte er, als er Sonjas entsetzten Gesichtsausdruck bemerkte, »das war nicht schlimm. Das hat er so oft gemacht. Und meistens hatte er recht, ich war ein ziemlich schlimmer Bub.«

»Nein, Tim, sag das nicht. Das dürfen Eltern nie tun, es ist verboten, verstehst du, egal, wie schlimm das Kind ist.« Und er sah, dass sie sogar den Zeigefinger hob, als müsste sie mit den Eltern gerade sehr fest schimpfen, was ihn zum Lachen brachte.

»Hör auf zu lachen, das ist überhaupt nicht lustig.«

»Okay«, sagte Tim, und ihre Worte taten ihm so gut, als würde eine schwere Last aus seiner Kindheit von ihm fallen. »Als er es noch einmal versuchte, da war ich 14, habe ich meinem Vater ins Gesicht gesagt: Hast du eigentlich nichts begriffen bei der Liechti? Wenn du mich jetzt schlägst, gehe ich zur Polizei!« Und vor seinem inneren Auge sah er nochmals das Erstaunen im Gesicht des Vaters und wie er innehielt. »Seither hat er nie mehr die Hand gegen mich erhoben.«

Er fühlte Stolz, dass er damals den Mut aufbrachte, seinem Vater mit diesen klaren Worten entgegenzutreten. Und dann sagte Sonja etwas, was er nicht verstand: Er sei eine alte Seele und etwas Gutes im Kern bewahre ihn immer vor einem schlechten Schicksal. Und dann kam sie wieder mit dem Chakra, das er nicht begriff und an das er auch nicht glauben konnte. Aber dass sie so sehr an ihn glaubte, erleichterte ihn unerhört, und wie als Schlusswort sagte sie an jenem Abend zu ihm: »Ich glaube, dass ich dich so sehr in mein Herz geschlossen habe, weil das alles zu deiner Geschichte gehört.« Das berührte Tim auf eine unbekannte tiefe Weise, und in diesem Moment ahnte er, dass er dieses abendliche Gespräch nie mehr vergessen würde.

Als Juri der längliche, mit Verenas Schrift an ihn adressierte Umschlag in die Hände geriet, erinnerte er sich, dass er schon lange ungeöffnet hier gelegen haben musste. Früher hatte sie ihre seltene Post – manchmal zu seinem Geburtstag – an seine Praxisadresse geschickt. Jetzt lag der Brief auf einem Stapel zusammen mit Unwichtigem und kam beim Aufräumen wieder zum Vorschein. Eigentlich wollte er die Steuererklärung machen und war missgestimmt beim Gedanken, dass er dafür das ganze Wochenende brauchen würde. Er ging davon aus, dass sich eine weitere Einladung für ein Konzert von Verenas Formation darin befand. Er betrachtete das Couvert, als könnte er den Inhalt erfassen, ohne es zu öffnen.

Wohin fliesst sie, die Liebe, wenn sie nicht zu ihrem Recht kommt? Jahre können ins Land ziehen, und doch klammert sie sich fest und stemmt sich gegen ihr trauriges Ende. Juri wollte endlich loslassen, ganz bei Gisela sein. Ein stiller Kampf, den er seit Jahren mit sich und gegen sich selbst führte. Manchmal, so schien es, konnte er gut leben ohne die Erinnerung an Verena. Und doch meldeten sich die verirrten Bilder aus der Vergangenheit immer wieder, vorzugsweise gegen Morgen, wenn er nicht mehr schlafen konnte. Dann hatte er Smetanas Moldau im Ohr, sah seinen böhmischen Wald und Verena, wie sie ihm damals, im Auto, seinen Schal scherzend und doch voller Ernst nicht mehr zurückgeben wollte: »Du kriegst ihn erst wieder, wenn ich dich kriege!«

Was mochte aus ihr geworden sein? Wann hatte sie aufgehört, Einladungen zu ihren Auftritten zu schicken? Er hätte den Umschlag gerne ungeöffnet in die Papiersammlung geworfen, aber er konnte sich nicht dazu durchringen. Wie oft hatte er eine Mail an sie verfasst, in der er ihr sein damaliges Unvermögen, ihre Liebe zu erwidern, zu erklären versuchte;

und dann hatte er sie doch nicht abgeschickt, weil ihm die Kraft fehlte und seine Gedanken sich ewig im Kreis drehten. Ihr zu schreiben liess er deshalb ganz bleiben, denn er wusste nichts Neues zu berichten. Aber eines Tages, so glaubte er manchmal, wenn er im Morgengrauen wach im Bett seinen wehmütigen Gedanken nachhing, würde er vielleicht aufbrechen. Eines Tages würde er, ohne zu zögern, den Zug nehmen und eines späten Winterabends vor ihrer Haustür im Jura stehen. Und sie würde ihn staunend in ihre warme Wohnung bitten, als hätte sie in all den Jahren auf ihn gewartet. Aber er wusste, dass das immer sein Traum bleiben würde, und dass sich die verlorene Zeit nicht nachholen liesse.

»Juri, wo bist du«, hörte er seine Frau rufen, und ihm war, als käme ihre Stimme von weit weg. Aber sie stand neben ihm und bückte sich, um den ungestalten Nähmaschinenkoffer zu ergreifen. Was hätte er antworten können?

»Juri, ist alles in Ordnung mit dir? Was tust du?« Verena, dachte er, und versuchte den kleinen Finger in die Lasche zu schieben, um den Brief zu öffnen.

Dass Bad Bösbach geschlossen worden war, hatte er von seinem Freund und Arztkollegen gehört. Man habe die Therapiestation in das grosse Psychiatriezentrum in der Hauptstadt integriert. Es erstaunte ihn nicht weiter, aber er bedauerte die Entwicklung dennoch. Und was wohl Hans und Renzo machten? Er nahm sich vor, Hans wieder einmal zu schreiben. So oft hatte er Lust verspürt, seinen Freund zu besuchen. Es war ihm aus diesem und jenem Grund nie gelungen, und er wusste, dass es nicht daran lag, keine Zeit zu haben. Gisela bückte sich, streifte mit den Schultern sein Knie und versuchte, die Kabelrolle heraufzuholen, die unter dem Tisch verstaut lag. Er rückte den Stuhl zur Seite. Sie erhob sich, am Kabel hing lose zartes Gewölk aus Fäden und Staub. Er beantwortete ihre Frage nicht, als hätte er sie nicht gehört. Sein kleiner Finger zwängte sich in jene kleine unverleimte Lücke des Umschlags, die das Öffnen des Briefes erlaubte. Entlang des Faltes gab es viele mäandernde Verletzungen, die von der Exklusivität des Papiers zeugten. Die Innenseite war mit kobaltblauem Seidenpapier gefüttert.

Verena schaute Juri direkt in die Augen. Die grüngolden schimmernden Augen mit diesem Blick, den er so sehr liebte. Schelmisch und verschmitzt, sogar etwas Verschämtes lag darin; es war Verena, die ihn wie früher bis ins Innerste getroffen hatte. Sein Herz hämmerte, und Hitze flutete seinen Körper bis zum Kopf; dann fächelte er sich mit der schmalen Karte Luft zu, las den Text und betrachtete den Mann an ihrer Seite. Das Datum der Hochzeit war schon vorbei, nun war sie also vergeben, und nichts auf der Welt könnte etwas an dieser Tatsache ändern. Gisela hatte unterdessen die Nähmaschine aufgestellt, sie surrte schnell, langsam, klick, klick. Er seufzte und war im ersten Moment erleichtert, er freute sich sogar für Verena. Und gleichzeitig fühlte er sich wie gelähmt, als würde der Teil von ihm sterben, der sich immer noch gerne am Morgen an Verena anschmiegte. Er schüttelte den Kopf – es war ein unbestimmtes Neinsagen – und erhob sich. »Geht's dir gut?«, fragte Gisela, ohne wirklich eine Antwort zu erwarten. Sie nähte ein Stück Leder als Schutz an die Stelle seines Pullovers, an der er mit dem Ellenbogen aufstützen würde. Was sollte er ihr sagen? Sollte er Gisela die Heiratsanzeige in die Hand drücken? Es würde sich nichts zum Guten verändern, wenn er ihr seine schwärmerischen Gefühle für Verena nach Jahren nochmals eingestehen würde. Er riss entschlossen das Bild der Länge nach durch und noch ein zweites Mal und warf es in den Papierkorb. Die Entschiedenheit seiner Handlung erleichterte ihn. Wortlos setzte er sich wieder auf seinen Stuhl. Gisela kommentierte sein Verhalten nicht weiter. Das schonende Stück Leder für seinen Pullover, so stellte sie zufrieden fest, hatte sie perfekt angenäht.

Nachwort

Was kann ich als Wissenschaftler mit einem Nachwort zu einem Roman beitragen? Ich gehe wissenschaftlich vor und recherchiere zum Hintergrund des Gelesenen. Eva-Maria Gassmann lässt ihre Geschichte an einem Ort spielen, den sie Bad Bösbach nennt. Hier kann ich einhaken. Gemäss schweizerfluss.ch ist der Bösbach »ein Bächlein in der Schweiz«. Er ist rund 2,7 Kilometer lang und trägt die Gewässerlaufnummer 1454. Soweit die Fakten.

Im Roman wird dieses Bächlein zu »Bad Bösbach«, wo die Autorin die Psychotherapiestation für Kinder, den Mittelpunkt der Handlung, platziert. Ist der Bösbach nun ein harmloses Bächlein oder ein böser Bach? Man soll also im bösen Bach ein Bad nehmen, ein Heilbad sogar.

Bald macht uns die Autorin klar: Es gibt keinen Zugang zum Unbewussten und zur Natur ohne Einbezug des Triebhaften in uns und unserer Beziehungswelt. Dabei spüren wir Aggression, gar Hass, aber auch Liebe – alle Regungen in oft unbedingter Form. Wenn wir uns aber dem Triebhaften in uns und der Natur zuwenden, gehen wir nicht unerhebliche Risiken ein. Das zeigt uns die Protagonistin des Romans, die Therapeutin Verena, in ihrer Kompromisslosigkeit, aber auch der Bösbach, wenn er schliesslich über seine Ufer tritt.

Wir Menschen wollen die Naturkräfte in ihre Grenzen verweisen, sie beherrschen, aus dem reissenden Bach ein »Bad« machen, ebenso wie die Kindertherapeutin Tims Hass »in den Griff« kriegen möchte. Die Psychotherapie des Jungen steht im Zentrum der Handlung. Psychotherapie ist eine Behandlung der »Seele«. Der Begriff »Psychotherapie« umfasst psychologische Verfahren zur Heilung oder Linderung von Störungen im psychischen Erleben, in Beziehungen und im Verhalten. Kinder suchen praktisch nie von sich aus einen Therapeuten oder eine Therapeutin auf. Sie werden vielmehr von ihren Eltern oder anderen Bezugspersonen in eine Therapie gebracht, wenn ihre Umwelt ihr Verhalten als störend empfindet. Seltener steht dabei ihr Leiden im Zentrum: ihre Ängste und ihre depressiven Verstimmungen.

Mehr als zehn Prozent aller Kinder in unseren reichen Industrieländern werden von ihren Bezugspersonen vernachlässigt oder emotional und körperlich misshandelt. Sie sind meist Opfer konflikthafter oder von psychischen Störungen und Suchtmittel-Missbrauch belasteten Elternbeziehungen. Sie streben danach, den Stress zu bewältigen, der durch die Missachtung ihrer zentralsten Bedürfnisse nach Zuwendung und Fürsorge entsteht, indem sie versuchen, sich frühzeitig aus den Abhängigkeiten zu lösen, und indem sie mit aggressiven Verhaltensmustern ihre Umwelt unter Druck setzen. Es ist, wie wenn man das Bett des harmlosen Bösbachs verbaut, bis er über die Ufer tritt. Er wird sich seinen Weg suchen, aber vielleicht nicht auf eine Weise, die uns gefällt. So ist es auch bei Tim, der auf schwierigste Lebensbedingungen in seinem Elternhaus mit aggressivem, seine Umwelt in Nöte bringendem Verhalten reagiert. Die Psychotherapeutin Verena versucht, sich auf den Jungen einzulassen, ihm eine stabile therapeutische Beziehung anzubieten und sein schwieriges Verhalten als das zu deuten, was es ist: ein Anpassungsversuch an eine für ein Kind nicht angemessene Umwelt. Sie nimmt ihre therapeutische Aufgabe sehr ernst.

Insofern ist der Text auch ein Plädoyer für einen Ansatz in der therapeutischen Arbeit mit Kindern, der sich an ihrem Leid orientiert, statt sie »reparieren«, ihnen ihre störenden Verhaltenssymptome abtrainieren und sie an eine Beziehungsumwelt anpassen zu wollen, mit der sie nicht gerade die besten Erfahrungen gemacht haben. Die zeitgenössische Kinderpsychiatrie und viele therapeutische Ansätze verkommen dagegen nicht selten zu einer Anpassungswissenschaft. Wie kann ich den Skandal der Existenz von vernachlässigten und traumatisierten Kindern in erträgliche Bahnen lenken? Wo es geboten wäre, sich in verwundete Seelen einzufühlen, werden Diagnosekategorien vergeben; wo Triebschicksale wahrgenommen und unterstützt werden sollten, werden Anpassungsleistungen an eine krankmachende Umwelt gefordert. Eva-Maria Gassmann entführt uns in eine Therapiestation, in der Psychotherapie mit Kindern vor allem als Beziehungsarbeit verstanden wird. Es ist zu hoffen, dass dieses Modell nicht durch sich modern gebende und angeblich auf Evidenz beruhende Therapieansätze ersetzt wird, welche die Beziehung zum Kind aus dem Auge verlieren. Denn wäre es nicht viel einfacher, einem schwierigen Kind wie Tim eine Diagnose zu verpassen und das Wegtherapieren des schwierigen Verhaltens anzustreben, als mit ihm gemeinsam einen Weg aus dem destruktiven Wiederholungszwang zu suchen?

Doch so eine Arbeit braucht Menschen, die sich auf diese Beziehung und die innere Welt des seelisch verwundeten Kindes einlassen, statt standardisierte Behandlungsmanuals zur Verringerung von störenden Symptomen umzusetzen. Dass das besondere Menschen sind, wird uns bereits auf den ersten Seiten dieses Romans klar. Die handelnden Personen sind eigenwillig, sie passen sich nicht so einfach an, gehen ihren Wünschen manchmal kompromisslos nach und sind zuweilen auch eigenbrötlerisch. Eva-Maria Gassmann zeichnet sie mit ausserordentlicher Klar- und Feinheit sowie mit Radikalität. Kein Wunder, dass sich aus ihrem Zusammentreffen eine faszinierende Geschichte entwickelt, mit den Zutaten Liebe, Hass, Sexualität, aber auch Enttäuschung und zuweilen Resignation. Die heftigen Emotionen führen zu Verwerfungen und bringen das Setting der Psychotherapie von Tim in Gefahr. Aus dem biederen Bösbach wird ein erregendes Bad der Gefühle. Einen Gegenpol finden diese Turbulenzen und Verwerfungen in Hans und Renzo, dem schwulen Paar, das einen Rückzugsort für die mit ihrer Liebe ringenden Protagonist*innen bietet und bestens in die Dorfgemeinschaft integriert ist. Welch eine Vision, die uns die Autorin vor Augen führt!

Eva-Maria Gassmanns Roman zeigt, wie sich psychotherapeutische Beziehungsarbeit wirklich entwickelt – nicht wie sie in Lehrbüchern und Fachartikeln dargestellt wird –, mit all ihren Höhen und Tiefen, Zweifeln und Leerläufen. Wir werden auch Zeug*innen einer intensiven Liebesgeschichte. Es scheint, als werde die Literaturgattung des Liebesbriefes in diesem Roman wiederentdeckt, in einer modernen Form, auf dem Laptop geschrieben, mehrfach korrigiert, nüchtern elektronisch versandt und doch so bewegend. Dass nicht alles gut enden kann, weder in der therapeutischen Arbeit noch im Liebesleben, ist uns aufgeklärten Lesern und Leserinnen natürlich klar. Ob der Bach böse ist oder ob er mit allen seinen Turbulenzen nicht doch zum Baden einlädt, muss jede*r für sich entscheiden.

Kai von Klitzing, Prof. Dr. med. Jugendpsychiater in Leipzig

Literatur

Didier Anzieu: Das Haut-Ich. Suhrkamp Verlag, 1996.

Eia Asen, Michael Scholz: Praxis der Multifamilientherapie, 2019.

Beatrice Beebe, Phyllis Cohen, Frank Lachmann: The mother-infant interaction picture book: Origins of attachment. WW Norton & Co, 2016.

Sándor Ferenczi: Ohne Sympathie keine Heilung. Das klinische Tagebuch von 1932. S. Fischer Verlag., 1988.

André Green: Die tote Mutter. Psychoanalytische Studien zu Lebensnarzissmus und Todesnarzissmus. Psychosozial-Verlag, 1993.

Thomas Ogden: Frühe Formen des Erlebens. Psychosozial-Verlag, 2006.